눈으로 보는 광고천재 1

킹묵 현대 판타지 소설

초판 1쇄 찍은 날 § 2020년 11월 24일
초판 1쇄 펴낸 날 § 2020년 12월 1일

지은이 § 킹묵
펴낸이 § 서경석

총괄팀장 § 노종아
편집책임 § 박현성
디자인 § 스튜디오 이너스

펴낸곳 § 도서출판 청어람
등록번호 § 제387-1999-000006호
등록일자 § 1999. 5. 31
어람번호 § 제1-3099호

주소 § 경기도 부천시 부일로 483번길 40 서경B/D 3F (우) 14640
전화 § 032-656-4452 팩스 § 032-656-4453
http://www.chungeoram.com
E-mail § chungeorambook@daum.net

ISBN 979-11-04-92282-4 04810
ISBN 979-11-04-92281-7 (세트)

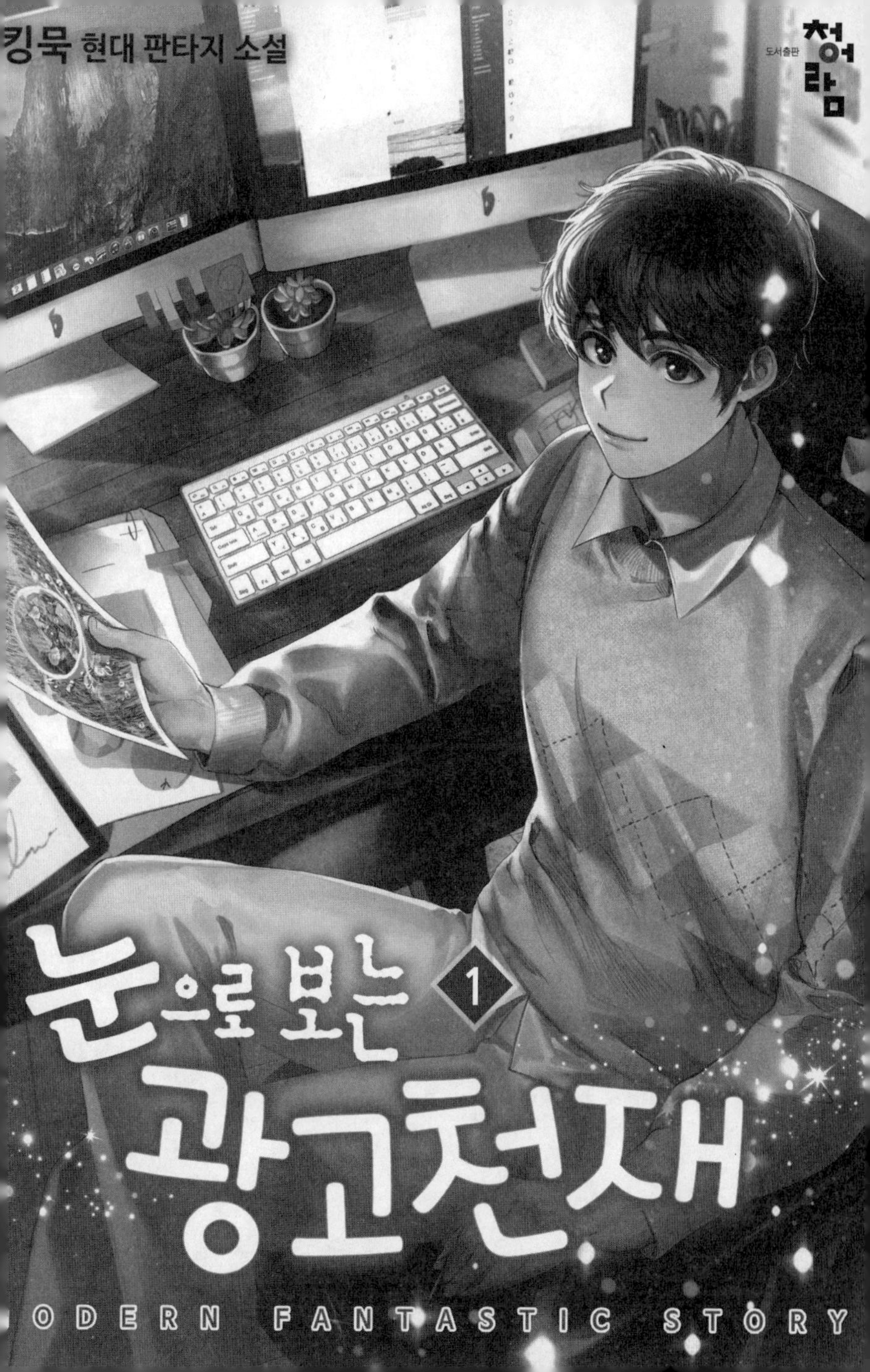
킹묵 현대 판타지 소설
도서출판
청어람
눈으로 보는 광고천재
1
ODERN FANTASTIC STORY

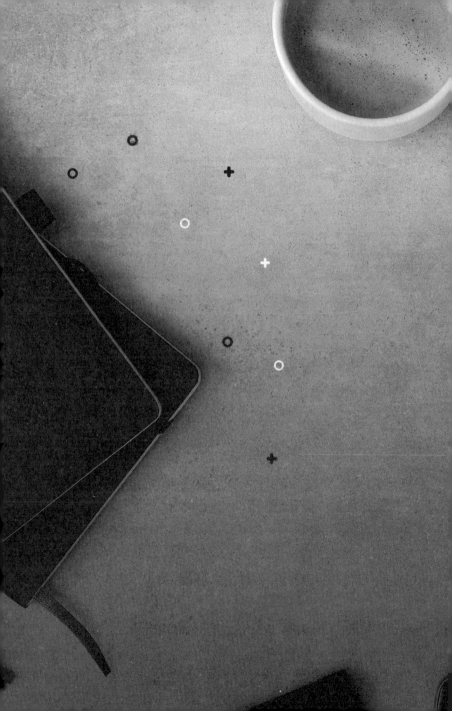

목차

제1장

새롭게 보이는 세상

내가 색을 구분하지 못하는 문제로 인해 병원을 가게 된 건 유치원 때라고 들었다. 어렸을 때라 기억이 나진 않았지만, 부모님께 자주 들어 알고 있었다.

유치원 교사가 내 그림을 보고 이상함을 느껴 부모님께 알렸다고 했다.

그림 자체에는 문제가 없었다.

"한겸이는 누굴 그린 거야?"

"엄마, 아빠요."

"그런데 왜 이렇게 검정색으로 칠했어?"

색이 문제였다. 유치원의 또래 아이들은 사람을 그리면 보통 색칠할 때 피부색으로 칠했다. 옷은 화려하게 색칠해도 얼굴만큼은 대부분 피부색이었다. 물론 아닌 경우도 있었지만, 나 같은 경우는 상당히 특이했다. 때로는 검정색, 때로는 파란색 등 손에 잡히는 대로 칠해놓고 피부색이라고 우기는데 당연히 이상했을 것이다.

부모님도 그 문제에 대해서 알고 있었다. 임신했을 때 했던 장애 검사에서도 이상 없이 나왔고, 내가 태어나고 나서 했던 지능 검사에서도 이상함을 발견하지 못했다. 색만 안 보일 뿐 나머진 다른 아이들과 다름없었기에 숫자도 잘 세고 글도 잘 배웠다. 그래서 다른 아이들에 비해 색에 대한 인식이 조금 느리다고 생각했다고 했다.

위는 빨간색, 밑은 초록색이라는 신호등조차 위치만으로 구분하다 보니 알아차리는 게 느렸다. 시간이 가도 색에 대한 인식을 하지 못하자 결국 부모님도 문제를 눈치챘다. 그렇게 정밀진단을 받은 후에야 어떤 문제가 있는지 알 수 있었다.

인간이 색깔을 자세히 구별할 수 있는 이유는 망막 위에 존재하는 약 700만 개의 원추세포 덕분이다.

대개의 사람들은 세 종류의 원추세포를 지닌다.

적추체, 녹추체, 청추체.

이 세 종류의 원추체 중 하나에 이상이 있어 단 두 종류의 원추세포만을 가진 이가 색맹이다. 색맹 중 가장 흔한 경우는 녹색을 인식할 수 없는 녹색각이상과 빨강과 녹색을 구분하지 못하는 적색각이상이다.

난 특이하게도 세 가지가 모두 없었다. 때문에 구분할 수 있는 색이라고는 검은색과 흰색. 하지만 그조차도 확신은 없었다.

전 색각이상, 완전색맹. 때문에 보이는 색이라고는 회색뿐이었다. 짙은 회색과 옅은 회색만이 내가 보는 세상의 전부였다.

물론 사람들이 말하는 색이 궁금하긴 했다. 그렇다고 슬퍼하거나 침울해하지 않았다. 처음부터 회색으로 본 탓인지 사는 데 전혀 지장이 없었다. 아쉬울 때도 있지만, 그렇다고 사회생활이 불가능한 건 아니었다.

오히려 색이 구분이 안 된 덕분에 얻은 것도 있었다. 색을 구분할 필요가 없는 책을 많이 읽어 상상력과 창의성이 또래보다 확실히 뛰어났다. 게다가 색이 안 보이는 만큼 평소에 제대로 된 판단을 하려다 보니 주위 관찰력만큼은 누구보다 좋았다. 덕분에 사물의 특징을 누구보다 잘 잡게 되었다.

남들보다 특징을 잡는 데 뛰어나다고 처음 느낀 것은 초등학생 때였다. 학교에서 에너지 절약에 대한 포스터 대회를 개최했고, 대부분의 학생이 참가했다.

배가 불뚝 나온 두꺼비를 화가 난 듯 그려놓고선 두꺼비의 발마다 전선을 연결시켰다. 그리고 포스터 문구에는 '배불러서 화(火)가 난다'라는 문구를 적었다. 두꺼비집이 과부하에 걸렸다는 걸 표현한 것이었다.

"이 선생님, 이거 우리 반 한겸이가 그린 건데 너무 좋지 않아요?"

"배불러서 화가 난다? 문구가 너무 좋은데요? 부모님이 해준 거 아닐까요?"

"학교에서 그린 거라서 해줄 수가 없었을 거예요."

"너무 좋은데… 그런데 그림은 왜 이래요? 전체적으로 색도 칙칙하고 여기 두꺼비는 왜 분홍색이지?"

학교 선생님들이 기발하다며 칭찬했고, 당당하게 상도 탔다. 다만 색이 너무 이상했기에 금상이 아닌 은상을 타게 됐다. 그 때문에 선생님들은 물론이고 나 역시 태어나 처음으로 아쉬움을 느꼈다.

한 살, 한 살 더 먹어갈수록 아쉬운 경우가 계속 생겼다. 그림을 그리는 게 좋았고, 하나의 그림으로 내 생각을 표현하는 게 좋았기에 미술을 하고 싶었지만 색이 보이지 않는 이상 불가능한 일이었다.

부모님은 천천히 하고 싶은 일을 찾으라고 했지만 할 수 있는 일이 있을까 걱정됐다. 그러다 교양프로그램에서 광고업계에 대한 이야기가 나왔다.

제품에 대한 홍보나 생각을 짧은 시간 안에 전달하는 역할이라는 말이 마음에 와닿았다. 요점을 잡는 건 누구보다 자신 있었기에 딱 맞는 직업이었다.

물론 광고나 캠페인에서도 색을 중요하게 여겼다. 하지만 이번만큼은 포기하지 않았다. 광고 분야에서는 색이 보이지 않더라도 할 수 있는 일이 있었다.

글로 그림을 그리는 카피라이터.

물론 광고를 만들고 싶은 꿈이 더 컸지만 어쩔 수 없이 차선을 선택했다.

이후 대학에 와서 광고를 전공으로 택했다. 색만 보이지 않을

뿐 확실히 남들보다 뛰어나다는 걸 스스로도 느낄 수 있었다. 물론 색을 봐야 할 때가 많았지만, 안 보이는 걸 볼 순 없었다. 대신 꾸준히 광고를 공부하며 카피를 만들었다. 좀 더 제대로 공부하려면 기업에 대해 알아야 해서 경영지도사 자격증까지 땄다. 색이 보이지 않아도 사는 데 전혀 지장이 없다 보니 현실에 익숙해져 가고 있었다.

물론 사는 데 지장 없다는 건 내 생각이었다. 부모님은 대학을 다니는 지금까지도 포기하지 않고, 여러 가지 색으로 이루어진 세상을 보여주고 싶어 했다.

그리고 현재, 옆에서 아버지와 의사가 무언가 열심히 떠들고 있었다. 한참을 대화하고 살펴보고 나가자 아버지가 한껏의 머리를 쓰다듬었다.

얼마 전 미국의 한 연구 팀은 수정체와 망막 사이의 투명한 물질인 유리체에 주사를 놓는 방법에 대해 연구한 결과가 성공적이었다고 알렸다. 그와 동시에, 세계 최고 과일 취급 업체의 한국 지사 대표였던 아버지는 인맥을 통해 정보를 수집했다.

덕분에 미국까지 오게 되었다. 완벽하게 색을 인지할 순 없지만 조금은 색이 보일 거라고 했다. 나는 조금이라도 보인다는 말에 수술 날짜를 잡았고, 지금은 눈에 붕대를 감은 채 병실에 누워 있는 중이다.

"수술 잘됐대!"

＊　　　　＊　　　　＊

며칠 후, 잠깐이지만 붕대를 풀 수 있었다. 정상적인 유전자가 자리를 잡는 데 오랜 시간이 걸린다는 말을 들었지만, 약간 기대도 되었다.

하지만 눈에 보이는 건 여전히 회색빛 얼굴들이었다. 아쉬운 마음에 고개를 돌리자 이상한 광경이 눈에 잡혔다.

"왜! 왜 그래? 잘 보여?"

부모님의 얼굴이나 의사들의 얼굴은 여전히 회색이었다. 단지 그들이 입고 있는 옷이나 들고 있던 차트를 비롯해, 사람을 제외한 모든 것이 알록달록했다. 한겸의 반응에 부모님이 안절부절못하며 의사들에게 질문했다.

"아직은 단편적으로만 색을 감지할 수도 있습니다. 자리 잡으면서 나타나는 일시적인 현상일 겁니다."

한겸 역시 의사의 말이 들렸다. 비록 피부색들이 회색으로 보이긴 했지만, 지금 보이는 배경만으로도 충분히 설레고 벅찼다. 한겸은 자신도 모르게 말을 뱉었다.

"이런 세상이 있는지도 몰랐어요. 엄마가 입은 옷이 이렇게 예쁜지."

"아빠는 아빠도 잘 보여? 나는 어때!"

한겸은 씨익 웃으며 고개를 끄덕거렸다.

"지금까지 이렇게 예쁜 것들을 모르고 있었던 거네요."

부모님들은 한겸보다 더 벅찬 얼굴로 의사들을 돌아보았다. 그러자 의사들은 한겸을 바라보며 무척이나 뿌듯한 표정으로 엄지를 치켜세웠다.

*　　　*　　　*

수술이 성공적으로 끝나고, 회복과 적응을 위해 기다리다 보니 한 달이라는 시간이 흘렀다. 색에 적응하는 것은 부모님의 도움 덕분에 어렵지 않았다. 다만 아직은 모든 색들이 신기했다. 그래서 퇴원하는 지금도 한겸은 이리저리 둘러보기 바빴다. 의사의 권유로 당분간 선글라스를 착용해야 해서 그 상태로 연신 두리번거리고 있었다. 하늘이며, 건물들이며, 마치 새로운 세상에 와 있는 기분이었다.

다만 사람들이 문제였다. 병원에서 아주 간혹 피부색이 보이는 사람이 있었다. 아주 빨갛게 보였다. 그리고 딱 한 번이긴 했지만, 아주 잠깐 노랗게 보이는 사람까지 있었다. 처음에는 피부색이 저런 사람도 있는 줄 알았지만 부모님 덕분에 아니라는 것을 알았다. 그래서 수술이 제대로 되지 않은 건가 싶어서 검사까지 했으나 수술은 성공적으로 됐다고 했다.

왜 저렇게 보이는지 알 순 없었지만, 시간이 지나면서 차츰 제대로 보일 거라고 했으니 걱정되지는 않았다. 그보다 새롭게 보이는 세상을 만끽하며 행복함을 느끼는 중이었다.

그때, 한겸의 휴대폰에 메시지가 도착했다.

[너 한국에 언제 옴? 후배 애들이 졸업 작품인데 너 언제 오냐고 뭐라고 그럼. 나랑 종훈이 형이 실드 쳐주는 중인데 네가 스토리 안 짰으면 이미 빼버렸을 듯. 나 그리고 골드 승급함ㅋ]

군대에 갔다가 완전색맹인 탓에 의병제대를 했다. 색맹도 예외 없다고 부를 때는 언제고, 자대에 배치되자마자 군 생활이 불가능하다며 사회로 돌려보냈다. 그래서 남들보다 일찍 복학했고, 지금 온 문자는 학과에 남아 있는 남자 동기의 문자였다. 4학년이 되기 전 졸업 작품을 내놓아야 했는데 급하게 수술 날짜를 잡아 학기 도중에 미국에 와버린 것이 문제가 됐다.

"한국에 언제 가요?"

"한국은 왜 그렇게 돌아가려고 그래. 애인도 없는 놈이."

"학교 가야죠! 졸업 작품 참여해야 돼요."

"졸업? 조올업? 졸업하고 할 건 있고? 너 매일 탱자탱자 놀았잖아. 이봐요, 김탱자탱자 씨! 졸업한다는 놈이 맨날 TV만 봐?"

"아버지도 참. 당연히 광고홍보학과니까 TV 보고 연구하는 거죠! 남들보다 부족하니까 더 많이 봐야 되는 거고요!"

"어쭈, 눈빛 봐! 왜, 내 탓 하고 싶어? 그래서 지금 리페어해 줬잖아. 20년이 넘게 지난 걸 리페어해 주는 회사가 어디 있어. 안 그래? 그것도 무상으로. 하하하."

아버지는 자신의 농담에 만족하며 크게 웃었다. 사람이 여유가 있어야 한다며, 아버지와의 일상 대화는 대부분 농담이었다. 물론 인생의 조언도 수시로 해주셨다. 항상 농담을 섞어가며 말해서 흘려듣는 내용도 상당했지만. 그때, 옆에 있던 어머니가 입을 열었다.

"네 아빠가 내일 돌아가는 티켓 끊어놨어. 병원에서도 비행기 타도 된다고 했고. 그래서 브루클린까지 가는 거야."
"브루클린이요?"
"델레스 공항에는 하루에 한 편밖에 없다고 그래서 케네디 공항 가려고. 그런데 바로 학교 갈 수 있겠어?"
"가야 돼요."

그러고 보니 아버지는 자신의 옆에 있느라 회사에서 거의 한 달간 자리를 비웠다. 한겸은 감사한 마음에 운전 중이던 아버지의 뒷모습을 봤다. 그때, 룸미러를 통해 자신을 보고 있었는지 아버지가 입을 열었다.

"너 때문에 아빠 회사 잘리면 네가 먹여 살려야 된다. 아, 그러고 싶다. 안 나간다고 그럴까?"
"휴."

"뭐야! 싫다는 거야? 여보, 우리 실버타운 알아봐야 하는 거 아니야?"

한겸은 피식 웃고는 창가를 봤다. 바닷가를 낀 도로를 벗어나 도심지로 향하고 있었다. 한겸은 시간 가는 줄도 모르고 바깥을 구경했다. 예전처럼 하나의 색으로만 본다면 모를까, 색을 보기 시작한 지금은 사람들이나 동물들이 어떤 색으로 어떻게 보일까 궁금했다.

그러다 문득 이상함을 느꼈다. 가끔 지나쳐 가는 광고판만큼은 회색으로 보였다. 대부분이 회색이었고, 병원에서 지나치며 본 사람들 피부처럼 빨간색으로 된 광고판도 보였다. 건물들이며 사람들 옷의 색은 전부 보이는데 광고판들만 회색이었다.

의아해진 한겸은 이동하는 중 계속 광고판만 쳐다봤다. 한참을 이동하던 중 빌딩들이 들어선 곳을 지나갈 때, 잠시 신호에 걸려 차가 멈췄다. 이상함을 느껴 고개를 돌려보니 빌딩에 달려 있는 커다란 광고판이 보였다. 익숙한 제품으로, 'Taste the feeling'이라는 문구가 적혀 있는 콜라 광고였다. 다양한 인종의 사람들이 콜라를 마시며 행복해하는 광고. 한국에서도 공부하느라 자주 봤던 제품이었다. 막상 실제로 보니 무척이나 새롭게 다가와 사진을 찍으려 할 때, 이상함을 느낀 이유를 찾았다.

"백인! 흑인! 동양인!"

생김새만으로 얼추 유추하는 것이 아니었다. 광고판도 색이 보였을 뿐 아니라, 광고모델들의 피부색까지 구분되었다.

*　　　　　*　　　　　*

한겸은 이제 눈이 제대로 보이는 건가 확인하고 싶은 마음에 급하게 고개를 돌렸다. 하지만 부모님 두 분은 여전히 회색이었다. 신기한 마음에 광고판과 부모님을 번갈아 보자 아버지가 입을 열었다.

"콜라 먹고 싶어? 아, 나도 먹고 싶다. 그렇게 사달라고 쳐다보지 말고 '엄마, 아빠, 제가 콜라 사드릴게요. 좀 쉬었다 가실래요?' 하면 얼마나 좋을까?"
"그런 거 아닌데. 콜라 드실래요?"
"됐거든? 도착해서 커피나 사."

그사이 차가 출발했고, 한겸은 다른 광고판이나 사람들을 관찰하기 시작했다. 하지만 지나다니는 사람들은 변화가 없었다. 대부분이 회색빛이었다. 사람이 많은데도 병원에서 봤던 노란 피부색조차 보이지 않았다.
광고판은 확실히 달랐다. 전체적으로 빨간 광고판에 회색 사람이 있는 경우도 있었고, 회색 광고판에 빨간 사람이 있는 경우도 있었다. 사람이 없는 광고들도 대부분 빨갛거나 회색이었다.
덕분에 한겸은 말도 없이 광고판만 쳐다봤다. 그 모습을 보던 어머니는 피식 웃으며 입을 열었다.

"누가 광고 공부하는 학생 아니랄까 봐 광고만 보고 있어."

"그냥 신기해서… 아."

한겸은 자신이 보며 지나쳤던 광고들을 떠올렸다. 광고와 모델 둘 다 색이 보였던 광고들. 처음 보는 광고도 있었지만, 신기하게도 잘 만든 걸로 유명한 광고들이었다.

*   *   *

한겸은 한국에 도착해서 줄곧 TV만 봤다. 지금도 거실에서 혼자 TV를 보던 중이다. 확실히 그동안 보던 TV와는 전혀 달랐다. 색이 더해지자 더 재밌었고, 역동적으로 느껴졌다. 물론 새롭게 느껴지는 TV가 재미있기도 했지만, TV를 보는 이유는 따로 있었다.

TV 속에 나오는 광고. TV에서조차도 광고는 회색이었다. 광고판에서 봤던 것처럼 아주 간혹 피부색이 보이거나 빨갛게 보이는 광고도 있었다. 한겸은 지금 그 이유를 찾기 위해 TV를 보는 중이었다.

재벌가 도련님이 주인공인 드라마였다. 잠시 뒤 드라마 중간에 삽입된 광고가 나왔다. 'Ready'라는 자동차 광고였고, 배우는 드라마의 주인공이었다. 영화에도 많이 출연했던 배우였기에 꽤나 익숙했다.

화면에서 캐주얼한 옷을 입고 있던 배우가 어디론가 연락을 받고 급하게 뛰쳐나갔다. 그러더니 차에 손을 올렸다. 그때, 갑자기 한겹이 눈을 비벼댔다.

"어? 노란색?"

광고에 나오는 배우의 피부색이 갑자기 노랗게 나왔다. 회색 광고에 노란 피부색의 배우. 한겹은 갑작스럽게 보이는 피부색 때문에 자세를 고쳐 잡았다.

그때, 배우가 차에 올라타고선 옷을 갈아입기 시작했다. 남자의 움직임에 따라 피부색이 마치 깜빡이처럼 노랑과 회색으로 바뀌었다. 잠시 뒤 화면이 바뀌더니 정장을 차려입은 남자가 차에서 내리며 누군가와 악수를 했다. 그리고 그때, 남자가 뒤를 돌며 차에 손을 올렸다.

—Are you ready? I'm ready!

그 순간 안개가 걷히듯이 광고에 사용된 색들이 보이기 시작했다. 뿐만 아니라 차에 손을 올릴 때 노란색이던 배우의 피부색도 다르게 보였다.

"어? 색이 보인다! 피부색도 보였어! 차에 올라타니까 피부색이 보였어!"

그 순간 광고가 끝났고, 다시 드라마가 이어졌다. 신기하게도 그 배우는 드라마 속에서는 피부색이 보이지 않았다. 노란색이 아닌 회색이었다. 한겸은 혹시 또 보일 수도 있다는 생각에 그 배우가 나오는 드라마를 열심히 봤다. 그때, 갑자기 소파를 두드리는 소리가 들렸다.

툭툭.

고개를 돌려보니 아버지가 웃으면서 TV를 가리키는 중이었다.

"어이, 김탱자탱자 씨! 광고 보고 있는 거야? 이야, 광고가 엄청 기네!"

*　　　　*　　　　*

머칠 뒤, 한겸은 졸업 작품을 같이하는 팀원들과 약속한 장소인 인천에 도착했다. 한남동인 집에서 조금 먼 곳이라 일찍 출발한 덕분에 제일 먼저 도착해 버렸다.

겨울이라 날씨가 쌀쌀했기에 한겸은 근처 커피숍에 들어갔다. 그러고는 곧장 휴대폰을 꺼내 들었다.

—Are you ready? I'm ready!

어제 봤던 스포츠세단의 광고를 계속해서 돌려 봤다. 곧이어 미국에서 봤던 콜라 광고까지 찾았다. 신기하게 같은 콜라 광고라고 해도 색이 보이는 게 있고, 보이지 않는 게 있었다.

그 외에도 많은 광고를 찾아보며 알아낸 사실이 있었다. 바로 회사명이 어디에 들어가 있든 색이 변하는 것과는 무관하다는 것이었다. 그 점을 알려준 광고는 한국 제품의 광고였고, 유난히 색이 많이 보이는 브랜드였다.

[Only one design in the world.
Infinity of Jin's.]

'I.J'라는 옷 브랜드에서 나온 광고 대부분은 색이 보였다. 완전 똑같은 이미지인데도 브랜드명이 커다랗게 보일 때도 있었고, 아예 없을 때도 있었다. 그런데도 똑같이 색이 보였다.

그리고 대략적으로나마 색이 보이는 이유를 알 것 같았다. 색이 비교적 다채롭게 보이는 광고들은 전부 수업 중에 잘 만든 광고라고 한두 번씩 언급된 광고들이었다. 그리고 색이 빨갛게 보이는 광고들은 전부 혹평을 받았거나 이상한 광고들이었다.

'진짜 잘 만든 광고만 색이 보이는 건가? 이게 말이 돼? 그럼 회색이나 노란색은? 사람들 피부색은 뭐지?'

빨간색보다는 적게 보이고 온전한 색보다는 자주 보이는 노란색이 궁금했다. 한겸이 정신없이 광고를 찾아보고 있을 때, 휴대폰이 울렸다.

―겸쓰, 어디냐? 늦게 오면 죽일 기세다.

"커피숍이야. 나갈게."

유일한 남자 동기인 범찬의 전화를 받고선 급하게 커피숍에서 나왔다. 멀지 않은 곳에 모여 있는 팀원들이 보였다. 3수를 한 데다가 군대까지 다녀온 나이 많은 선배 한 명과, 친분이 적은 두 명의 여자 동기, 그리고 친구인 범찬까지. 한겸은 서둘러 걸음을 옮겼다. 도착해서 일행에게 인사를 하려 할 때, 자신을 보며 놀라는 팀원들의 얼굴이 보였다.

"겸쓰! 너 뭐야?"

"내가 뭐."

"너 옷 뭐냐고! 맨날 검은색 옷만 입고 다니던 놈이 그게 뭐야! 이 겨울에 꽃놀이라도 가냐? 알록달록 꽃무늬 잠바가 뭐야! 완전 구려. 그런 건 어디서 샀냐."

한겸은 피식 웃었다. 다들 신기하게 보고 있는 이유를 알 것 같았다. 색이 보이는 기념으로 어머니가 사다 주신 점퍼였다. 물론 자신도 그동안 알지 못했던 알록달록한 점퍼가 무척 마음에 들었다.

"형, 그동안 빠져서 죄송해요. 수정, 인애도 미안. 대신 밥 살게."

범찬에게 들은 얘기도 있었고, 자신이 빠진 자리를 다른 사람

들이 채워야 했을 것이기에 사과부터 건넸다. 선배나 범찬은 이
해를 하는 듯했지만, 여자 동기 두 명은 아직 풀리지 않은 것처
럼 보였다. 그때, 범찬이 한 발짝 이동하며 입을 열었다.

"밥은 나중에 먹는 게 좋을 듯. 오늘은 조금 떨어져서 걷자.
구린 옷 입고 왜 그렇게 당당해? 넌 항상 이유 모를 자신감이 문
제야."

"범찬아, 그만해라. 뭐 화려하고 좋기만 한데. 한겸이 수술했
다면서, 이제 눈은 괜찮아?"

종훈 선배는 웃으며 범찬을 말렸다. 그때, 여자 동기인 수정이
입을 열었다.

"빨리 가면 안 돼요? 기다리실 거 같아요."
"아, 그러자. 일단 가자."

수정과 인애가 먼저 앞장을 섰고, 한겸은 그 뒤를 따랐다. 오
늘 갈 곳은 수정의 부모님이 운영하는 프로덕션이었다. 작은 프
로덕션이기는 했지만 홍보 영상을 전문으로 찍는 곳이었기에 장
비부터 조언까지 꽤 많은 도움을 받고 있다고 들었다.

수정을 뒤따라 걷다 보니 높지 않은 건물 2층에 위치한 Do It 프
로덕션에 도착했다. 다들 익숙한 듯 들어가며 인사했다. 직원 수도
그다지 많지 않았다. 학교에서 듣던 외주 업체의 현실이었다. 그때,
안쪽에서 수정의 아버지로 보이는 사람이 나타났다.

"안녕하세요!"

"어, 그래. 다들 어서 와요!"

수정의 아버지로 보이는 사람이 한겸을 보며 입을 열었다.

"저 친구는 처음이네?"

"안녕하세요. 김한겸이라고 합니다."

"이 친구가 아파서 빠졌다는 그 친구구나."

수정의 표정만 보면 그다지 좋은 얘기를 들었을 것 같진 않았다. 때문에 한겸은 멋쩍은 미소를 보였다. 그러자 수정의 아버지는 피식 웃더니 입을 열었다.

"일단 작업한 영상부터 보자. 보면서 어떻게 바꾸는 게 좋을지 얘기해 줄게."

작업을 하고 있던 엔지니어들을 지나치자 작은 방이 나타났다. 방으로 따라 들어간 팀원들은 옹기종기 붙어서 화면을 봤다. 화면에는 그동안 팀원들이 촬영한 영상이 나왔다.

처음 졸업 작품 대상을 고를 당시, 기업 홍보 및 캠페인 등 여러 가지 선택 사항이 있었다. 그중 한겸의 팀이 선택한 것은 같은 학교의 창업 동아리에서 제작한 제품이었다. 한겸도 어떤 제품인지 알고 있었다. 직접 광고 방향까지 잡고 스토리를 짜다가 미국에 갔으니까.

이름은 Fix Box. 집어넣은 물건을 고정시킬 수 있는 상자였다. 이삿짐을 옮길 때 볼 수 있는, 종이로 된 상자였다. 상자 안쪽 벽과 바닥에 골판지처럼 작은 홈들을 만들어놔서 판을 끼우기만 하면 칸을 나눌 수 있었다. 또 나눈 칸에 또 다른 칸을 끼우는 형식으로 집어넣은 물건을 고정시킬 수 있는 방식이었다.

박스를 사용하지 않을 시에는 접어놓으면 자리를 차지하지도 않았다. 공간을 최대한 활용하려는 제품이었다. 일반 가정에서도 사용할 수 있었지만, 주 판매 대상은 이삿짐센터였다.

창업 동아리에서 나온 제품들 대부분은 IT에 관련된 것이었다. 한겸의 팀이 이 상자를 선택한 이유는 남들이 선택하지 않는 제품인 점이 컸다. 비교할 대상도 없거니와 다른 팀들에 비해 독특한 소재였다.

졸업 작품은 TV 광고로 제작해야 했고, 총 광고 시간은 18초였다. 인터넷광고라면 길어도 상관없었지만, TV 광고들은 대부분 짧았다. 지루함을 참지 못하고 채널을 돌리는 시청자들 때문에 광고 시간은 점점 짧아지는 추세였다. 그 짧은 시간 안에 최대한 각인시켜야 했다. 한겸은 아직 실제 촬영된 영상을 보지 못한 상태였기에 내용을 어떻게 담았을지 기대하며 지켜봤다.

촬영 장소는 처음 보는 곳이었다. 검은 배경에 꽤나 음침해 보이는 좁은 곳이었고, 어두운 음악이 흘러나왔다. 방 가운데에는 인애와 종훈 선배가 있었다. 둘 다 마치 검객을 코스프레한 것 같은 복장이었다. 그중 인애는 땅에 칼을 꽂은 채 무릎을 꿇고 있었고, 종훈 선배는 그런 인애를 지키려는 듯 칼을 들고 경계하는 모습이었다.

그때, 인애가 힘이 빠진 목소리로 입을 열었다.

—지금도 늦지 않았어요. 당신이라도 피해요.
—그런 소리 마라!
—가라고요! 가라고! 제발!

꽤나 연기를 잘했다. 인애가 절규하듯 소리칠 때, 종훈 선배가 나지막한 목소리로 말했다.

—어차피 끝났다. 너도 겪어보지 않았느냐! 동료들을 잃은 뒤 후회로 산 삶이었다.
—제발……
—헛소리 말아라! 너만큼은 무슨 수를 써서라도…….

화면이 두 사람을 클로즈업하자 삶을 포기한 듯한 모습이 잡혔다. 그때, 갑자기 화면이 밝아지기 시작하고, 두 사람이 당황한 표정으로 서로를 봤다. 그리고 무너지는 소리가 들리며 벽이 움직이기 시작했다. 옆으로 수많은 피규어들이 나타났다.

—이럴 수가…….

인애와 종훈 선배의 놀란 얼굴이 잡히고 잠시 뒤 화면이 바뀌었다. 화면으로 범찬의 뒷모습이 나와 상자에서 피규어들을 꺼내 책장에 올려놓기 시작했다. 범찬이 검객 두 명이 칼을 맞대고 있는 피규어를 책장에 올려놓을 때, 화면 밖에서 초인종 소리가 들렸다.

―배달이요!
―짜장면 왔다! 이사했으면 짜장면이지!

그 말과 동시에 화면에는 다시 코스프레한 복장의 종훈과 인애가 나왔다. 두 사람은 무척이나 놀란 얼굴로 서로를 보며 입을 열었다.

―살아남았단 말인가…….

그리고 화면에 Fix Box가 나왔다.

―흔들림 없는 고정력, Fix Box!

광고가 끝나자 다들 만족한 얼굴로 조그맣게 박수를 쳤다. 피규어를 선택한 이유는 수정 덕분이었다. 수정은 같은 학과였지만, 광고 제작보다는 빅데이터 분석으로 나가려고 공부하던 중이었다. 수정은 데이터를 분석한 후, 고가의 물건들을 제외하고 이삿짐센터에서 가장 번거롭게 생각하는 것이 피규어라는 결론을 냈다. 수정의 분석을 바탕으로 한겸이 스토리를 만든 것이다. 한겸이 영상이 끝난 모니터를 보며 생각에 잠길 때, 수정의 아버지가 웃으며 입을 열었다.

"궁금증도 유발하고 유머도 있고 괜찮아. 좀 투박하긴 해도 괜찮아 보이네."

현직 종사자의 칭찬에 다들 만족스러운 미소를 보였다. 그때, 범찬이 한겸에게 물었다.

"야, 내 연기 쩔지 않냐? 이사했으면 짜장면이지! 내가 넣어봤는데 개쩜. 유행어 될 각!"
"잘했네."
"뭐야, 반응이 왜 그래? 뭐 이상해?"

스토리를 잡는 데 꽤나 고생했는데, 생각했던 대로 담겼다. 졸업 작품치고는 꽤 괜찮아 보였다. 상업적으로나 창의적으로나 잘 만든 광고처럼 보였다.
다만 약간 거슬리는 부분이 보였다. 마지막에 나타난 글귀도 약간 거슬렸지만, 그보다 더 큰 이유가 있었다.
광고가 회색이라는 점. 피부색 역시 전부 회색이었다.

제2장

졸업 작품

　연예인이나 연기를 잘하는 다른 사람을 배우로 썼다면 색이 다르게 보이지 않을까 생각한 것이 한겸의 표정에 드러났다. 그 표정을 본 범찬의 말에 다른 팀원들의 시선이 한겸에게 쏠렸다. 그러자 종훈 선배가 궁금하단 얼굴로 질문을 했다.

　"어디가 이상해? 네가 없어서 우리가 수정한 부분도 있어. 그 피규어 부분은 저작권 문제 될 수 있어서 아예 바꿔 버린 거야."
　"더 좋은 거 같아요."
　"그러지 말고 이상한 부분 있으면 말해봐. 어차피 수정해야 하니까."

　한겸은 자신에게 집중하는 팀원들을 한 번 쳐다봤다. 광고가 빨갛게 보이지 않는 것만으로도 충분히 성공했다고 볼 수 있었다. 지금 당장 문제를 해결할 수 없었기에 그나마 이상하게 느껴진 부분에 대해 입을 열었다.

"전반적으로 유머스럽게 진행되는 거에 비해 마지막 카피가 조금 딱딱해 보여서요."

"그런가? 네 생각은 어때? 네가 그런 거 잘 캐치하잖아."

"광고에서 고정력이 좋다는 걸 강조하고 있으니까, 또 고정력을 언급하기보다는 유머스럽게 가는 게 어떨까요? 아예 마지막 카피를 빼거나 피규어를 살아 있는 거처럼 꾸몄으니까 '지켜줄게' 이런 느낌?"

그 말을 들은 팀원들은 자신도 모르게 고개를 끄덕였다. 그때, 옆에서 지켜보던 수정의 아버지가 웃으며 입을 열었다.

"나도 그 카피가 더 괜찮은 거 같은데? 추가 촬영을 할 필요도 없으니까 바꾸는 것도 생각해 봐. 전반적으로 창의성이 돋보이는 게 잘 만든 거 같아. 기술면에선 아직 부족하긴 해도 젊어서 그런지 생각들은 정말 기발했어. 그럼 시간도 늦었는데 밥이나 먹으면서 얘기하자고. 백반 괜찮지?"

한겸과 팀원들은 자리에서 일어나 좁은 방을 나섰다. 작업실에서 작업 중인 엔지니어들에게 인사를 하고 나가려 할 때, 한겸의 눈에 모니터 화면이 보였다.

그 모니터에는 신발을 제외하고 모델을 포함한 광고 전체가 빨갛게 보였다.

＊　　　　　＊　　　　　＊

팀원들은 수정의 아버지가 안내한 프로덕션 근처 식당으로 이동했다. 팀원들은 곧바로 추가 촬영 계획도 잡았다. 기존 시안에서 크게 바뀌는 게 아니었기에 모두가 찬성했다. 촬영 날까지 잡고는 식사를 시작했다.

"겸쓰, 그런데 이제 색깔 보여?"

"어. 전부는 아니고 좀 보이지. 너 티셔츠에 튄 김칫국도 보여."

"괜찮아. 일부러 묻힌 거야. 그럼 이제 너 포토샵도 하겠다? 이제야 가르쳐 준 보람을 느끼게 되는 건가? 크크."

"뭐 색 구분만 못 했던 거니까 편해지긴 하겠지."

"크크, 모르는 거 있으면 물어보도록!"

프로덕션에서 봤던 광고 때문에 생각할 시간을 갖고 싶었지만, 범찬이 있는 이상 불가능했다. 그때, 옆에서 듣던 수정의 아버지가 입을 열었다.

"그럼 아예 색 구분이 안 됐던 거야?"

"네, 전 색각이상이라서요. 지금은 대부분 보여요."

"그래? 그럼 광고 일 힘들었을 텐데 다행이네. 내가 잘은 몰라도 그런 수술 하는 덴 돈 많이 들었을 텐데. 부모님이 힘드셨겠네."

그때, 범찬이 웃으면서 대화에 끼어들었다.

"한겸이네 집 과일 가게 크게 한댔어요. 과수원도 한다고 그랬나?"

한겸은 피식 웃었다. 아버지가 세계 최고의 과일 취급 업체인 F.F의 한국 지사 대표인 걸 숨기려는 건 아니었지만, 떠벌리고 다니지도 않았다. 단지 학교생활 중 범찬만이 부모님에 대해 물었고, 떠벌리고 다니는 범찬의 성격을 잘 알아서 과일 가게 한다고 둘러댔을 뿐이었다.

"그래도 많이 걱정하셨겠네. 다 나았으니까 앞으로 열심히 해야겠어."

포근한 인상인 수정의 아버지는 기분 좋은 미소를 지었고, 별다른 대화 없이 식사가 이어졌다. 한참을 식사하던 중, 한겸은 아무리 생각해도 빨간 피부가 걸렸다. 분명히 이상한 광고들에서 봤던 색이었다. 참견하는 게 아니라 물어보는 것이었기에, 한겸은 일단 광고에 대해서 운을 뗐다.

"아버님, 혹시 아까 나오면서 봤던 광고도 제작하신 거예요?"
"어떤 걸 말하는 걸까?"

"그 엔지니어분이 화면에 띄워놓고 있던 거요. 운동복 입은 여자 나오는 건데."

"아! 그거? 신발 말하는 거구나. 그런데 왜?"

"직접 제작하신 게 아니에요?"

그러자 수정의 아버지는 이유 모를 씁쓸한 미소를 짓더니 대답했다.

"음, 우리는 제작은 안 해. 작은 기업에서 나온 신발인데, 미디어 광고는 아니고 Y튜브 광고 영상 찍은 거 편집하는 거야. 그냥 하청이지 뭐. 그래도 요즘은 Y튜브 편집 때문에 그나마 문 안 닫고 있다. 참, 이거 어디 가서 봤다고 말하면 안 된다? 나중에 문제 생기면 골치 아파."

한겸 역시 수업 중에 들은 내용이었다. 대기업들은 계열사로 광고 회사를 직접 운영했지만, 그 외에는 전부 독립 광고대행사였다. 그런 경우 대부분 마케팅이나 기획 등 한 가지에 특화되어 있었기에 필요한 부분에서는 외주를 주었고, Do It 프로덕션 역시 외주를 받는 형식이었다.

한겸은 자신이 본 제품이 어떤 회사의 제품일지 궁금해졌다.

*　　　　　*　　　　　*

이후, 팀원들과 포스터를 위한 추가 촬영과 수정까지 끝냈다.

포스터에는 종훈 선배가 Fix Box에 등을 기댄 채 인애를 보고 있었다. 그리고 중간에는 역동적인 글씨체로 '지켜줄게'라는 카피가 새겨졌다. 아쉬운 부분도 있었지만, 다들 만족해했다.

"CG를 조금 제대로 했으면 더 멋있었을 텐데 그 부분이 약간 아쉬워!"

"그래도 편집만으로 이 정도 했으면 잘했지. 이거 졸업 작품 발표회 때 난리 날 거 같은데? 지켜줄게. 캬아!"

이제 최종적으로 Fix Box 동아리 사람들과 협의만 이루어지면 작업이 끝났다. 동아리 사람들에게 자신들이 만든 광고를 보여줄 생각 때문인지 팀원들은 약간 들떠 있었다.

하지만 한겸은 조금 달랐다. 보면 볼수록 아쉬웠다. 스토리가 좋다고 생각되니 혹시 카피를 바꾸면 색이 보이지 않을까도 기대했는데, 인쇄된 포스터는 여전히 회색이었다.

그때, Fix Box 동아리 사람들이 들어왔다. 총 세 명이었고, 전부 선배들이었다. 종훈 선배가 그동안 친분을 쌓았는지 반갑게 맞이했다.

"왔어? 일찍들 왔네."

"어헛! 왔네, 라니! 광고주님한테."

"하하, 돈이나 주고 그런 소리 해야지. 돈도 안 받고 공짜로 광고 만들어주는데. 광고 지운다?"

장난스러운 대화가 오가며 서로 안부를 물었다. 같은 학교 학생이어서인지 가벼운 분위기로 진행되었다.

"이건 최종 시안대로 나온 광고지고, 범찬아, 영상 좀 틀어줘."

동아리 사람들이 광고지를 보며 웃는 사이, 범찬이 영상을 재생했다. 아는 사람이 연기하는 모습 때문인지 피식거리기도 했지만, 전반적으로 반응이 꽤 괜찮았다.

―지켜줄게. Fix Box.

광고가 끝나자 동아리 사람들이 입을 열었다.

"재밌는데? 저번에 보여준 포트폴리오만 봐선 이상할 거 같았는데 B급 감성 같고 내 스타일이야. 넌 어때?"
"내용은 좋아서 마음에 들긴 하는데 편집 같은 게 조금 걸린다. 저기요. 벽 무너지는 장면은 약간 조잡한 거 같은데. 혹시 수정 안 되나요?"

다른 동아리 사람들도 그 부분에서 같은 걸 느꼈는지 고개를 끄덕거렸다. 하지만 팀원들이 해줄 수 있는 부분이 아니었다. 자신들이 만든 광고가 완벽하게 나온다면 좋기는 하겠지만, 당장 이번 주에 제출해야 했기에 시간도 없었다. 평가 자체도 부족한 CG보다는 얼마나 신선하고 창의적인지, 얼마만큼의 몰입감을 줄 수 있는지에 중점을 두고 있었다. 그래서 팀원들의 반응은 미지근했다.

다만 한겸만은 수정 후가 궁금했다. 그렇다고 독단적으로 나설 수 없었다.

"아! 부담 주려는 건 아닌데, 미안해요. 너무 마음에 들어서 조금 아쉬워서 그래요."

한겸은 동아리 사람들까지 마음에 들어 하는 모습에 더욱 아쉬움이 더해졌다.

*   *   *

학기를 마치기 전 열린 졸업 작품 발표회 때문에 학과생들 대부분이 소강당에 자리했다. 학생들뿐만 아니라 광고에 관련된 동아리나 일부 기업도 참석했다. 또한 관련 학과의 교수들과 학교를 졸업하고 현직 광고 업체에 있는 선배들까지 자리했다.

잠시 뒤 학과장의 인사와, 꽤 유명한 광고 회사에서 중요 직을 맡고 있는 선배의 인사로 발표회가 시작되었다. 각자의 팀은 정성스레 만든 PPT와 함께 제작한 광고를 보여주었다. 한겸은 다른 팀들의 광고를 관심 있게 지켜봤다. 혹시나 색이 보이는 광고가 있을까 싶었다.

하지만 색을 볼 순 없었다. 대신 빨간색으로 보이는 광고들은 있었다. 잘못 만든 광고들이었다.

어느새 한겸의 팀의 발표 시간이 되었다. 발표자인 종훈을 제외하고 나머지 팀원은 인사를 한 뒤 무대에서 내려왔다. 그리고 종훈의 발표가 시작되었다.

자신이 속해 있는 팀이어서가 아니라 객관적으로 매우 잘 만든 광고였다. 자리에 있는 교수들을 비롯해 학생들의 반응도 가장 뜨거웠다. 그러다 보니 팀원들은 물론이고 Fix Box의 주인인 동아리 사람들이 가장 기뻐했다. 그러던 중 사람들의 반응을 살펴보던 범찬이 입을 열었다.

"겸쓰, 저기 저 선배님 엄청 관심 있게 본다. 현직 광고판에서 일하는 사람들한테 인정받는 거야! 크크."

범찬의 말대로 선배들이 웃는 얼굴로 박수까지 보내는 중이었다. 한겸은 만약 저 선배들이 만들었으면 피부색이 보이진 않을까 궁금했다.

어느새 종훈의 발표가 끝났다. 심사를 받는 자리가 아니라 말 그대로 발표하는 자리였기에, 발표가 끝나는 순간 팀원 모두가 홀가분한 얼굴이었다.

잠시 뒤 모두의 발표가 끝났고, 발표회를 마치기 전 선배의 소감을 듣는 순서가 되었다. 선배들을 대표해 한 사람이 올라왔다. Fix Box의 광고를 매우 관심 있게 보던 선배였다. 대기업 산하의 광고 회사는 아니었지만 꽤 규모가 큰 회사에 재직 중인 선배였다.

"조인기획의 강찬호 선배입니다. 큰 박수 부탁드립니다."

"사실 요즘 광고업계는 점점 힘들어지는 게 사실입니다. 기존의 광고 회사들이 IT 컨설팅 기업에 치이는 게 현실이죠. 앞으로는 더욱 힘들어질 게 사실이고요. 그래서 광고 회사들이 점점 마케팅 전략부터 솔루션까지 개발하며 분야를 넓히고 있습니다. 제가 다니고 있는 회사 역시 마찬가지고요."

IT 시대답게 선배의 말은 사실이었다. 그 때문에 소강당에는 다소 무거운 분위기가 흘렀다.

"그렇게 빅데이터에 의존하다 보니 비슷한 광고들이 수두룩해요. 하나의 광고가 뜨면 비슷하게 만드는 경우가 많죠? 왜냐고요? 남이 걸었던 길, 확실한 길을 가려고 하죠. 이미 솔루션을 비롯해 기획 단계는 거의 틀이 잡혀 있어요. 그래서 지금 광고업계에서 가장 필요로 하는 사람들은 기발한 아이디어를 제공할 사람입니다. 바로 여러분 같은 광고인이죠. 제가 느끼기에는 모두 고정관념이란 틀에 박혀 있지 않았고, 기발한 광고들이 상당히 많았어요. 정말 놀랄 정도였습니다. 오늘 참 행운이라고 생각합니다. 여러분 덕분에 초심을 떠올리게 됐거든요. 앞으로 광고판에서 볼 날을 기대하겠습니다."

박수를 끝으로 발표회가 마무리되었다. 그리고 발표회의 마무리는 뒤풀이였다. 기말고사가 끝나면 다들 취업 준비를 하느라 바빴기에 대학 시절 마지막 뒤풀이나 다름없었다. 학생들 모두가 참석하는 가운데 한겸과 팀원들 역시 뒤풀이에 참석했다.

*　　　*　　　*

고깃집에 자리한 한겸은 여간 불편한 게 아니었다. 의사가 당분간은 금주를 하라고 강조했기에 술을 마실 수가 없었다. 술을 즐기는 편은 아니더라도 빼진 않았는데 혼자만 음료수를 마시려니까 더 불편했다. 게다가 뒤풀이까지 참석한 Fix Box 동아리 사람들부터 자신의 팀원들까지 누구 하나 맨정신인 사람이 없었다. 그중 범찬은 눈 뜨고 볼 수 없을 만큼 가관이었다.

"선배님! 존경하는 선배님!"

각 테이블마다 졸업한 선배들이 조언을 해주기 위해 돌아가며 자리했다. 범찬은 선배들이 올 때마다 연신 손바닥을 비비는 중이었다.

"너희들 전부 AE 될 거지? AE는 기획자이기도 하지만 영업도 해야 해! 영업의 기본은 뭐다? 술이다 이거야. 그런데 쟤처럼 술 못 마시면 안 돼. 차라리 엔지니어로 진로 바꿔. 아니면 다른 일 하든가."

테이블에 온 선배들마다 하는 말이 같았다. 한겸은 다들 술에 취해 하는 소리였기에 웃어넘겼다. 그저 집에 가서 광고나 볼걸

하고 생각하며 시간을 때울 때, 발표회 때 소감을 발표한 강찬호가 지나다가 한겸을 발견하더니 웃는 얼굴로 자리에 앉았다.

*   *   *

강찬호는 술을 얼추 마셨는지 얼굴이 붉게 달아올라 있었다. 역시 범찬이 그런 찬호를 자리로 안내했다.

"선배님! 명연설에 감동받았습니다! 이리 앉으세요!"
"어? 여기구나! '지켜줄게' 팀! 한잔할까?"

찬호는 의자에 앉자마자 술잔부터 내밀었다. 술을 마신 뒤 찬호가 먼저 입을 열었다.

"너희 광고 정말 좋던데? 누가 짰어? 아까 발표할 때 본 스토리보드 보니까 잘 잡혀 있었어. 상당히 아이디어가 좋더라고. 이건 비밀인데 너희들이 제일 잘했더라."
"하하, 그렇습니까?"
"에이, 다른 테이블에서도 똑같은 말 하셨잖아요."

찬호의 칭찬에 테이블 모두가 좋아했다. 그럴 수밖에 없었다. 지금까지 이곳에 자리했던 선배들이 한 말이라고는 광고 일 더럽다는 얘기나 야근을 밥 먹듯이 한다며 겁을 준 것뿐이었다. 그것도 아니라면 자신이 참여한 광고들에 대해 자랑하는 얘기가 대부분이었다. 그러다 보니 팀원들은 자신들의 광고를 언급해 주는 찬호의 말에 기뻐했다. 그때, 찬호의 질문이 이어졌다.

"그런데 스토리는 다 같이 짠 거야?"
"아! 그건 우리 겸쓰가 대부분 짰는데 수정은 우리들이 했어요."
"오, 그래? 겸쓰가 누구야?"
"접니다. 겸쓰가 아니라 김한겸입니다. 반갑습니다, 선배님."
"너구나, 하하. 진짜 잘 봤다. 아까 소감 말할 때 했던 말 너희들 얘기였어."

약간 취한 듯 보이긴 했지만, 한겸 역시 기분이 나쁘지 않았다. 자연스럽게 대화가 이어졌고, 한겸은 전문가가 느꼈던 솔직한 감상을 듣고 싶은 참에 이때다 싶어 질문을 던졌다.

"선배님이 보시기엔 어떤 점이 부족해 보이셨어요?"
"잘했던데?"
"솔직히 어떤지 듣고 싶어요. 편집 부분을 수정하면 더 좋을까요?"
"하하, 졸업 작품인데 열정이 넘치네?"

한겸은 피부색에 대한 자신의 생각이 맞는지 확실히 하고 싶어 던진 질문이었는데 찬호는 열정이 넘친다고 보고 있었다. 자신이 하고 있는 일에 열정적인 모습을 보여서인지 찬호는 자세를 고치더니 입을 열었다.

"인터넷에서 가끔 나오는 B급도 아닌 C급 같은 경우라면 모를까, 저대로라면 광고를 내보낼 순 없지. 아직 실무를 배운 게 아니니까 편집 부분을 감안하고 보면 고쳐야 할 부분이 몇 가지 있지."

"몇 가지요?"

"일단 음악. 아까 프레젠테이션 보니까 Y튜브에서 초이스했던데 화면에 어울리는 음악이 더 좋지 않았을까? 화면에는 칼잡이 나오는데 음악은 기계음 나오고. 그냥 어둡다는 걸 강조하려던 건 알겠는데. 나 같았으면 차라리 판소리나 전통 악기 들어간 음악으로 선택했을 거 같다."

한겸은 아차 싶었다. 피부색을 보느라 시야가 좁아져 있었다는 걸 깨달았다. 한겸이 고개를 끄덕이며 인정하자, 선배가 말을 이었다.

"그리고 또 다른 건, 음, 너무 마음 상해 하지 말고 들어. 연기자가 너무 아마추어라는 거야. 차라리 연극영화과 애들한테 부탁하지 그랬어. 그럼 이거보단 훨씬 나았을 건데. 그것도 아니면 쟤네가 광고주잖아. 하하, 쟤네한테 돈 받아서 배우를 섭외하든가."

그는 Fix Box 동아리를 가리키며 농담을 하더니 말을 이었다.

"보는 사람들에게 제품을 사용했다는 몰입감을 주려는 거라면 너희들이 해도 좋았겠지. 그런데 너희 광고는 그런 게 아니잖아?"

"선배님, 선배님! 그래도 '이사했으면 짜장면이지!' 이 대사는 좋았죠?"

"하하, 그게 너구나. 뭐 뒷모습만 잠깐 나오니까 괜찮지. 너희들도 좋긴 좋았어. 나중에 AE 되면 모델한테 직접 보여주면 되겠네, 하하."

선배가 말하는 부분은 종훈 선배와 인애 부분이었다. 그 때문에 종훈과 인애가 잠시 침울해졌지만, 선배의 위로에 풀렸는지 웃음을 보였다. 얘기를 듣던 한겸은 그럴 수도 있겠다 싶었다.

그러자 그럼 연기자를 바꾸면 피부색이 보일까 궁금해졌다. 하지만 누구를 써야 피부색이 보일지 감이 잡히지 않았다. 그때, Fix Box 동아리 사람들이 선배의 말을 농담으로 생각하지 않았는지 술에 취한 채로 입을 열었다.

"너희들한테 정말 미안한데, 너희들이 만들어준 내용 정말 마음에 들어. 다들 칭찬도 하고. 선배님 말을 들어보니까 전문 업체에 의뢰해서 제대로 만들어보고 싶어. 아! 물론 너희들이 허락한다면. 선배님! 선배님이 제작해 주시면 안 되겠습니까!"

한겸은 당장에라도 허락하고 싶었지만, 팀원들은 술에 취해 제대로 된 판단을 하기 힘든지, 어떻게 받아들여야 할지 몰라 했다. 그때, 대화를 듣던 찬호가 웃으며 입을 열었다.

"저거로 뭐 할 거라도 있어?"

"없죠."

"그럼 팔아. 어차피 너희들 졸업 작품으로 만들었는데 돈 벌고 좋지. 나도 영업해서 좋고."

취한 와중에도 돈 얘기에 다들 솔깃한 표정으로 변했다.

*　　　*　　　*

팀원들의 표정을 보던 한겸의 얼굴엔 만족스러운 미소가 피어났다. 지금이 적기였다.

"팔죠? 선배들도 박스 정말 열심히 만들었는데 잘되면 좋잖아요."

한겸이 부추기자 금세 넘어왔다.

"그럴까?"

"그런데 얼마를 받아야 해? 형들, 박스로 주는 건 아니죠?"

얼마를 줘야 할지 생각하지 않고 말을 뱉은 동아리 사람들 역시 난감해했다. 그때, 찬호 선배가 먼저 입을 열었다.

"이대로 진행하면 우리 쪽에서 아이디어 회의 할 필요가 없으니까 그만큼 주면 되겠네. 너희들 금액은 어느 정도로 생각하는데?"

"동문 할인 같은 거 없습니까!"

"하하, 너희들 다른 과잖아."

"같은 학교입니다!"

"너스레들은. 어떤 모델이 좋을까. 최소 비용으로… 음 아! 좋은 사람 생각났다. 사극에서 단역 하던 사람인데 연극단 출신이라 괜찮을 거야. 너희들 괜찮으면 얘기해 보고."

"배우면 모델료가……."

"무명 배우 같은 경우는 단발 단기로 200까지 맞춰볼 수 있을 거 같은데? 여배우까지니까 400이겠네. 그 정도면 엄청 싼 거지. 일반인이나 다름없어."

동아리 사람들에게 400만 원이라는 금액은 쉽게 결정할 수 있는 부분이 아니었다. 400만 원이 끝이 아니라 제작 의뢰 비용까지 지불해야 했다. 갑자기 들어가는 금액 때문인지 술기운이 가신 듯 보였다. 포기할 것 같은 모습에 한겸은 동아리 사람들까지 부추겼다.

"형들 제품 정말 좋으니까 광고만 제대로 되면 괜찮을 거 같은데요. 지금은 조금 힘들더라도 잘 풀릴 거 같은데."

"그렇지! 우리 Fix Box가 좋긴 하지."

"그럼요. 만약에 우리나라 이삿짐센터들이 전부 형들 박스 사용하면 갑부 되는 거 아니에요? 또 그러다가 해외까지 수출하고."

"이미 동남아 쪽도 알아보고 있긴 한데."

동아리 사람들은 서로 대화를 나누기 시작했고, 한겸은 그 대화에 귀를 기울였다. 한겸은 찬성하는 쪽으로 흘러가는 대화에 미소를 짓다가 찬호 선배와 눈이 마주쳤다.

"너 영업 잘하네. 하하."

"영업 아니고 제품이 정말 좋거든요. 그런데 광고 제작하실 때 저도 구경하면 안 될까요?"

"많이 봤을 거 아니야."

"그래도요. 견학이 아니라 현장이 어떻게 돌아가는지 보고 싶어서요."

"음, 뭐 스토리도 네가 짜긴 했으니까 문제는 없겠네."

선배와의 대화가 끝나는 순간 동아리 사람들도 대화가 끝났다.

"저희 제작하겠습니다!"

*　　　*　　　*

이 주일 뒤. 한겸은 촬영 장소인 분당 세트장에 도착했다. 처음 가는 곳이라 조금 일찍 출발한 덕분에 세트장이 닫혀 있었다.

"아, 범찬이 데려올 걸 그랬네."

혼자 시간을 보내야 하는 한겸은 세트장 앞에 쪼그리고 앉았다. 빨리 확인하고 싶은 마음 때문인지 시간이 더디게 갔다. 한참을 기다릴 때, 멀리서 이동하는 차들이 보였다. 차들이 세트장으로 다가오더니 익숙한 얼굴들이 차에서 내렸다.

"한겸이 일찍 왔네."
"형들도 다 오셨어요?"
"어, 우리도 직접 보고 싶어서 왔지. 선배님은?"
"아직 안 오신 거 같은데요."

차에서 내린 이들은 동아리 사람들이었고, 다른 차에서도 사람들이 내리기 시작했다. 생각보다 많은 인원은 아니었다. 아무래도 싼 가격에 제작하다 보니 단가에 맞추려는 듯 보였다. 그때, 뒤늦게 차 한 대가 들어왔다. 광고에서 봤던 'Ready'였다. 그 차에서 찬호가 내렸다.

"안녕하세요, 선배님!"
"어, 왔어? 다들 안에 들어가 있어. 모델 10분 뒤에 도착한다니까 바로 촬영 시작할 거야. 어! 이 감독, 준비 잘됐어요?"

찬호는 인사를 받는 둥 마는 둥 하고선 세트장 안으로 들어갔다. 돌아가는 상황을 보니 이곳에 있는 사람들 대부분은 조인기획과 협력 업체인 듯했다. 아마 수정의 아빠가 하는 프로덕션처럼 촬영을 전문적으로 하는 곳이지 않을까 싶었다.

세트장 안에서는 이미 준비해 놓은 검은색 합판을 세우고 있었다. 배경 자체가 간단해 금방 끝날 수밖에 없었다. 조명 설치를 끝내고 카메라까지 돌려가며 확인을 끝냈다. 프로들답게 순식간에 준비를 끝내 버렸다. 그때, 세트장 안으로 두 사람이 들어왔다.

"안녕하십니까! 안녕하십니까!"
"안녕하세요."

평범해 보이는 남녀가 사방으로 인사하며 들어왔다. 그때, 찬호 선배가 다가가더니 두 사람을 데리고 자신과 동아리 사람들이 있는 곳으로 데려왔다.

"이쪽은 오늘 광고의 모델분. 프로필들 보셨죠?"
"아! 네! 오늘 잘 부탁드립니다."
"이쪽은 광고주님들. 하하."

그러자 두 남녀가 허리를 숙여 인사했다.

"감사합니다. 최선을 다해서 촬영에 임하겠습니다!"

모델비도 얼마 되지 않는 일인데도 과할 정도의 감사 인사에, 동아리 사람들이 오히려 멋쩍어했다. 그때, 촬영 업체에서 나온 감독이 이쪽을 향해 크게 외쳤다.

"시간 없어요! 빨리 옷 갈아입고 준비해요."

"네! 알겠습니다!"

두 사람이 급하게 가자 한겸은 옆에 있던 동아리 선배들에게 질문했다.

"유명한 사람들이에요?"

"그건 아니고, 사극에서 호위로도 나오고 그랬다더라. 연극배우도 하고 스턴트 대역도 하고. 그래서 연기 잘한다고 그러더라고. 선배님이 추천해 주셨지."

잠시 뒤, 두 배우가 복장을 갖춰 입고 나왔다. 얼굴에 수염까지 붙이고 나오자 꽤 느낌이 있었다. 두 배우의 분장이 끝나자 카메라 감독이 지시를 내렸다. 배우들이 세트장에 들어서자 감독은 카메라를 확인하더니 리허설을 진행했다. 몇 번의 대사를 주고받은 후 곧바로 촬영을 시작했다.

"어차피 끝났다. 너도 겪어보지 않았느냐! 동료들을 잃은 뒤 후회로 산 삶이었다."

"제발……"

유명하지 않은 배우라도 확실히 배우는 배우였다. 종훈도 잘한다고 느꼈는데 완전 급이 달랐다. 같은 장면을 몇 번이나 촬영

하더니 다음 장면을 위해 세트를 바꾸기 시작했다.

"거기 여자 모델은 끝이요! 남자분만 옷 갈아입으세요."

촬영이 먼저 끝난 여배우는 또다시 허리를 숙여가며 인사했다. 뭘 저렇게까지 인사를 해야 하는 건가 보기 민망할 정도였다. 잠시 뒤, 일상복으로 갈아입은 남자가 나타났다. 아직 세트장이 설치되는 중이었기에 카메라 밖에서 대기 중이었다.

세트장은 바닥과 벽 한쪽만 바뀌었다. 수납장을 따로 설치할 필요도 없었다. 세트 벽에 수납할 수 있는 공간이 붙어 있었다. 스태프들이 세트 벽 앞에 박스를 가져다 놓았다.

"바로 갈게요. 피규어 잘 보이게 밑부분 잡아요!"

지금 장면은 범찬이 상자에서 피규어를 빼내는 장면이었다. 뒷모습만 나오는 장면이었고, 한겸은 범찬이 떠올라 피식 웃었다. 잠시 뒤 매우 빠르게 촬영이 끝났다. 그와 동시에 촬영 팀은 또 다른 스케줄이 있는지 바쁘게 세트장을 철거하기 시작했고, 남자 배우는 스태프들을 도와 짐을 옮기려 했다. 그때, 한겸의 눈에 남자 배우의 얼굴이 보였다.

"어? 노란색?"

촬영에 사용된 Fix Box를 들고 나오는 남자의 피부색이 노란색이었다. 그동안 판단하기로 빨간 피부색은 이상한 광고였다. 하지만 노란색은 여전히 알 수가 없었다. 자주 볼 수도 없는 노란 피부색을 촬영장에서 보게 된 것이다.

*　　　　*　　　　*

한겸은 노랗게 보이는 배우를 뚫어져라 쳐다봤다.

'뭐가 잘못된 건가?'

광고나 사람에게서 빨간색이 보이면 이상한 광고들이다 보니, 노란색 역시 그렇게 생각할 수밖에 없었다. 한겸은 그 남자를 보며 곰곰이 생각에 잠겼다.

'분명 종훈 선배보다 연기도 뛰어난데 왜 노란색으로 보이는 걸까?'

그 순간 남자 배우가 상자를 내려놓았다. 그러자 피부색이 다시 회색으로 바뀌었다. 그 모습을 보자 한겸은 문득 스쳐 지나가는 생각이 있었다. 그는 색이 안 보였던 대신 남들보다 주위 관찰력이 뛰어났기에 상황 파악이 빨랐다.

'빨간색은 이상한 거고 노란색은 잘 어울리는 게 아닐까? 실제 피부색이 보이는 건 잘 만든 광고. 그럼 노란 피부색인 사람

으로 광고를 잘 만들면 피부색이 보이는 게 아닐까? 그래야 광고 색도 보이고?'

혼자 생각에 잠길 때, 찬호 선배가 다가왔다.

"끝났는데 뭘 그렇게 생각하고 있어?"
"그냥 생각할 게 좀 있었어요."
"하하, 뭐 현장 보고 싶다고 해서 오라고 했더니 다른 짓 하고 있네. 이제 철수할 건데 가자. 서울까지 가야 하니까 가는 김에 데려다줄게."

확실히 알고 싶었지만, 현재로서는 그럴 수가 없었다. 배우에 게 가서 '얼굴이 왜 노랗냐'고 물어볼 수도 없는 노릇이었다. 한 겸은 아쉬움을 뒤로하고 찬호를 따라나섰다. 그리고 찬호의 차 에 올라타려던 한겸이 갑자기 손뼉을 쳤다.

"맞다! Are you ready? I'm ready!"
"어, 맞아. 그 차야. 하하, 외제 차 사려다가 이거 샀지. 꽤 괜 찮아."

집에서 봤던 광고에서도 같은 상황을 겪은 적이 있었다. 차에 손을 올리는 순간 보였던 노란 피부색. 그리고 광고가 끝날 때 는 광고 전체에 색이 보였다.

'제품에 어울리는 사람이 노란색으로 보이는 거야? 그럼 길에서 봤던 빨간 피부색은 제품에 안 어울리는 거고?'

한겸은 아무리 생각해도 자신의 생각이 맞는 것 같았다. 아마 광고를 완성하면 확실해질 것 같았다.

*　　　　*　　　　*

기말고사가 끝나고 방학을 맞이한 지도 벌써 일주일이나 지났다. 집이 잘산다고 해도 그건 어디까지나 아버지가 잘사는 거였지, 자신은 아니었다. 자립심이 필요하다면서 금전적으로 도움을 주지도 않았다. 학교에 다닐 때는 그나마 용돈이라도 받는데 방학 때는 놀고먹는다며 일절 한 푼 없었다. 그랬기에 방학 때는 대부분 아르바이트를 하곤 했다. 하지만, 이번 방학에 한겸은 그럴 생각이 없었다.

주야장천 광고만 보며 분류하느라 바빴다. 오늘도 어김없이 광고들을 찾아보는 중이었다. TV 광고는 물론이고 온라인광고부터 지역 인쇄물까지 광고란 광고는 전부 찾아보는 중이었다. 한국광고총연합회의 광고정보센터에 들어가는 것으로도 부족함을 느끼는 중이었다.

그때 한겸의 휴대폰이 울렸고, 한겸은 기다렸다는 듯 휴대폰을 들어 올렸다.

[보냈다! 내가 얘기한 거 생각해 보고.]

찬호 선배의 메시지였다. 한겸은 곧바로 메일을 열었다. 광고 하나와 여러 콘셉트의 포스터를 보냈다. 한겸은 일단 인쇄물로 사용할 광고물부터 다운받았다.

"잘 나왔을까?"

혼자 중얼거리며 페이지를 넘겼다. 마지막 페이지까지 봤지만 인쇄물에서 색을 발견할 수 없었다.

"분명히 노란색이었는데. 노란색이었단 말이지."

상자를 들 때 노랗게 보였던 배우의 얼굴이 인쇄물에서는 아무런 색도 보이지 않았다.

"아, 그럼 내가 짠 스토리가 이상한가?"

모델을 포함한 광고의 색이 온통 회색이었다. 한겸은 약간 실망하며 인쇄물을 다시 넘겼다.

"일단 모델이 제품에 잘 어울리면 노랗게 보이는 게 맞는 거 같은데, 도대체 왜 색이 안 보이는 거지? 이상하네. 분명히 상자 들 때는 얼굴이 노랬는데. 어? 포즈 때문인가? 어? 그러고 보니까 Ready 광고에서도 차에 손 올리니까 얼굴이 노랬잖아."

한겸은 다시 Ready의 광고를 찾아봤다. 그리고 자신이 생각한 게 확실하다는 느낌을 받았다.

"광고에 안 어울리면 모델이 빨갛게 보이고, 배경 전체가 빨간 광고는 망한 광고고. 어울리는 모델이 제대로 된 포즈를 취하면 노랗게 보이고, 모델과 배경이 잘 맞아떨어지면 색이 보이는 거고. 일단 배경은 노란색이 없네. 빨간색, 회색 아니면 본래의 색이네. 그럼 모델부터 찾아야 하는 건가? 찾아도 어울리는 포즈를 찾아야 해?"

한겸은 자신의 추측을 증명하듯 광고를 찾아가며 비교했다. 한참이나 광고를 보자 자신의 생각이 맞다는 확신이 섰다.

"사람은 빨강, 회색, 노란색이고, 배경은 빨강, 회색으로 나뉘고. 조합이 잘되면 색이 보이는 거네… 내 눈에 도대체 뭐가 보이는 거야. 보일 거면 좀 더 확실히 보여주든가."

그때, 한겸의 휴대폰이 다시 울렸다.

[너 왜 대답이 없어! 인턴도 쉽게 되는 거 아니다?]

스토리 구상이 마음에 들었는지 조인기획에서 인턴으로 일해볼 생각이 없냐는 제안을 받았다. 이미 마음을 정한 상태였지만,

그동안 광고를 찾아보느라 대답을 미뤄왔다. 다른 때 같았으면 당연한 선택이었다. 방학 동안이라 할 일도 필요하긴 했다. 그때, 아버지가 거실에서 외치는 소리가 들렸다.

"김탱자탱자 씨! 빵 사 왔는데 빵 먹을래?"

'빵 먹어'도 아니고 '먹을래?'였다. 분명 농담처럼 말하고 있지만, 분명 '먹을 거면 일을 해라'란 뜻이 내포되어 있었다.

최대한 빨리 일을 찾는 게 마음이 편했지만, 한겸은 그보다 다른 선택을 택했다.

*　　　　*　　　　*

한겸은 휴대폰을 집어 들고 전화를 걸었다.

─겸쓰, 웬일이야.
"뭐 하고 있어?"
─나 겜하는데? 버스 태워줄 테니까 같이 고고?
"너, 자취방이지?"
─어, 오려고? 올 때 메론나, 크크.

약간 늦은 시간이긴 했지만, 집에서 아버지한테 시달리는 것보다는 나았다. 한겸은 정리해 둔 것들을 메일로 보내는 것도 부족해 USB에까지 옮겼다. 그러고는 노트북까지 들고 집을 나섰다.

잠시 후, 학교 근처에 도착한 한겸은 편의점에서 간단한 음식을 산 뒤 범찬의 자취방으로 향했다. 자신이 생각한 일을 맨입으로 전하기보단 뭐라도 먹이면서 하는 게 나을 거 같았다. 벨을 누르자 종일 씻지도 않았는지 얼굴에 기름이 잔뜩 낀 범찬이 문을 열었다.

"뭐야, 엄청 빨리 왔네."

"아직까지 게임하고 있었냐?"

"어, 크크. 그거 뭐냐. 라면이네. 밥 안 먹고 있었던 건 어떻게 알고."

범찬이 물을 끓이는 사이 한겸은 사 온 반찬들을 꺼내놓았다. 물이 끓자 범찬이 라면에 물을 붓고는 자리에 앉았다.

"갑자기 왜 왔어? 너 방학마다 바쁘잖아."

"그냥 왔지. 너 컴퓨터, 좋은 거냐?"

"어, 완전 최신형인데? 컴퓨터는 왜? 컴퓨터 빌려달라는 거야? 노노. 그건 안 됨."

"그런 거 아니거든. 너 방학 때 뭐 할 거냐?"

"그냥 취업 알아보면서 게임할 건데?"

역시 범찬은 생각한 대로 나왔다. 한겸은 만족스러운 미소를 짓더니 범찬을 물끄러미 쳐다봤다.

"왜 그렇게 재수 없게 쳐다봐."

"하하, 왜긴."

"뭔데, 빨리 말해봐!"

한겸은 범찬의 눈을 마주 봤다. 그러고는 매우 진지한 얼굴로 입을 열었다.

"나 좀 도와주라."

"뭘? 나 돈 없는데? 친구끼리 돈 얘기 하는 거 아니다!"

"그런 거 아니야. 너 포토샵 잘하잖아."

생각해 둔 것을 진행하려면 범찬이 필요했다. 물론 한겸도 포토샵을 할 수 있긴 하지만, 범찬만큼 잘할 자신은 없었다. 알고 있는 사람 중에 범찬이 가장 뛰어난 실력자였다.

"포토샵으로 뭐 하려고?"

"컴퓨터 좀 쓰자."

한겸은 가져온 USB를 꽂은 뒤 모니터에 광고사진을 띄웠다. 회색 광고에 빨간 피부색의 남자 배우가 모델인 은행 광고였다. 은행 광고를 선택한 이유가 있었다. 제품이 모델의 손에 닿으면 피부색이 보이는 것까지는 확인했는데, 서비스 같은 무형 상품에는 제품이 없다 보니 어떻게 보이는지 알아둘 필요가 있었다. 그

중 여러 콘셉트임에도 불구하고 DH은행이 회색 배경에 빨간 피
부색으로 보이는 통에 선택한 것이었다.

"광고사진 편집하라고?"

"어."

"뭘 이런 걸 그렇게 진지하게 부탁해. 이런 건 껌이지. 뭘 어떻
게 편집해?"

"모델만 좀 바꿔주라. 완벽하게 돼?"

"합성? 모델은 누구로?"

"USB에 폴더 있거든. 일단은 거기 있는 사람들로."

범찬은 별거 아니라고 생각하며 폴더를 열었다. 그러고는 입
을 열었다.

"이 중에 누구?"

"거기 있는 사람들 다."

"……."

"포즈들도 있거든? 그 포즈들까지 한 번씩 다 해야 해. 같이
하자."

범찬은 모니터를 보며 마우스 스크롤을 내렸다. 그러고는 어
이가 없다는 얼굴로 입을 열었다.

"이 미친놈아, 스크롤이 끝도 없이 내려가!"

"하하, 나도 노트북 가져왔잖아. 같이하자. 끝나고 밥 살게."

*　　　　*　　　　*

범찬이 잠든 사이 한겸은 밤새 모니터를 보는 중이었다. 불과 몇 개의 합성만 했을 뿐인데도 빨간 피부색이 보이자 눈에 대해서 추측한 것이 맞다는 확신이 섰다. 범찬이 작업한 광고물의 피부색은 아직까지 전부 회색이거나 빨간 피부색이었다. 제품이 있는 것들보다 번거롭긴 했지만, 그래도 편집만으로도 구분할 수 있다는 게 만족스러웠다.

그때, 범찬이 부스럭거리며 일어나더니 한겸을 보며 잠긴 목소리로 입을 열었다.

"밤새 그러고 있었냐?"
"일어났어?"
"그게 도대체 뭔데 그래."
"하하, 일단 씻고 와."
"어디 갈 것도 아닌데 왜 씻어. 배고프다. 어제 사 온 라면이나 먹자."

범찬은 부스스한 얼굴로 상을 폈고, 한겸은 그런 범찬을 물끄러미 쳐다봤다. 자신의 생각에 확신이 서게 된 이상 범찬은 꼭 필요한 사람이었다. 한겸은 다소 진지한 얼굴로 범찬과 눈을 마주쳤다.

"아침부터 또 뭐 시키려고 그래."

"그런 거 아니고. 너 나랑 창업할래?"

"뭐 창업? 내가 잘못 들은 거 아니지? 잠이 덜 깼나?"

"창업하자고. 너한테 기회를 주는 거야."

"기회는 무슨. 개똥 같은 소리 하고 있어. 우리 아빠가 친구끼리 동업하다가 칼부림 난다고 그랬다."

한겸은 피식 웃었다. 색에 대한 자신의 생각이 맞다면 범찬에게 창업을 제안할 생각으로 찾아왔다. 그리고 범찬이 이렇게 나올 거라는 걸 예상했다.

물론 이대로 물러설 순 없었다. 현재로서 범찬은 꼭 필요한 사람이었다. 범찬의 관심을 끄는 방법은 숨 쉬는 것보다 쉬웠다. 남의 일에 관심이 많은 녀석이니 말하지 않고 있으면 먼저 물어볼 것이다.

그랬기에 한겸은 말을 하지 않고 라면을 먹기 시작했다. 그렇게 시간이 조금 흐르자 범찬이 궁금해지기 시작했는지 조심스레 운을 뗐다.

"갑자기 무슨 창업이야?"

"아니야. 못 들은 거로 해."

"야, 이미 들었는데 못 들은 거로 하는 게 되냐?"

한겸은 피식 웃고선 천천히 얘기를 풀어나갔다.

"만약에 내가 광고에 어울리는 사람을 알 수 있다면 어떡할래?"

"그거 알면 뭐 어쩌라고. 광고라도 찍으려고? 어? 너 광고 회사 차리려고?"

"그건 아니야."

"그럼 뭔데. 아오, 답답해."

"있던 회사들도 문 닫는다는 실정인데 우리라고 별수 있겠어? 내가 하려는 건 기존 컨설팅 겸하는 광고 회사에서 하던 일을 아주 일부분만 하려는 거야."

"뭔 소리를 하는 건지 도무지 못 알아듣겠네."

한겸은 이미 자신의 얘기에 빠져 버린 범찬을 보며 웃었다. 이 제 조금 더 자세하게 얘기해 줄 때였다.

"우리가 가지고 있는 게 없잖아. 큰 회사들처럼 기업 광고 입찰에 인바이트 받을 수도 없고 인바이트 된다고 해도 우리가 일을 따 오긴 힘들 거고."

"당연하지. 그렇게 쉬우면 죄다 회사 차리게?"

"하하, 그래서 우리는 이미 찍은 광고에 대해 포인트 아웃 하는 거지. 그리고 그 광고가 더 잘 나올 수 있는 방법과 방향을 제시하는 거야. 뭐 최종 목표는 따로 있지만."

범찬은 어이없다는 표정으로 한겸을 봤다.

"신기해. 어떻게 그런 이상한 말을 하면서도 진짜인 거처럼 당당하지? 네 당당함의 근본은 어디서 나오냐?"

"하하, 진짜라니까."

"그래, 그런다고 쳐. 그럼 중개소 같은 거 하자는 거야?"

"일시적으로는 그렇게 봐도 되겠지? 그런데 이건 돈을 못 벌어. 이미 찍은 광고를 엎기가 쉽지는 않잖아."

"그럼 그걸 왜 해? 상도덕이 있지. 광고계에서 매장당하고 싶냐?"

"지금 당장은 네가 말했던 대로 대행사를 하기에는 위험 부담이 너무 크잖아. 그럴 자금도 없고 인력도 없고. 일단 창업을 하게 되면 1년간은 우리의 인지도를 쌓는 작업을 할 거야. 계속 부딪치면서 '우리 같은 회사도 있다', 이런 거 알려야지 투자를 받을 수 있어. 그 전까지는 토대를 마련하는 거야. 만약에 실패하더라도 너 나중에 취업할 때 도움 될걸?"

"그게 잘될까? 별로 같은데 너 얼굴 보면 확실한 거 같고."

범찬의 표정은 반쯤 넘어온 듯 보였다. 한겸은 피식 웃고는 마지막 남겨뒀던 말을 했다.

"창업 비용도 필요 없다."

그 말을 뱉은 한겸은 범찬을 쳐다보지도 않고 식사를 시작했다. 그때, 범찬의 목소리가 들렸다.

"그런데 혹시나 해서 하는 말인데. 네가 제품에 잘 어울리는 모델이 보인다고 한 말 말이야."

"어, 그게 왜?"

"혹시… 그거 어제처럼 해서 찾는다는 건 아니지?"

"맞는데?"

"이 미친놈아. 그렇게 보면 나도 알겠다! 몇백 명 갖다 붙여놓고 고르는 걸 누가 못 해!"

물론 범찬의 말도 맞았지만, 한겸은 그 누구보다 가장 최적화된 사람을 찾을 수 있다는 확신이 있었다.

제3장

계획

　며칠 뒤, 범찬으로부터 답변이 왔다. 예상한 대로 함께하겠다는 답변이었다. 때문에 한겸은 좀 더 자세히 얘기를 나누기 위해 범찬의 집에 왔다. 그런데 범찬의 자취방에 예상하지 못한 인물이 자리하고 있었다.

　"나한테도 좀 얘기해 주지."

　그사이 종훈 선배에게 떠벌려 놨는지 자기에게 그런 제안을 하지 않았다는 걸 서운해했다. 범찬이 편한 사이인 것도 있었지만 현재로선 그의 포토샵 실력이 꼭 필요했기에 먼저 그에게 제안한 것이었다. 물론 사람이 늘어나면 그만큼 일도 수월해지겠지만 종훈이 나이가 있어 좀 더 안정적인 길을 선택했으면 하는 바람에 제안하지 않았다.

"아니, 형이 인애 인턴으로 취직했다고 얘기하면서 부러워하길래 얘기했지. 형도 포토샵 잘하잖아. 수정이는 생각해 본다더라."
"수정이한테도?"
"수정이 아버지 프로덕션 하니까 나중에 도움 될 거 같아서 물어봤지."

졸업 작품을 같이했던 인애는 졸업 작품을 토대로 중소 광고 회사에 인턴으로 입사했다는 말을 들었다. 자신이 짠 스토리이긴 했지만, 같이한 작품이었기에 그걸 가지고 뭐라 할 순 없었다.

"형도 다른 안정적인 회사에 가시는 게 더 좋지 않을까요?"

그 말을 들은 범찬이 손끝을 모으더니 옆구리를 찔러댔다.

"야, 그럼 난! 나한테는 왜 하자고 했어. 듣고 보니까 어이가 없네."
"그런 거 아니지. 후."

범찬의 행동에 종훈이 웃었지만, 그 얼굴엔 서운함이 보였다.

"항상 기발한 생각은 너한테서 나왔잖아. 취업이 힘들어서가 아니라… 나도 기발한 광고 만들어보고 싶어."

참 좋은 사람이기는 한데 다소 나이가 있어서인지 같은 동기들하고도 잘 어울리는 편은 아니었다. 그 때문인지 졸업 작품을 같이한 팀원들에게 전우애 비슷한 감정을 느끼는 것처럼 보였다. 그런 사람일수록 같이한다면 끝까지 함께할 것 같기는 했다.

"그럼 일단 제가 계획한 걸 듣고 생각해 보세요. 범찬이 너한테도 그거 말하려고 온 거니까."

한겸은 범찬에게 했던 얘기부터 꺼내놓은 뒤 다음 계획을 얘기했다.

"일단 1월에 학교에서 창업 동아리 신청받잖아요. 거기 신청할 거예요."

"4학년인데 가능할까?"

"그럼요. 그런데 지원금은 거의 없다고 봐야 해요. 그래도 동아리만 통과하고 사업자등록 하면 학교에서 업체들 소개도 해주고 그러거든요."

"자리를 잡으려면 그 편이 가장 좋은 방법 같네."

"그래서 시작은 그렇게 하는 편이 좋을 거 같아요. 문제는 동아리 신청 통과예요. 알아보니까 우리 학교 창업 동아리가 대부분 공과 쪽이거든요. 적어도 우리가 팀으로 한 건 정도는 성공해야 수월할 거 같아요. 통과되면 학교에서 연결해 준 기업들과 일을 하면서 기반을 다지는 거죠. 그리고 기발한 기획들도 모아

놓고 준비를 하는 거예요."

"준비?"

"네. 졸업과 동시에 청년창업지원금을 신청하는 거죠. 사실 그때부터 시작이에요. 처음에는 범찬이한테 말한 대로, 그동안 쌓아둔 기획들과 인지도를 바탕으로 투자를 받고 광고계에 뛰어드는 거죠. 만약에 광고를 따 오면 계약 기간 동안 관리가 필요하니까 직원들도 뽑고요. 그게 현재 생각하는 최종 목표예요. 거기까지 성공하면 자리를 잡을 수 있을 거 같거든요."

"그럼 나중에 기업 광고 따 오면 금액이 억 단위가 넘어가겠네."

"네. 일 년에 조 단위로 광고비 예산 잡는 대기업은 힘들 수도 있어요. 그룹 내에 광고 회사가 있어서. 그래도 밖에서 광고 회사를 선정하는 기업들도 많거든요. 물론 몇십만 원, 몇백만 원으로 시작하겠지만, 나중에는 우리도 그런 광고 만드는 거죠."

한겸의 말을 들은 범찬과 종훈은 고개를 갸웃거렸다.

"그럼 사람도 엄청 뽑아야겠네……."

"결국에는 그렇지. 인지도를 올리면서 한 명씩 채워 나가는 걸로. 제작, 개발도 하고 미디어 마케터까지 전부. 그래도 가장 구하기 어려운 건 전체적인 조율이 가능한 경영인일 거야."

"계획만 들으면… 엄청나네. 그런데 인지도를 쌓았다고 우리한테 광고를 맡길까?"

한겸은 종훈의 질문에 가볍게 웃었다. 자신도 그 부분을 걱정했고, 가장 자신에게 어울리는 해결책을 생각해 둔 상태였다.

"시작은 직접 찾아갈 거예요. 제안서 들고 찾아가서 우리 광고
를 사용할 수밖에 없게 만들 거예요. 광고할 게 없으면 광고할
걸 만들어서! 최근에는 그런 경우가 드문데 예전에는 많았었어
요. 물론 버는 건 적겠지만."

"그럼 찾아가서 설명을 했다 쳐. 그런데 우리 아이디어만 쏙
빼 가면 어떡해?"

"그건 그 순간을 촬영하거나 정말 좋은 아이디어가 있다면 사
업 아이디어를 특허등록 해서 고소하는 방법밖에 없어요. 일단
출원만 해놔도 크게 걱정할 건 없어질 거예요. 우리 카피들 중
저작권등록이 가능한 건 등록도 해놓고요."

"광고를 저작권등록 한다고?"

"우리나라에서 제목, 슬로건 같은 건 인정받기 힘들지만 감정
을 표현한 창작물은 되잖아요. 그러니까 저작권등록 가능한 카
피만 등록한다는 거예요."

"만드는 순간 창작자한테 저작권 생기는 거 아니야?"

"저작권법이 그렇긴 한데 그래도 등록해 놓으면 안전하잖아요."

"광고를 등록한다는 게 신기해서."

한겸은 자신이 계획한 얘기를 다 꺼내놓았다. 범찬은 이미 같
이하기로 했고, 종훈의 선택만 남았다. 그때, 범찬이 고개를 저
으며 종훈에게 말했다.

"형, 내 말이 맞죠. 뭘 믿고 저렇게 당당한 건지."

"한겸이는 항상 자신감 넘치잖아. 난 그게 부럽더라. 얘기 들어보니까 재미있을 거 같아. 찾아가는 광고, 그 부분이 마음에 든다. 나도 끼워주라. 열심히 할게."

한겸은 종훈이 너무 쉽게 결정한 건 아닌가 걱정도 됐다. 하지만 자신의 계획을 인정하고 함께하고 싶다는 말에 기분은 좋았다. 종훈의 선택이었기에 결국 한겸은 미소 지으며 고개를 끄덕거렸다. 그러자 옆에 있던 범찬이 입을 열었다.

"그런데 어디서 일할 건데? 내 방에서 할 건 아니지?"
"일단은 각자 집에서 해도 돼. 그리고 만나는 건 여기로 하자."
"아오, 넌 진짜 돈 내야 해."
"올 때마다 라면 사 올게."
"햇반도 콜?"

한겸과 범찬의 대화에 웃던 종훈이 입을 열었다.

"그럼 뭐부터 하면 돼?"

그러자 대답은 한겸이 아닌 범찬에게서 나왔다.

"노동이요. 제가 하는 거 반띵 해서 합성부터 하면 돼요. 막 늪혔다, 세웠다를 티 안 나게 해야지 안 그러면 겸쓰가 뭐라 그래요."

"와, 나눠도 많네."

한겸은 피식 웃으며 입을 열었다.

"그건 네 거고, 형은 다른 거 보내 드릴 거야. 생각해 보니까 연예인들 말고도 스포츠 스타도 있고 유명한 사람 많더라고. 내가 좀 더 자세히 조사하면 좀 줄어들긴 할 거야."

그 말을 들은 종훈이 처음으로 흠칫 놀라는 모습을 보였다.

*   *   *

눈을 뜨고 잠이 드는 순간까지 한겸은 컴퓨터 앞에 자리했다. 아직 제대로 된 색을 찾지 못한 상태였다. 그렇다고 무턱대고 찾을 순 없었다. 너무 많은 자료 탓에 종훈과 범찬이 버거워하는 중이었다.

그렇기에 이제는 모델의 범위를 줄이고 있었다. 신뢰가 가는 사람들부터 자기 관리가 철저하기로 유명한 사람들까지 세부적으로 구분 중이었다. 그러다 문득 광고에 보이는 모델은 왜 빨갛게 보이는지가 궁금했다. 한겸은 즉시 DH은행의 광고를 살폈다.

"이 사람이 왜 모델에 안 어울리는 걸까? 무슨 문제가 있는 걸까."

인터넷을 뒤져보니 꽤 인지도가 있었다. 나이가 있는 중견배우로, 최근 출연한 예능으로 인기를 얻은 차중길이라는 연예인이었다. 해당 방송은 여행을 가는 관찰 예능프로그램이었고, 그곳에서의 활약이 대단했다. 사람들을 이끄는 리더십은 물론이고 총 4개 국어가 가능했다. 심지어는 요리까지 잘하는 전천후 만능이었다. 게다가 푸근한 인상도 좋았고, 이렇다 할 사건을 일으킨 적도 없었다.

그랬기에 많은 기능을 자랑하는 DH은행의 광고와 꽤 어울려 보였다. 은행도 아마 모든 일을 잘하는 배우를 모델로 썼을 것이고 TV 광고 콘셉트 역시 그런 쪽이었다.

차중길 배우가 나온 다른 광고는 회색빛으로 보였다. 한겸은 이유를 알기 위해 남자가 나온 예능프로그램을 찾아보기 시작했다. 보면 볼수록 은행 모델에 잘 어울린다는 느낌을 받았다. 정신없이 예능을 보고 있을 때, 거실에서 소리가 들렸다.

"한겸아, 아버지 오셨어."

집에서 나가야 할 시간이었다.

*　　　　*　　　　*

한겸은 범찬의 집으로 대피했다. 거리가 있긴 해도 현재는 이곳이 가장 편했다.

"작업 잘하고 있어?"

"싸울래?"

"하하, 천천히 해. 잠깐 쉬어. 컴퓨터로 뭐 좀 보게."

한겸은 곧바로 아까 보던 예능을 다시 재생했다.

"뭔데, 이거."

"몰라, 나도 처음 보는데 꽤 괜찮아. 같이 봐봐."

"TV 안 본 지 오래돼서 그런지 재미없어. 그냥 겜 방송이나
보자."

한겸은 피식 웃고는 예능을 보기 시작했다. 한쪽에 누워 있던
범찬은 휴대폰과 모니터를 번갈아 봤다. 한참을 보던 중 태국
여행 편이 나왔다. 그때, 대충 보던 범찬이 입을 열었다.

"아, 개싫다. 내가 저래서 패키지 같은 게 싫어. 쉬고 싶은데
마음대로 쉬지도 못하잖아."

예능 속에서 출연자들은 후아힌이라는 곳을 여행 중이었고,
일행 중 젊은 가수 한 명이 지쳤는지 먼저 숙소로 돌아가려는
것 같았다. 그런 젊은 가수에게 차중길이 자신의 경험담을 얘기
해 주며 함께 가기를 종용했다. 젊은 가수는 어쩔 수 없이 따라
나서긴 했지만, 여행하는 도중에도 불만에 찬 얼굴이었다. 물론

그런 부분을 더 부각시켜 편집했을 수도 있었다.

하지만 관광이 끝날 무렵에는 누구보다 만족해하는 얼굴이었다. 약간 불편함을 조성하긴 했지만, 불쾌할 정도는 아니었다. 그러다 보니 더욱 궁금해졌다.

"왜 광고하고 안 어울리는 같지?"

"야, 나도 그냥 볼 때는 몰랐는데 그거 보니까 알겠네. 꼰대 같잖아."

"꼰대 같아?"

"자기가 예전에 왔을 때 걸어가면서 봤던 풍경이 좋았다고 그러면서, 힘들어하는 사람들 전부 걷게 하잖아. 개싫어. 다들 옆에 차 타고 가는 사람들 부러워하잖아."

"그런가?"

사람마다 생각이 다르니까 범찬처럼 받아들이는 사람도 있을 것이었다. 하지만 한겸에겐 그다지 크게 다가오지 않았다. 한겸은 차중길이 나오는 다른 예능도 검색하기 시작했다. 꽤 많은 예능에 출연 중이었다. 채널이 많아서인지 이름조차 처음 듣는 예능도 있었다. 그는 모든 예능에서 하나같이 존재감을 뿜고 있었다.

"야, 뭐 그런 아줌마들 보는 거 보냐. 건강만세?"

한겸은 피식 웃다가 아차 싶었다. 왜 잘못된 건지 알 것 같았다.

"순서가 틀렸어!"

"뭔 순서가 틀려. 갑자기 뭔 개똥 같은 소리야."

"하하, 아니다."

한겸은 뭔가 풀릴 것 같은 기분에 크게 웃은 뒤 곧바로 DH은행에 대해 알아보기 시작했다. 한겸이 한참을 말없이 있자 범찬이 모니터를 힐끔 보더니 입을 열었다.

"은행에 취직하려고 그러냐?"

"아니, 비교 좀 해보려고."

"은행이 거기서 거기지."

"다른데? 지금 찾아보니까 DH은행이 청년 우대 상품이 가장 많은데. 금리 차이도 꽤 많이 나. 이렇게 많았어?"

한겸은 이제야 조금 알 것 같았다. 앱의 편리함을 앞세워 앞으로의 세대를 이끌어 나갈 20대를 고객으로 유치하려는 광고였다. 그런데 상당수의 20대는 TV를 자주 보지 않았다. 게다가 모두는 아니더라도 일부는 차중길을 보고 범찬처럼 꼰대라고 생각할 수도 있었다.

'시작이 잘못됐어. 기업에 대한 조사가 우선이었는데. 그래야 어떤 타깃을 대상으로 삼았는지 알 수 있는데.'

한겸은 어떤 모델을 선택해야 할지 감이 잡혔다. 나이는 중요하지 않았다. 나이가 많든 적든 20대에게 어필할 수 있는 모델이 필요했다. DH은행은 다른 은행보다 적은 지점의 수를 앱의 편리함으로 커버했다. 앱에 신경 쓴 만큼 가계부 비교나 음성인식으로 송금이 가능한 보이스 송금 같은 기능들이 들어가 있었다. 그렇다고 복잡하지도 않았다. 그 모든 서비스를 하나의 앱으로 이용할 수 있었다.

한겸은 직접 DH은행의 앱을 사용해 보는 편이 좋을 것 같았다.

"범찬아, 너도 여기 계좌 개설해 봐. 그냥 앱으로 가능하대."
"귀찮아."
"여기 청년 우대 적금 가입하면 연 4%라니까."
"돈도 없는데 무슨 적금이냐. 귀찮아."

범찬의 말에 한겸은 약간의 힌트를 얻었다. 아무리 편리한 기능이 많고 잘 만들었다고 해도 기존의 은행 앱을 잘 사용하고 있는 이상 귀찮을 것이다. 대학생이나 취업 준비생 같은 경우라면 가진 돈도 많지 않아 은행 상품에 큰 관심도 없었다.

한겸은 앉아서 판단하기보다는 여러 사람들의 의견을 듣는 편이 나을 것 같았다.

"프린터 되냐?"
"어. 또 뭐 하려고."
"방학인데 학교에 사람 있을까?"
"계절학기 듣는 애들 있겠지. 그런데 왜 그러냐니까?"

"설문조사 좀 하려고."

"설마 이렇게 추운데 나가자는 거 아니지? 인터넷으로 하는 게 어떠냐?"

"20대 대상이니까 대학생들 적합하잖아. 직접 들어보고도 싶고. 같이 가자."

범찬은 몹시 귀찮다는 얼굴로 입을 열었다.

"그냥 은행 가입하면 안 되냐……? 나가기 귀찮아서는 아니고."

프린트를 뽑던 한겸은 피식 웃으며 범찬을 봤다.

"잘됐다. 가입도 하고 설문도 해."

"아오, 스티븐 유인 줄. 너무 열정적이셔."

*   *   *

설문조사를 마친 한겸은 범찬의 자취방에 자리했다. 방학인 탓에 학교에는 생각보다 사람이 많지 않았다. 게다가 모든 사람들이 설문에 응해주는 것이 아니었다. 그 때문에 이틀에 걸쳐 겨우겨우 딱 100명을 채웠다.

"예능을 본 사람들 중에 차중길에 대한 호감은 반반이네."

"그냥 난 딱 꼰대 같던데."

"음, 아무튼 그건 그렇고. 그보다 앱을 사용하지 않겠다는 사람이 81명이고 주거래은행 바꾸는 게 귀찮다는 사람이 72명이야. 그게 그렇게 귀찮나?"

"겸쓰, 너처럼 쓸데없이 힘 빼가면서 설문조사 하고 오는 애들은 안 귀찮겠지. 내가 보통이라니까?"

"귀찮다라, 귀찮다라. 내가 써보니까 생각보다 편한데. 시작이 어렵네. 딱 너 같은 애가 쓰는 걸 보여주면 좋을 거 같……"

한겸은 말을 뱉다 말고 범찬을 쳐다봤다. 그러자 범찬이 한겸의 눈빛을 읽었는지 머리를 넘기며 말했다.

"내가 모델 해볼까? 기다려 봐. 머리부터 좀 감고 올게."

"아니거든? 유명한 사람 중에 게으른 사람 누구 있지?"

"유명한 사람 중에 게으른 사람이 어디 있어. 게을렀으면 유명하겠냐? 쯧쯧, 생각이 짧아요."

귀찮다는 말에 불현듯 아이디어가 떠올랐다. 기존의 광고에도 어울리겠지만, 그보다 더 괜찮은 아이디어가 떠올랐다. 그러기 위해서는 스토리라인을 수정해야 했다.

파고들면 파고들수록 일이 점점 더 커지는 기분이었다. 아직 정리가 되지 않았지만, 정리만 되면 꽤 괜찮은 광고가 될 것 같았다. 번거롭기는 해도 자신의 아이디어로 어떤 광고가 나올지 보고 싶은 마음도 있었다.

그래도 일단 기존의 광고에 맞는 모델을 찾는 게 우선이었다.

"그런 사람 없어. 나처럼 게으른 사람 찾기 힘들걸? 내가 모델 하자."

들을 필요가 없었다. 그래도 범찬의 말처럼 게으른 사람이 딱히 떠오르지 않았다. 게으른 연기를 하면 모를까, TV에 게으른 모습을 소개할 사람은 없을 것 같았다.

"그럼 조금 순화해서 집에서 안 나오는 사람 같은 경우는?"
"집돌이, 집순이는 많지. 유명하면 얼굴 팔려서 안 돌아다니겠지."
"그러니까 그중에 20대들이 잘 아는 사람을 찾아보자."
"이제는 사람 찾기냐?"

사람 찾기는 며칠간 이어졌다. 종훈까지 합세해 기사란 기사는 전부 뒤져가며 어울리는 모델을 추리고 추렸다.

"이게 내가 조사한 거야. 하다 보니까 진짜 광고 회사에서 모델 발탁하는 거 같더라."
"하하, 비슷한 거죠."
"비슷하긴 개뿔이 비슷해? 이거 돈도 안 된다며. 너 나중에 우리 망하면 너네 부모님 과일 가게에 꼭 취직시켜 줘라."

한겸은 피식 웃었다. 며칠간 셋이 힘을 모으니 꽤 많은 모델들을 선별할 수 있었다. 그 모델 중에서 노란 피부색이 나오지 않을 수도 있지만, 그래야 그나마 확률이 높았다.

"이제 또 합성해야 하지?"
"누워 있는 자세나 뒹굴거리는 느낌으로. 내일까지 가능하지?"
"해볼게."
"부탁해. 나도 집에 가서 작업하면서 좀 더 생각해 볼게. 형도 수고 좀 해주세요."

한겸은 범찬과 종훈에게 일을 맡겨놓고 자취방을 나섰다.

*　　　*　　　*

다음 날 세 사람은 다시 범찬의 자취방에 뭉쳤다. 한겸은 일단 두 사람이 합성한 광고물부터 살폈다.

"매일 포토샵만 만지고 있으니까 실력이 점점 느는 거 같아."
"형도 그래요?"

범찬과 종훈의 대화를 들으며 모니터를 보던 한겸이 마우스를 내려놓았다. 그러고는 모니터를 뚫어져라 쳐다봤다.

"이 사람 이름이 뭐야?"
"서승원. 배우인데 '나 혼자 삽니다'에 나왔더라. 나랑 비슷하더라고. 잘 나가지도 않고 나가더라도 잠깐 나가고. 거기다 씻지도 않고 다니고. 잘생긴 사람끼리는 통하는 게 있지. 이 사람은 뭐 합성할 것도 없었어. 누워 있는 사진이 널리고 널려 있더라."

한겸은 모니터를 보며 씨익 웃었다.

'찾았다.'

꽤 오래전이기는 했지만, 유명한 드라마에서 조연으로 큰 인기를 얻었던 배우였다. 그런 배우가 회색 광고 속에서 노란 피부색을 띠고 있었다. 확실히 빨간색보다는 나아 보였다.

"이 사람으로 하자."
"더 봐봐! 아직 많이 남아 있잖아. 기껏 고생했는데 끝까지 봐라."

이미 노란색을 띠는 사람이 보였지만, 두 사람의 수고를 생각해서 페이지를 마구 넘겼다. 그때, 또 다른 사람이 노란 피부색을 띠고 있었다.

"이 사람 개그맨 이경민 아니야?"
"어, 맞아. 같이 팀 하던 개그맨들이 예능 나와서 저 사람 얘기하던데. 근황 물어보면 집에서 나오는 거 싫어해서 안 나온다고."

기존의 모델인 차중길보다 인기는 적지만, 20대에 반감 살 만한 일은 한 적 없는 사람들이었다. 20대에게는 그저 '인기 있는 조연'이나 '한때 웃기던 개그맨'일 뿐이었다.

한겸은 두 사람이나 보인 게 오히려 골치 아파졌다. 둘 중에 누구를 선택해야 하는지 고를 수가 없었다. 갑자기 배부른 고민을 하게 되었다.

"이 둘 중에 누가 나아? 형이 보기에는 어때요?"

"고르기 어려운데. 확실히 느낌은 차중길보다는 더 좋은 거 같은데."

"야, 뭘 고민해. 그냥 두 명 다 추천하고 지들보고 알아서 하라고 그러면 되지. 어차피 돈도 안 된다면서."

"하하, 그러면 되겠네."

이상하게도 생각 없이 던져대는 범찬의 말에 종종 도움을 받았다. 둘 다 노란 피부색이 보였으니 문제는 없을 것 같았다. 이제 남아 있는 일을 해결하면 끝이었다.

"일단 광고모델 추천 위주로 가. 이건 추가로 추천할 때 같이 보낼 스토리야. 뭐 그냥 보내보는 거니까 한 번씩 봐. 모델은 당연히 저 두 사람 중 한 명이 될 거고. 광고음악은 브람스 자장가 다장조 작품 번호 49—4로. 좋게 말하면 차분하고 나쁘게 말하면 지루한 거 찾아봤어."

스토리보드를 보던 범찬과 종훈은 기가 막힌 듯 혀를 찼다.

"겸쓰, 넌 대체 이런 아이디어가 어디서 나오는 거야?"
"진짜 좋은 거 같다. 기존 광고보다 더 좋은 거 같은데? 만사 귀찮아하는 사람까지 부지런해 보이게 만드는 어플. 진짜 괜찮다."

한겸은 확신은 없었지만 두 모델에게 어울리는 식으로 광고를 바꾼다면, 광고 전체의 색이 변하지 않을까 하는 생각으로 스토리를 구상했다. 열심히 구상했지만 확신이 서지 않았는데 두 사람의 칭찬을 받자 기분이 좋아졌다.

"이거 범찬이랑 나는 뭐 한 게 없네."
"한 게 왜 없어요! 우리가 한 게 얼마나 많은데!"

범찬의 말에 동의하듯 고개를 끄덕거린 한겸이 입을 열었다.

"당연히 도움 됐죠. 지금 우리한테는 모델 찾는 게 가장 중요했어요. 그래서 이거 보낼 때 팀 이름으로 보내려고 하는데, 팀 이름은 뭐로 할까요? 제가 생각해 놓은 건 '찾았다' 팀인데. 회사가 아닌 만큼 독특해야 기억에 남을 거 같아서요."
"팀으로? 난 '찾았다' 괜찮은 거 같은데?"
"난 개촌스러운 거 같은데. 찾았다 컨설팅, 찾았다 애드, 찾았다 마케팅. 뭘 해도 이상한데? 설마 회사 이름도 그거로 할 거 아니지?"

"그래?"

"그거 할 바엔 차라리 약자로 C AD로 하든가. 캐드라고 오해할 수 있나? 그래도 찾았다는 너무 구린데?"

한겸은 머쓱하게 웃었다. 그러고는 범찬이 꺼낸 의견을 생각해 봤다. 자신이 생각한 '찾았다'보다 괜찮게 느껴졌다. AD가 들어가 있으니 광고 회사 이름으로 적당할 것 같았다.

"좋은 거 같다. 그럼 C는 Creative 약자로? 'Creative ADs' 괜찮은 거 같지? 씨 에드라고 부르면 어때?"

"그래! 바로 이거야!"

"나도 괜찮은 거 같다."

"형은 뭐 다 괜찮대요."

자신이 생각한 이름보다 더 괜찮은 회사명이 나온 듯했다. 비록 범찬이 딴지를 걸려다 나온 것이긴 했지만, 한겸도 꽤 만족스러웠다. 다들 만족해하자 한겸은 마무리 정리를 하려고 입을 열었다.

"그럼 내가 프레젠테이션 준비할게. 그리고 혹시 모르니까 블로그 하나 만들어서 올려봐야겠다."

"뭐? 약속은 잡았어?"

"약속을 어떻게 잡아. 일단 찾아가야지."

"야이, 미친놈아. 그냥 간다고 만나주겠냐?"

"하하, 일단 가봐야지. 몇 번 찾아가면 만나주지 않을까?"

범찬은 어이가 없다는 듯 한겸을 보며 고개를 저었다.

"이 유비 같은 새끼."

*　　　　*　　　　*

며칠 뒤, 팀명까지 들어간 프레젠테이션을 준비한 한겸은 무작정 DH은행의 본사에 방문했다. 담당자를 만나기 어려울 거라고 생각은 했지만, 입구에서부터 막힐 거라고는 생각하지도 않았다. 회사 로비에 버티고 있을 순 없었기에 은행 근처 편의점 앞에 자리 잡았다. 범찬은 플라스틱 의자에 앉아 투덜거렸다.

"내가 이럴 거 같다고 했지? 그렇게 만나기 쉬우면 영업 사원이 왜 있겠냐."
"그래도 신기하다. 한겸이처럼 찾아오는 사람이 많나 봐."
"얼마나 자주 그랬으면 담당자도 못 만나고 경비원이 메일로 보내라고 하겠어요. 이제 방법도 없는데 형이 좀 가자고 해봐요. 쪽팔리게 편의점 앞에 앉아서."

이대로 포기할 수 없었던 한겸은 고민 끝에 대표 전화로 전화를 걸었다. 홍보 부서의 연락처를 얻고 싶었지만, 홈페이지에 있는 전화라고는 대표 전화가 다였다. 전화를 연결하는 것도 상당히 오랜 시간이 걸렸다. 그래도 다행히 홍보 부서와 전화 연결이 되었다.

"안녕하세요. 동인대학교에 재학 중인 학생인데요. 광고에 대해 드릴 말씀이 있어 연락드렸습니다."

—불만 사항이 있으시면 고객센터에 말씀하시면 됩니다.

"그런 게 아니고요. 광고를 좀 더 나은 방향으로."

—그건 저희 부서가 아니라서요. 담당자 연결해 드릴까요?

한겸은 짜증이 팍 났다. 통화하는 사람마다 담당자가 아니라며 전화만 계속 돌려댔다. 한겸은 끝까지 포기하지 않고 기다렸다. 하지만 결국 돌아온 답변은 점심시간이라서 담당자가 없다는 말이었다.

"와! 열받는다!"

"그러니까 이제 가자. 메일로 보내면 되잖아."

"안 되겠어. 열받아서 더 만나봐야겠어."

"아… 머리 아플라 그래."

*　　　*　　　*

한겸은 3일째 같은 편의점 앞에 자리했다. 사실 이 정도 성의를 보이면 무슨 얘기를 할까 궁금해서라도 만나줄 줄 알았는데 현실은 아니었다. 담당자를 찾는 전화도 매일같이 반복해야 했고, 결국 담당자와 통화가 되었지만 얘기도 자세히 듣지 않고 메일로 보내달라는 말을 들어야 했다.

"오늘도 안 되면 메일로 보내는 거다? 우리 계속 여기 있으니까 사람들이 쳐다보잖아."

"그건 트레이닝복 입은 사람이 계속 쳐다보니까 그런 거고."

"야, 나보다 네가 인상 쓰고 있으니까 그렇지!"

"인상 쓰는 거 아닌데? 생각하는 거라니까. 두 사람 다 보내기보다는 한 사람을 집중적으로 어필하는 게 좋지 않겠어? 한 명은 다른 광고에 쓰든지."

"너 또 합성하라고 하는 거냐? 일단 지금 일이라도 성공하고 생각하자!"

기다리는 동안 한겸은 따로 생각해 둔 것이 있었다. DH은행에도 도움이 될 만한 기획이었다. 하지만 광고를 아예 새롭게 만들어야 했기에 현재로서는 무리가 있었다. 아쉬웠지만 지금은 범찬의 말대로 DH은행 일부터 해결하는 편이 나았다. 그때, 범찬이 입을 열었다.

"오늘도 못 만나면 메일로 보내는 거다?"

회사들이 많은 지역인 데다가 점심시간까지 겹쳐 와이셔츠를 입은 사람들이 대부분이었다. 지금 편의점을 들어가는 사람만 봐도 TV에서 보던 회사원들의 특징을 고스란히 갖추고 있었다.

그러다 보니 범찬은 스스로의 복장이 부끄러운 모양이었다.

하지만 한겸은 편의점이 가장 좋은 장소라고 판단했다. DH은행 본사에서 가장 가까운 편의점에서 DH은행의 직원들이 오길 기다리는 중이었다. 그리고 점심시간인 지금이 가장 눈여겨봐야 할 때였다.

모든 회사원들이 그런 건 아니었지만 점심시간에 돌아다니는 사람들 중 사원증을 걸고 다니는 사람들이 꽤 많았다. 물론 셔츠 주머니에 넣고 다니는 사람도 있었다. 게다가 작은 글씨 때문에 잘 보이지 않았다. 그래서 DH 마크를 찾기 위해 사람들이 지나갈 때마다 고개를 돌려가며 쳐다보는 중이었다. 그러다 사람들이 불편해하는 기색을 보일 때면 고개를 돌리기 바빴다.

"DH는 회사 안에 편의점 있는 거 아니야? 한 명도 없어."

그때, 몇 명의 남녀가 편의점을 향해 걸어왔다. 한겸은 당연히 그 사람들의 목부터 쳐다봤다. 다행히 일행 중 두 사람이 편의점에 들어갔고, 나머지는 그 사람을 기다렸다. 한겸은 이때다 싶어 그들을 자세히 쳐다봤다. 그중에 사원증을 걸고 있는 사람이 보였고, 그토록 기다리던 DH은행의 로고가 보였다.

제4장

DH은행

　한겸은 기쁜 마음으로 편의점 앞에 남아 있던 사람들에게 다가갔다.

　"안녕하세요!"

　한겸은 다짜고짜 인사부터 건넸다. 그러자 회사원들이 서로의 얼굴을 보며 아는 사이가 있는지 확인했다.

　"누구세요?"
　"아! 전 동인대 다니는 학생인데요. 혹시 홍보 부서나 마케팅 부서에 근무하시는 분이 계신가요?"
　"아니요. 모형 분석 팀인데요."

한겸이 갑작스럽게 다가간 탓에 회사원들은 고개를 저어가며 대화를 그만하려 했다. 그때, 편의점에 들어갔던 남자가 나왔다.

"무슨 일인데 그래?"
"여기 학생들이 홍보 부서냐고 물어서 아니라고 했죠."

남자는 한겸을 잠시 쳐다보더니 입을 열었다.

"우리 회사 홍보부요?"
"네, DH 홍보부나 마케팅부를 만나고 싶어서요."
"우리가 DH인지는 어떻게 알고."
"사원증 보고 알았습니다."

남자는 피식 웃더니 입을 열었다.

"무슨 말을 하려고 그래요?"
"홍보 부서에서 근무하세요?"
"그건 아닌데 좀 있으면 비슷하긴 하죠."
"실례지만 어떤 일을 하시는지 알 수 있을까요?"
"하하, 다음 달이기는 하지만 전략기획본부로 갑니다."

회사원들은 자기들끼리 쑥덕거렸다.

"그냥 이상한 애들 같은데 차장님은 뭘 저렇게까지 받아주시지."

"사람이 너무 좋으셔서 탈이야. 나도 차장님 따라서 전략기획본부로 가고 싶다."

그사이 한겸은 고민이 되었다. 아직 사회생활을 해보지 않아서 전략기획본부라는 곳이 무엇을 하는지 정확히 알진 못했다. 단지 전략기획이라는 어감에서 더 자세히 봐주지 않을까 하는 느낌만 받았다.

"혹시 광고도 하는 부서인가요?"

"광고는 아니죠. 쉽게 말하면 DH가 어떻게 하면 더 성장할지 방법을 짜내는 그런 부서예요."

"그럼 혹시 이것 좀 봐주시겠어요?"

한겸은 곧바로 서류로 준비한 프레젠테이션을 꺼내 들었다.

"DH은행이 광고로 좀 더 효율을 볼 수 있는 방법입니다."

"그렇군요. 여기서 듣는 건 무리 같네요. 일단 자료를 주시면 검토해 보죠."

직접 설명을 하려던 한겸은 멈칫했다. 그러자 남자가 웃는 얼굴로 입을 열었다.

"이런 경우가 꽤 있거든요. 대학생들이 찾아온 적은 거의 없지만요. 살펴보고 연락드리도록 하죠, 음?"

한겸이 서류철을 꽉 잡고 있었다. 남자는 그 모습에 피식 웃었다. 딱 봐도 아이디어에 자신이 있는 사람이 아이디어를 뺏길 거라고 생각할 때 보이는 모습이었다.

"여기 제 명함입니다."

[모형 분석 2팀 차장 윤정태]

한겸은 명함을 받음과 동시에 서류철과 준비한 USB까지 넘겼다. 직접 설명을 하고 싶었던 마음이 컸던지라 아쉬움이 남았지만, 어쩔 수 없었다. 남자는 서류를 받아 들고는 연락하겠다는 말과 함께 사라졌다.

"야, 표정 좀 풀어. 그래도 메일로 보내는 거보다 좋은 거잖아."
"그렇지? 후, 집이나 가자."

한편, 한겸에게 서류를 넘겨받은 윤정태는 기분 좋은 얼굴을 하고 회사로 향했다.

"차장님, 뭐가 그렇게 기분 좋으세요?"
"재밌잖아."
"그냥 너무 막무가내 같던데. 우리 은행 들어오고 싶어서 저러는 거 같고. 저런 식으로 해도 뽑히지 않잖아요."

"저 친구들 처음 본 게 며칠 된 거 같은데. 로비에서 홍보 팀 좀 만나게 해달라고 그러는 거 봤거든. 어제도 편의점 앞에서 봤는데 오늘도 또 있잖아. 하하, 너희들은 그렇게 할 자신 있어?"

"에이, 무모하죠. 학교에서 날고 긴다는 애들도 인턴 하는 거 보면 답답한데 쟤들이라고 뭐 특출하진 않겠죠."

"그럴 수도 있고. 그래도 열정이 부럽더라고."

윤정태는 기분 좋은 웃음을 보이며 회사로 향했다.

*   *   *

회사로 돌아온 윤정태는 다음 주부터 부서를 옮기는 터라, 인수인계를 끝내기 위해 바쁜 시간을 보냈다. 그나마 같은 부서에 있던 과장이 자신의 자리를 대신하기에 큰 걱정은 없었다.

"너희들 이제 나한테 보고서 올리지 마. 안 차장한테 보고서 올려."

"차장님! 안 가시면 안 됩니까!"

"너희들이 차장이라고 해서 가려고."

"다음 주부터 부장님이라고 부르려고 했죠!"

"시끄러워. 일들이나 해. 하하."

윤정태는 피식 웃고선 기지개를 켰다. 사실 지금 이곳에 남고 싶은 마음이야 굴뚝같았다. 승진도 좋고 능력을 인정받아 전략기획본부로 발령을 받는 것도 좋았다. 하지만 부담감이 더 컸다. 돈을 받고 일하는 이상 눈에 보이는 성과가 필요했다. 전략기획본부라면 그 성과가 더 눈에 띄어야 살아남을 수 있었다. 잘못하면 얼마 후에 퇴직해야 할 수도 있다는 생각에 부담감이 생겼다.

'몇 년만 젊었어도.'

그런 생각을 하다 보니 문득 점심시간에 만났던 대학생들이 떠올랐다.

"아, 그거 안 봤네."

윤정태는 책상 한쪽에 놓아둔 서류를 펼쳤다. 한겸이 준 서류였다.

"C AD? 이름 독특하네."

윤정태는 웃으며 페이지를 넘겼다. 맨 첫 페이지에는 기업 분석처럼 DH에 대한 조사 내용이 있었다. 대부분이 은행에서 진행하고 있는 서비스에 대한 소감이나 평가였다. 대학생들이 리포트를 작성하면 이렇게 작성하지 않을까 싶을 정도로 큰 감흥이 없었다.

다음 페이지를 넘기자 왜 이런 얘기들을 적어놨는지 알 수 있었다. 광고에 대한 평가가 있었다. 모델의 부적절성에 대한 설명을 적은 부분에서는 약간 놀랍기도 했다. 평가가 놀랍다는 것이 아니라 표본은 적지만 직접 설문조사까지 하고 다녔다는 점이 놀라웠다. 페이지를 넘길수록 더욱 기특했다. 20대를 겨냥한 서비스에 대한 얘기를 바탕으로 현재 모델이 어울리지 않는 이유를 설명했다.

"오, 제대로 짚었는데?"

윤정태는 계속해서 자료를 읽어나갔다. 모델을 변경해야 하는 이유보다 대학생이 조사한 DH의 서비스에 대한 내용이 더 눈에 들어왔다. 모형 분석 2팀의 주 업무가 빅데이터를 기반으로 은행에서 진행할 서비스에 대한 검증과 분석이었다. 학생에게 받은 서류에도 기존에 자신들 역시 문제로 삼았던 부분에 대한 조사가 자세하게 적혀 있었다.

기업들이라면 20대를 겨냥한 유스 마케팅에 힘을 쏟고 있었다. DH 역시 마찬가지였다. 하지만 현실은 신규 고객의 유치가 너무나도 힘들었다. 이유 역시 회사에서 수집한 빅데이터로 진즉 알고 있었다.

귀찮음.

모든 기업들이 편리함을 강조하는 게 그 이유이기도 했다.

윤정태는 어느 순간 한겸의 리포트에 점점 빠져들었다. 귀찮아하는 20대를 어떻게 유치시킬지 기대하며 넘기다 보니 어느새 서류가 얼마 남지 않았다. 서류가 거의 막바지에 다다랐을 때,

서류철에 사진이 보였다.

프레젠테이션에 모델을 추천하고 기존의 광고에다 합성까지 해놨다. 게다가 광고가 나아갈 방향을 제시했다. 그 모델이 속한 소속사나 지인은 아닐까 하는 생각이 들 정도로 인지도가 적은 사람들이었다.

하지만 그들을 선택한 이유를 보게 되자 고개가 끄덕여졌다. 그리고 추천 사항이라며 적어놓은 스토리보드를 보고선 자신도 모르게 감탄을 했다.

"10, 20대에서는 인지도가 꽤 있나 보네. 그런 사람들이 게으름을 숨기지 않고 표면에 드러내 무기로 삼는다."

스토리는 모델이 방에서 뒹굴며 휴대폰 하나로 모든 은행 일을 처리하는 내용이었다. 모형 분석 팀에서 오래 일했던 덕에 윤정태는 이를 하나하나 분석하기 시작했다. 은행이라면 신뢰나 정직한 이미지가 중요했다. 그래서 대부분의 은행은 믿음직하거나 신뢰가 가는 이미지의 광고모델을 사용했다. 이런 경우가 없어 무척 신선하게 다가왔다.

"마지막 대사가 꽤 재밌네, 하하. 일단 홍보 팀에 넘겨줘야겠군."

자신이 맡을 일이 아니어서 아쉬웠다. 차라리 홍보 팀에 발령 받았다면 이 기획을 바탕으로 새로운 광고를 짤 것 같았다.

"그런데 모델이 두 명이네."

학생들에게 자극을 받았는지, 윤정태는 자신이라면 이 사람들을 어떻게 이용할까 생각하게 되었다.

"게으름을 더 크게 강조할 방법은 없나?"

부족한 부분이나 추가해야 할 부분을 찾는 것이 분석 팀의 또 다른 일이다 보니, 윤정태는 자신도 모르게 더 깊이 파고들고 있었다.

*   *   *

DH은행의 미디어 업무 총괄 팀은 윤정태에게서 받은 자료를 검토했다. 홍보 팀 내에선 이미 현재 모델인 차중길로 얻는 이익이 없다는 것을 문제로 여겼다. 그래서 한겸이 만든 자료가 신선하게 다가왔다.

"요즘 차중길의 행보들이 전부 올드한 느낌인 반면, 이건 꽤 신선해. 모델이나 스토리들이나 전부."
"20대들이 좋아할 만한 유머도 들어가 있어서 젊은 이미지를 얻을 수도 있을 것 같습니다."
"그래. 이 사람들이 젊은 사람들한테는 인지도가 있는 것도 새롭고."

"웃긴 짤들이 하도 돌아다녀서 그럴 겁니다. 개그맨 이경민 같은 경우는 TV에 안 나온 지 꽤 됐는데도 동료들이 하도 언급해서 친근하게 느껴지기도 하고요."

팀장은 한결이 만든 자료가 꽤 마음에 들었다. 각종 광고대행사에서 받은 제안서까지 포함해서 가장 마음에 드는 자료였다.

"C AD 팀? 이거 만든 사람들이 대학생들이라고?"
"윤 부장님한테 듣기로는 그렇다고 하더라고요. 회사 앞에까지 찾아왔었다고 하던데, 저희는 아무 연락 못 받았거든요. 고객 지원 팀에서 하던 대로 차단했나 봅니다."

팀장은 고개를 끄덕였다.

"실장님한테 보고하기 전에 먼저 만나봐."
"TX기획 빼놓고요? 그럼 기분 나빠 하지 않을까요?"
"허 참. 이봐, 김 과장. 우리가 TX 기분을 맞춰야 하나? 이번 달 TV 광고도 없이 모바일 광고하고 신문 광고비로만 8억이었어. 알지? 그런데 효과는?"
"……"
"휴, 생각을 해봐라. TX에서 싫어할 이유가 없지. 지네가 아이디어 회의 할 필요도 없지, 그냥 제작하면 알아서 돈 버는데 싫어할 이유가 있나? 이번 연도 TX 콘택트 기획한 게 자네였지? 그래서 그래?"

팀장은 부하 직원을 향해 허를 챘다.

"그런 거 걱정할 시간에 이런 거나 짜봐! 대학생보다 못한 게 말이 돼? TX에서 보낸 기획만 살펴보면 끝이 아니라고! 하는 일이라고는 사보나 만들고! 아니면 보도 자료 작성이고. 우리가 뭐 기자야?"

"미스 커뮤니케이션 하지 않으려다 보니……."

"변명들은. 기획이 좋아 봐! 지금까지 내놓은 게 전부 똥이니까 매일 하던 일만 하는 거 아니야."

금방 끝날 수 있었던 팀장의 잔소리가 계속 이어지자 팀원들은 말대꾸를 한 직원을 향해 원망의 눈빛을 보냈다. 팀장은 계속해서 떠들어댔다.

"이런 카피 얼마나 좋아! '묘하게 부지런해진 거 같은데?' 우리 DH은행 앱을 쓰면 자기도 모르게 부지런하다고 느낄 정도로 편하다는 거 딱 느껴지지 않아? 게다가 대학생이라며. 아이디어만 싸게 살 수도 있잖아!"

"카피 같은 건 TX에서 만드니까… 그리고 우리가 TX 선정했는데 보는 눈 없다고 인정하는 거밖에……."

"과장님……."

"김 과장, 좀 이따 얘기하든지 그래라."

아니나 다를까, 팀장의 잔소리가 이어졌다.

*　　　*　　　*

한겸과 범찬, 그리고 종훈은 머리를 맞대고 대화 중이었다.

"도대체 왜 연락이 안 올까? 역시 컨설팅이 문제인가? 여러 가지 컨설팅까지 하기에는 우리 인원으로 무리인데."

"너 왜 자꾸 혼자 묻고 혼자 답하고 그러냐."

"연락이 안 오니까 그러지."

"기다려 보면 오겠지. 그리고 네가 한 게 컨설팅이지. 어떤 놈이 광고 콘셉트까지 잡아서 보내."

"그건 그냥 추가로 보낸 거지. DH에서 쓸지 안 쓸지 모르니까."

"아무튼 그게 컨설팅이라니까? 귀찮음을 잊을 만큼 편리하다는 걸 강조함으로써 고객을 유치한다. 간단하게 해서 그렇지 내가 보기에는 20대를 유치하려는 DH은행에 가장 적절한 해답이야."

"뭔가 빠진 게 있으니까 안 온 걸 거야. 뭐가 빠졌을까? 읽었으면 답을 줄 거 같은데."

듣고 있던 종훈 역시 범찬의 말에 동의했다.

"한겸아, 얼마 안 됐는데 검토 중이지 않을까?"

"벌써 3일이나 지났는데 아직도요?"

심각하게 고민하는 한겸의 모습에 범찬이 고개를 저었다.

"야, '3일이야'라니, '기껏해야 3일밖에 안 지났지'라고 해야지. 사람들이 다 너 같지 않다니까? 바로바로 연락 오는 게 아니라고."
"다시 찾아가 볼까? 채택이 안 됐으면 왜 안 됐는지 답이라도 듣고 와야겠다."
"아오! 하루만 더 기다려 봐!"

그때, 종훈이 뭔가를 골똘히 생각하더니 심각한 표정으로 입을 열었다.

"혹시 말이야! 자기네들이 쓱싹하려는 거 아니야? TV 보면 대기업한테 아이디어 뺏기고 그런 사람들 나오잖아. 갑자기 막 우리가 추천한 사람으로 모델 바뀌고!"
"그건 아닐걸요. 요즘 같은 시대에 자기네 마음대로 썼다가 논란이라도 일어나면 큰일 나죠. 특히나 은행이 그러면."
"그래도 막 발뺌하고, 고소하고 그럴 수도 있잖아."
"형, 절대로 그럴 일 없어요. 프레젠테이션 만들 때 날짜 입력도 다 해놨고요. 잠금 상태라 볼 순 없어도 블로그에 올려놨잖아요."

범찬은 너무 태연해서 문제였고, 종훈은 너무 걱정이 많아서 문제였다. 그때, 한겸의 휴대폰이 울렸다.

―안녕하세요. DH은행 홍보 팀 김기준이라고 합니다. 거기 혹시 'C AD'라는 이름으로……

"맞습니다."

―아, 네. 깜짝 놀랐네요. 저희한테 주신 자료 때문에 연락드렸습니다. 혹시 대화를 나누고 싶은데 만나 뵐 수 있을까요?

통화를 마친 한겸은 곧바로 자리에서 일어났다.

"DH은행이야? 뭐래?"

"만나고 싶대."

"거봐, 내가 뭐라고 그랬어. 그래서 언제 만나기로 했어?"

한겸은 주섬주섬 자료를 챙기며 입을 열었다.

"지금. 빨리 옷 입어."

*   *   *

DH은행 홍보 팀 김 과장은 약속 장소에 도착했다. 혼자가 아니라 'C AD' 팀의 자료를 가져다준 윤 부장과 함께였다.

"차… 아니, 부장님, 어떻게 아시게 된 거예요?"

"하하, 몇 번이나 말해요. 편의점 앞에서 만났다고."

"그런데 만나러 가냐고 물으시고, 또 여기까지 같이 오시고."

"그냥 궁금해서 그래요. 어서 들어가죠."

윤정태 부장은 홍보 팀에 들렀다가 한겸과 약속을 잡았다는 소식을 접하고 따라나섰다. 특별히 따로 할 말은 없었지만, 자료를 처음 받았던 사람으로서의 예의라고 생각했다. 기발한 아이디어를 어떻게 뽑았는지도 들을 겸.

"어, 저기 있네요."

윤 부장은 한겸을 발견하고선 미소를 지었고, 한겸 역시 윤 부장을 발견하고 벌떡 일어났다.

"안녕하세요."
"이렇게 또 뵙네요."
"어떻게 감사 인사를 해야 할지 고민했어요. 전해주셔서 감사합니다!"
"하하, 기획안이 좋아서겠죠? 일단 앉죠."

김 과장과도 인사를 나눈 뒤 커피까지 주문해 왔다. 그 뒤로 간단한 소개를 끝내자 김 과장이 입을 열었다.

"전부 학생이시라고요?"
"네, 지금 동인대 광고홍보학과 다니고 있어요."
"대단하시네요. 그 기획안 전부 읽어봤는데 진짜 좋더라고요.

특히 그 새롭게 짠 광고 콘셉트요."

"칭찬 감사합니다!"

대화를 듣고 있던 범찬은 종훈에게 속삭였다.

"형, 모델 바꾸는 게 아니라 겸쓰가 만든 기획안 좋다는 거죠?"

"어. 그런 거 같은데? 진짜 좋긴 좋았잖아."

"뭐야. 이러다 진짜 회사 차리는 거 아니야?"

"한겸이라면 그럴 거 같은데. 허튼소리 잘 안 하잖아. 그래서 나도 같이하자고 한 건데."

광고의 스토리가 좋다고는 생각했는데 시작부터 대기업의 홍보 팀과 만날 수 있을 거라고 생각하진 못했다. 더군다나 이렇게 칭찬만 받을 거라고도 예상하지 못했다. 그때, 한겸이 웃는 얼굴로 입을 열었다.

"혹시 제가 프레젠테이션을 해도 될까요?"

"네? 저희 자료는 전부 보고 왔어요."

"아무래도 직접 설명을 해드리는 게 좋을 거 같아서요. 여기서 해도 돼요."

그러자 윤 부장이 웃으며 고개를 끄덕거렸다. 그와 동시에 한겸은 가져온 노트북을 펼치고선 준비한 설명을 시작했다. 자료에 있던 내용과 큰 차이는 없었지만, 좀 더 세세하게 설명을 이어나

가자 윤 부장과 김 과장은 어느새 한겸의 설명에 빠져들었다.

"다른 은행들도 물론 20대를 대상으로 내놓은 상품들이 많은데, DH가 유독 많더라고요. 금리도 다른 곳들에 비해 높고요. 이 정도면 주력으로 삼은 타깃 마케팅이 아닐까, 라고 생각했습니다. 그런데 20대나 30대에서는 현재 DH의 모델인 차중길 씨에 대한 호불호가 나뉩니다. 그 이유를 설명하겠습니다."

한겸은 차분하게 설명을 이어나갔다. 한참 동안 준비한 설명을 모두 끝낸 뒤에야 뿌듯한 미소를 보였다.

"저희 C AD에서 준비한 프레젠테이션은 여기까지입니다. 질문 있으신가요?"
"와, 준비가 대단하네요. 꽤 많은 프레젠테이션을 봤는데 가장 알아듣기 쉬웠고 가장 훌륭했어요. 그런데 사실 모델보다는 그 기획안 때문에 만나고 싶었습니다."
"광고 스토리 말씀하시는 건가요?"
"네, 그런 아이디어를 우리가 써야 할 이유가 있을까요?"

한겸은 막힘없이 설명을 이어나갔다.

"사실 20대는 은행 거래를 그렇게 중요하게 생각하지 않거든요. 가진 돈도 그렇게 많지 않고요. 그러다 보니까 어떤 은행을 쓰든 별로 차이가 없어요. 그래서 유입이 어려운 거고요."

"그렇죠. 데이터에도 나오는 거니까."

"관심이 없다 보니까 귀찮을 수밖에 없거든요. 저희가 한 설문뿐 아니라 금융결제원에서 진행한 설문에서도 같은 결과가 나왔고요."

한겸의 설명을 듣던 김 과장은 약간 놀랐다. 상대가 대학생이라는 생각에 약간 편하게 생각하고 나왔는데, 보기 편하게 만든 자료와 반드시 성공할 수 있다는 자신감이 묻어 있는 목소리까지. 어느새 설득당해서 손뼉까지 치고 있다는 걸 깨달았다.

"휴, 굉장하네요. 팀장님이 우리는 이런 아이디어 왜 못 내냐고 얼마나 볶아대시던지. 아직 학생이시라고요?"

"네."

"우리 DH에 꼭 입사하세요. 제가 사원 추천으로 서류 통과 가능하게 할 수 있습니다!"

"말씀은 감사한데 하고 싶은 일이 있어서요."

김 과장은 설명을 듣고 나니 약간 미안함이 생겼다. 이런 아이디어를 얼마 되지도 않는 돈에 사야 한다는 게 양심에 찔렸다. 그래도 남의 돈 받고 일하는 이상 어쩔 수 없었다.

"이 아이디어, DH에서 사고 싶습니다. 현재 C AD 팀에서 맡을 수 없는 프로젝트 같아서 하는 제안입니다. DH 내부에서도 무척 긍정적인 반응이었습니다."

"사고 싶으시다고요?"

"네, 오늘 자리에서 세부적인 조항을 논하기는 어려울 것 같고요. 그래도 통상적으로 아이디어를 온전히 DH에게 맡기는 선에서 2,000만 원 정도 예상하시면 될 겁니다."

한겸은 약간 놀랐다. 모델 교체를 통해 광고에 제대로 된 색이 보이는지 확인차 벌인 일이었다. 모델에 대한 아쉬움에 좀 더 잘 활용할 수 있을 것 같은 광고 스토리를 제안한 것이었는데, 아이디어를 산다는 말에 잠시 당황했다.

옆에 있던 범찬과 종훈은 눈이 휘둥그레졌다. 며칠 힘들긴 했지만, 짧은 시간에 2,000만 원은 생각해 본 적도 없는 금액이었다. 침도 삼키지 못하고 한겸의 얼굴만 쳐다보고 있을 때, 한겸이 입을 열었다.

"저희가 그 부분을 생각해 보진 않았어요. 저희도 회의를 해봐야 할 것 같아요."

"당연하죠. 긍정적으로 생각해 주시길 바랍니다."

범찬은 멍한 얼굴로 한겸을 쳐다봤다. 자신이라면 고개가 떨어질 정도로 끄덕거렸을 텐데 배포가 큰 건지 차분해 보였다.

"그럼 PPT에서는 더 질문 없으시죠?"

"다른 얘기는 계약 후에 얘기하는 게 좋겠네요."

그때, 함께 온 윤 부장이 입을 열었다.

"질문 하나 할게요. 그런데 C AD 팀에서 제안한 모델이 두 명 인데, 한 명으로 추린다면 누구를 추천할 거고 그 이유를 알 수 있을까요?"

"저희가 보통 기업들과 다르게 데이터를 기반으로 누가 더 나은지를 판단할 순 없어요. 그건 DH에게 맡기는 게 나을 거라고 판단했습니다."

"하하, 그렇군요. 솔직하네요. 그래도 팀장님… 팀장님 맞으시죠?"

"아직 직책은 없어서요. 그냥 김한겸이라고 부르세요."

"그렇군요. 한겸 씨가 추천해 준다면 둘 중 어떤 사람을 추천하실 건가요?"

한겸은 이 부분에 대해 고민했었다. 둘 다 노란 피부색이 보여 누가 더 나은지 판단이 서지 않았다. 다만 비슷한 광고를 제작한 다면 지금처럼 노란 피부색이 보이지 않을까 추측할 뿐이었다.

"생각한 건 있어요. DH은행에 도움이 될 수도 있을 텐데, 이게 가능할지는 확신이 서지 않아서요."

"음? 어떤 건지 들어볼 수 있을까요?"

한겸은 잠시 생각을 정리하더니 입을 열었다.

"제가 조사를 하다 보니까 금융결제원이라는 곳이 있더라고요. 금융기관하고 전산 시스템이 서로 연결되어 있다고도 봤고요."

"맞죠."

"그런데 금융결제원에서 만든 앱으로 오픈 뱅킹도 가능하고 주거래은행 변경도 쉽게 되더라고요. 저도 이걸 이번에 조사하면서 알게 됐어요."

"그렇죠. 각 은행마다 혜택도 있고요. 한겸 씨 말처럼 금융결제원에서 홍보를 했음에도 그다지 알려지지 않았어요. 사람들도 그렇게 관심 있는 편도 아니었고요."

"그러니까요. 금융결제원에서 홍보 캠페인을 한다면 어떨까요? DH와 마찬가지로 게으른 사람도 이용할 만큼 편리하다는 걸 강조하는 거예요. 그런데 문제는 그게 되는지 알 수가 없다는 거죠."

이야기를 한참 듣던 윤 부장은 고개를 끄덕거렸다. 그때, 김 과장이 무척이나 놀란 얼굴로 입을 열었다.

"어? 그거 어떻게 아셨어요? 조금 다르긴 한데."

*   *   *

자취방으로 돌아온 범찬과 종훈은 한겸에게서 눈을 떼지 못했다. 돌아와서 지금까지 혼자 무언가를 생각하고 있었다.

'모델만 바꿔서 보고 싶었는데. 그런데 내 아이디어로 광고를

만들어도 그 사람들이 노란색으로 보일까?'

광고에 색이 보이는 건 바라지도 않았다. 스토리 자체가 바뀌게 되는데도 추천한 모델들이 노란색으로 보일지가 궁금했다. 기존의 광고가 있다면 모를까, 지금은 확인할 방법이 없었다. 새로운 광고가 나온 상태에서 판단할 수밖에 없었다.

"정말 우리 아이디어로 광고 만들까?"
"당연하지. 내가 좋다고 그랬잖아! 대박이라니까?"
"진짜 좋지?"
"현장에서 일하는 사람이 사고 싶다는데 당연하지."

한겸은 고개를 끄덕거리고 다시 생각에 잠겼다. 한참 동안 여러 가지 생각을 하며 노트에 생각을 정리했다. 그러던 한겸이 두 사람을 불러 모았다.

"DH에 아이디어를 팔지 말지 각자 의견부터 들어보자."

말이 끝나기 무섭게 범찬이 입을 열었다.

"들어볼 게 뭐 있어! 당장 팔아야지!"
"형은요?"
"파는 게 좋을 거 같은데. 그런데 난 별로 한 것도 없어서… 다 네 아이디어였잖아. 돈을 나눠 갖는 것도 좀 민망하고 그런데."

"돈을 받아도 나눠 갖고 그러진 않죠. 일단은 보유 자금으로 갖고 있어야 해요."

"아!"

종훈은 거기까지 생각하진 못했는지 민망함에 얼굴을 붉혔다. 하지만 범찬은 달랐다.

"그럼 이렇게 일하고 돈도 못 받으면 보람 없지! 너 신고당해볼래?"

"하하, 아이디어를 판다면 그런다는 거지."

"안 팔면 뭐 어떡할 건데. 공짜로 주자고?"

"공짜로 주자는 건 아니야. 내가 처음에 말했잖아. 인지도 쌓는 기간이 될 거라고. 그중에 가장 확실하게 인지도를 쌓는 방법이 있을 거 같거든."

"그게 뭔데."

"DH은행 광고에 아이디어 제공자 이름을 새겨달라는 거야. 동인대학교 광고홍보학과 C AD라는 팀이 제작한 스토리라고. 하단에 그거 새겨주면 우리 인지도 확실히 올라갈 수 있을 거야."

"그걸 해줄까? 돈 받는 게 더 나을 거 같은데."

"공모전에서 뽑힌 광고에 가끔 나오기도 하잖아. 만약에 그걸 안 받아주면 돈을 받는 거고. 장기적으로 보면 인지도 쌓는 게 더 도움이 될 거 같아서 하는 말이야. 동아리 만들 때 지원금을 받을 수 있는 확률도 높아지고. 그게 성공하면 일도 수월하게 맡을 수 있을 거야. 돈은 그다음부터 받는 게 어때?"

범찬과 종훈은 한겸의 말을 듣고선 고개를 끄덕거렸다.

"우리도 DH를 이용해서 홍보한다고 생각하자."
"이미 다 생각해 놓고 있었으면서 의견은 왜 물어."
"같은 팀이니까. 내 생각이 틀린 걸 수도 있잖아. 일을 진행할 때 의견을 나누는 게 가장 중요하다고 그랬어."
"누가?"
"아버지가. 하하."
"과일 가게 하시는 아버지?"

알게 모르게 아버지께 많은 영향을 받았다는 것이 느껴지자 피식 웃음이 나왔다. 가만히 대화를 듣던 종훈은 고개를 끄덕이며 입을 열었다.

"듣고 보니 한겸이 생각이 맞는 거 같아. 난 찬성."
"그럼 나도 일단은 찬성. 대신 다음에 이런 일 있으면 다음 건 팔자. 일단 돈이 조금은 있어야지 뭘 하든 할 거 아니야. 우리 알바도 안 하는데."

한겸도 그 부분이 걱정되긴 했다. 하지만 지금 같은 홍보 기회를 놓칠 수는 없었다.

"좋아. 그럼 그렇게 의견을 정리하자. 그렇게 안 해준다고 하면 팔면 되니까."

한겸이 정리를 하려 할 때, 종훈이 조심스럽게 입을 열었다.

"같이하길 정말 잘한 거 같아. 나도 도움 되도록 열심히 할게."

"제가 말했잖아요. 한겸이가 색맹일 때도 스토리 짜는 거나 카피 하나는 기가 막혔다고요."

"응, 진짜 대단한 거 같아. 어떻게 그런 아이디어가 나와? 아까 DH 과장이라던 사람 놀랐을 때 내가 더 놀랐다."

"맞다! 아까 그 사람 무슨 얘기 하려고 그랬을까? 네가 했던 말이랑 비슷한 얘기겠지? 계약 후에 알려준다고 그랬잖아."

분명 비슷한 아이디어가 나왔을 것이다. 현장에서 일하는 사람들에게서 어떤 아이디어가 나왔을지 궁금했다. 비슷한 아이디어를 냈다는 뿌듯한 마음이 들었지만, 한편으로는 생각을 좀 더 정리하고 다듬은 뒤 내놓았으면 그 아이디어까지 판매할 수 있었을까 하는 아쉬움도 들었다.

*　　　　*　　　　*

이미 지나간 일을 아쉬워만 할 수 없었기에, 한겸은 다음 미팅에 필요한 자료를 찾기 시작했다. 그 모습을 보던 종훈이 감탄하듯 입을 열었다.

"한겸이는 바로 현장에서 일해도 될 거 같아. 그 과장이 자기가 추천해 준다고 입사하랬잖아."

"맞다. 너 거기 가면 배신이다. 갈 때 가더라도 나도 데려가."

"하하, 안 간다고 했잖아. 휴, 회의 끝났으니까 정리 좀 해야겠다. 일단은 내일 만날 때 보여줄 예시들도 좀 뽑아 가야 DH도 쉽게 수락하겠지?"

"뭔 예시? 아이디어 제공자, 그런 거 들어간 광고 찾는 거?"

"어, 좀 쉬고 있어. 내가 찾아보게."

한겸은 노트북을 열고선 광고를 찾기 시작했다. 범찬은 그런 한겸을 보더니 고개를 저었다.

"형, 우리는 좀 쉬어요. 겸쓰 쟨 생각났을 때 바로바로 해야 해요."

"부지런한 거 같네."

"딱히 부지런한 거 같긴 않은데. 뭐 한다고 마음먹으면 바로 하더라고요. 그런데 형은 정말 우리랑 같이해도 괜찮겠어요?"

"응?"

"홍보한다 뭐다 하는 거 보니까 꽤 길게 보는 거 같은데."

"그래도 한겸이 하는 거 보면 안정적일 거 같아서. 배울 것도 많고. 아이디어가 기발하잖아."

"기발하긴 하죠. 처음 볼 때부터 저랬는데. 신입생 첫 MT 때도 얼마나 기발하던지 선배들하고 싸울 뻔했잖아요."

"아… 그 얘기. 하하……."

"형도 알아요?"

"자세히는 아니고 대충 들었어."

범찬은 크게 웃은 뒤 입을 열었다.

"선배들하고 신입생들하고 섞어 앉아서 옆 사람을 소개하는 거였거든요. 그거 있잖아요. 우리 과 전통으로 옆 사람 특징 잡 아서 소개하는 거."

"난 MT 안 가봐서."

"아… 아무튼 그런 거 있어요. 다들 이름 모르니까 곰돌이같 이 푸근하다든지 젓가락처럼 말랐다든지 그렇게 소개했어요. 그 냥 서로 웃기게. 그런데 겸쓰 옆에 오진이 형이 앉았거든요? 겸 쓰가 지도 웃기게 하고 싶었던 모양이더라고요. 알죠? 쟤 개그 할 때도 진짜인 거처럼 하는 거."

"하하, 알지."

"또라인 줄 알았다니까요. 오진이 형 여드름 좀 나 있고 얼굴 도 뾰족하잖아요. 그거 보더니 갑자기 '페퍼로니를 조각내 올린 피자 한 조각!' 너무 확 연상이 되니까 다들 뒤집어졌는데 오진 이 형은 분위기가 아주 그냥. 그래서 지금까지 오진이 형이 겸쓰 싫어하잖아요. 뭐 특징 잡고 요약하고 그러는 거 아마 남들 별 명 짓다가 생겼을걸요?"

바로 옆에서 떠드는 소리에 한겸은 멋쩍게 웃었다.

*   *   *

DH은행의 김 과장은 회사로 돌아와 미팅 보고서를 작성해 팀장에게 보고하던 중이었다.

"그러니까 우리 회의에서 나온 얘기를 비슷하게 했다?"
"네, 엄청 놀랐다니까요."
"그렇단 말이지. 괜찮은 녀석 같은데."

그때, 한결에게서 전화가 걸려왔다.

"팀장님, 그 대학생한테 전화가 와서요."
"받아봐."
"여보세요?"

김 과장이 통화하는 사이 팀장은 보고서를 봤다. 홍보 팀 회의에서 나온 내용을 언급했다는 보고 때문인지 더욱더 광고 아이디어가 좋다는 느낌을 받았다. 그때, 김 과장이 고개를 갸웃거리며 하는 말이 들렸다.

"그게 무슨 말씀인지 잘 이해가 안 돼서요."

팀장은 보고서를 내려놓고 김 과장을 쳐다봤다.

"그러니까 광고 하단에 'C AD'팀의 이름을 넣어달라는 게 조건이라고요?"

한참을 대화하던 김 과장이 통화를 마치더니 곧바로 입을 열었다.

"얘네들 좀 이상한데요."

"뭐라는데."

"돈을 더 달라는 것도 아니고 안 받는대요. 대신 광고 아이디어 제공에 'C AD'팀 이름 넣어달라는데요. TX기획에서 난리 나겠죠?"

"넌 또 TX야? 너 TX 직원이야, 우리 직원이야? 우리 돈 받고 일하는 애들 눈치를 왜 그렇게 봐!"

"아니, 그게… 우리도 홍보 팀도 좀 그럴 거 같아서요……"

"조용해 봐!"

팀장은 턱을 쓰다듬으며 골똘히 생각에 잠겼다. 조건을 걸더라도 가격을 조금 올린다거나, 금전적인 조건을 내걸 줄 알았는데 생각 밖이었다. 팀장은 한참을 그러더니 책상에 놓여 있던 서류를 쳐다봤다.

"대학생들이 야무지네. 요즘 대학생들은 전부 저런가. 음……"

"내일 올 때 이름 박힌 영상들까지 준비해 온다더라고요. 코스미화장품에서 했던 광고 공모전 이런 거요."

"윤 부장님이 분석 자료 보낸 거 보니까 MRP(Mind Rating Point: 호감도)는 확실히 올라갈 거 같단 말이야. 많게는 2%까지 봤어. 그럼 대박은 아니더라도 중박은 된다는 뜻이야. 그걸 쟤네가 알고 홍보로 이용하려는 건가?"

"제가 그거 때문에⋯ 아까 말씀드린 건데⋯ 저희 홍보 팀이 너무 날로 먹는다는 소리 나오지 않을까요?"

"아니지. 반대로 생각할 수 있지. 콘텐츠 기획 팀 최 과장 불러와. 아니다, 회의 준비해."

팀장은 좋은 아이디어가 떠올랐다는 듯 씨익 웃었다.

*   *   *

다음 날. 한겸과 일행은 DH은행 김 과장의 안내로 홍보 팀 회의실에 자리했다. 잠시 기다리자 김 과장이 음료와 함께 낯선 사람과 들어왔다.

"반갑습니다. 미디어 총괄 팀장 이경무라고 합니다."
"네, 안녕하세요. 김한겸이라고 합니다."

각자의 소개를 한 뒤 한겸은 자신이 내건 조건을 위해 준비한 자료를 꺼내놓았다.

"여기 보시면 하단에 공모전 대상 누구 작품이라고 보이시죠? 이거 말고도 다음도, 그리고 그다음도. 전부 공모전으로 광고를 제작하거나 아이디어를 제공한 사람의 이름을 광고 하단에 보이게 했어요. 저희 조건은 이거예요. 저 광고들처럼 'C AD' 팀 이름을 아이디어 제공자로 광고 하단에 명시해 주셨으면 합니다. 길게도 아니고 3초 정도면 충분해요. 대신 아이디어값은 받지 않을 거고요."

한겸은 준비한 설명을 끝내고선 답을 기다렸다. DH에서 이 조건을 받든지 안 받든지 손해가 아니었던 탓에 초조함은 없었다. 그때, 팀장이라던 사람이 미소를 지으며 입을 열었다.

"그 조건뿐입니까?"

"네, 그거 말고는 없어요."

"좋습니다. 대신 우리 쪽에서도 조건이 있어요. 어려운 건 아닙니다."

"뭔지 들어볼게요."

"DH은행에서 모든 시민들을 대상으로 광고 아이디어를 받아 선택된 아이디어를 광고로 제작하는 콘텐츠를 만들 예정입니다. 그리고 그 첫 번째 대상이 C AD 팀이 되겠죠. C AD 팀은 손해가 아닐 겁니다. 조건이었던 팀명이 광고에 나오는 것과 동시에 아이디어 상금 또한 지급될 겁니다."

팀장의 이야기를 듣고 난 한겸은 헛웃음을 뱉었다. 자신이 내건 조건이 전부 받아들여졌고, 그것도 모자라 상금까지 받게 되었기에 기분이 나쁠 리가 없었다. 단지 주가 C AD였는데 기획 하나로 '부'가 되어버리자 기가 막혔다.

"비밀 유지만 해주시면 됩니다."

"음……."

한겸은 범찬과 종훈을 봤다. 두 사람은 굉장히 만족해하는 얼굴로 어서 대답하라는 듯 눈썹을 씰룩거렸다. 그 모습에 한겸은 자신도 모르게 피식 웃었다. DH에서 만든 기획이 잘되면 C AD나 DH나 모두 이득을 얻을 수 있었다. 걱정하던 자금도 어느 정도 해결될 것이고, 누구에게 피해를 주는 것도 아니었기에 한겸은 고개를 끄덕거렸다.

"그렇게 할게요. 그런데 상금은 얼마죠?"

"지원금 명목으로 나가게 되고요. 전에 제시했던 계약금보다는 낮게 책정될 겁니다. 지원금이란 게 그렇거든요. 1,000만 원 정도 될 겁니다."

"얼마 안 되네요."

"거기에 비밀 유지에 관한 대가도 지급하죠. 대가를 지급해야 비밀이 제대로 된 효력을 볼 수 있거든요. 하하, 사인 즉시 곧바로 진행할 예정입니다."

한겸은 범찬을 쳐다봤다. 셋 중 가장 걱정되는 사람이 범찬이었다. 그러자 범찬이 입에 지퍼를 채우듯이 입을 꼭 다물고 고개를 끄덕거렸다.

"그럼 계약하겠습니다!"

"하하, 좋네요. 그럼 다음 조건으로 넘어가 볼까요?"

"네?"

"워낙 아이디어가 좋다 보니 저희가 이걸 두 가지 버전으로 제작할 예정입니다. 다른 버전으로 나온 아이디어에 대한 권리는 DH에게 있다는 걸 확실시하려는 거죠."

"아까는 공모전처럼 하신다고."

"하하, 그렇죠. 뭐. 공모전에 뽑힌 좋은 아이디어라고 전부 광고가 되는 건 아니니까요."

자신의 아이디어를 바탕으로 다른 버전을 제작하는 것까지 문제 삼을 순 없었다. 오히려 자신의 스토리가 인정받았다는 느낌과 동시에 어떤 식으로 제작이 될지가 궁금했다.

*   *   *

계약서에 사인을 마친 한겸은 궁금증을 참지 못하고 입을 열었다.

"어떤 버전이 나오게 될까요?"

"지금 대화도 비밀 유지 아시죠?"

"네!"

"광고 회사와 조율을 해봐야겠지만, 한겸 씨의 아이디어를 바탕으로 게으름과 부지런함. 이 두 가지로 제작이 될 겁니다."

"아!"

그 부분까진 생각하지 못했다. 마치 실습 현장에 와서 배우는 느낌이었다. 그렇지만 기존의 아이디어가 자신에게서 나온 거다 보니 DH가 진행하려는 광고가 어떤 형식인지 대충 예상이 되었다.

"바빠서 시간이 없는 사람도 편리하게 이용할 수 있는 콘셉트인가요?"

"허……."

팀장이 대답하지 않아도 놀라워하는 얼굴만으로 충분히 답이 되었다. 한겸은 조금 아쉬웠다. 조금만 더 생각했더라면 저 아이디어 또한 분명 나올 수 있었다. 자신의 아이디어로 만든 광고가 색이 보일지만 궁금했던 탓에 한 가지만 보고 있었다. 괜히 월급 받고 일하는 사람들이 아니었다.

'하나 배웠네. 앞으로는 그런 부분까지 확실히 해야겠어.'

깨달음과 동시에 반성까지 하고 나자 궁금증이 생겼다. 광고들에서 색이 보일지, 또 모델은 누구를 쓸 건지. 머릿속에는 온통 색에 대한 궁금증으로 가득했다. 그러나 DH 측은 광고대행사를 통해 제작과 유통을 했기에 광고에 참여할 수도 없었다. 그냥 아이디어를 판매한 것으로 끝이었다.

*   *   *

일주일 뒤. DH은행의 SNS에 전 국민을 대상으로 광고 아이디어를 모집한다는 콘텐츠 소개가 올라왔다. 꽤 오래 걸릴 줄 알았는데 생각했던 것보다 진행이 빨랐다. 수시로 채택을 하고, 채택된 아이디어는 '굿 아이디어'란 지원금과 함께 광고로 제작될 수 있다고 알렸다. 다만 모든 아이디어가 TV 광고로 제작되는 건 아니었다. 배너 형식으로 제작될 수도 있고 모바일 전용으로만 제작될 수도 있었다.

'그럼 최소한 3개월 뒤겠네.'

아직 광고가 제작되지 않았기에 어떤 색이 보이는지 확인이 불가능했다. 나중에 촬영을 할 때 현장에라도 가봤으면 했지만, 계약 이후론 모든 일에서 배제되어 버렸다. 보통의 소비자들과 마찬가지로 3개월 뒤에야 확인이 가능했다. 그래서 기운이 조금 빠지기도 했다. 하지만 범찬과 종훈 때문에 그럴 시간이 없었다.

"여긴 어때요? 호정그룹!"

"호정은 산하 그룹에 TX기획이 있지 않아?"

"있으면 뭐 어때요. 잘만 만들면 되지. DH보다 훨씬 크니까 돈도 많이 줄 거 같은데."

"그런가? 한겸이 네 생각은 어때?"

한겸은 헛웃음을 뱉었다. 지원금으로 받기로 한 1,000만 원은 아직 받지 못했지만, 계약금으로 받기로 했던 금액과 같은 금액의 비밀 유지금을 받았다. 비밀 유지를 위한 금액이었기에 공평하게 삼등분을 해서 나눠 가진 뒤부터 두 사람은 열정에 불타오르는 중이었다.

"겸쓰! 어떠냐니까 대답이 없어! 너 창업하자고 하면서 보여줬던 열정 어디 갔어! 벌써 식어버린 거야?"

"좀 조용해. 내가 말했잖아. 일 년은 아이디어 수집하고 정리하는 기간이라고. 이번 일은 예상 밖의 특수한 경우지."

"그런 특수한 경우가 또 올 거야! 날 믿어!"

"날 믿어야지, 왜 널 믿어?"

한겸은 아예 고개를 돌려 버렸다. 직접 색이 보이는 광고를 제작하고 싶은 마음만 더 커져갔다. 하지만 어느 것 하나 제대로 잡혀 있는 상태가 아니었기에 그럴 수도 없었다. 그때, 종훈이 조심스럽게 입을 열었다.

"며칠 힘들었으니까 집에서 말고 나가서 술이나 한잔하자. 내가 쏠게."

"에이, 밥도 형이 샀잖아요. 내가 쏠게요."

종훈은 한 일 없이 돈을 받았다는 생각 때문인지 음식이든 술이든 계속해서 돈을 쓰려 했다.

"형도 괜히 돈 쓰지 말고 DH은행에 단기 적금 들어요. 6개월 2%로 가장 높던데."

"그래야지. 오늘까지만 내가 살게. 가자."

한겸도 차라리 그 편이 나을 거라는 생각에 고개를 끄덕거리고는 옷을 챙겨 입고 범찬의 자취방을 나섰다. 그때, 문을 닫고 나오던 범찬이 하는 말이 들렸다.

"이건 또 언제 붙여놓고 갔어."

"이 근처가 원룸들이라 공동 현관문이 없어서 그래."

뒤돌아보자 범찬이 현관문에 붙여진 종이를 떼더니 구겨서 버리는 것이 보였다. 한겸은 그 종이를 쳐다봤다. 구겨진 종이 사이로 빨간색이 보였다.

"그걸 왜 주워. 왜, 헬스 다니게?"

근처 헬스장에서 붙여놓은 광고지였다. 원래는 어떤 색인지 알 수 없지만 지금은 빨간색이 보였다. 허리에 손을 올린 사람의 실루엣 그림을 새겨놓은 전단지가 빨갛게 보였다.

제5장

하루GYM

한겸은 구겨진 전단지를 펴 범찬에게 내밀었다.

"이거 무슨 색이야?"
"뭐가. 왜, 또 안 보이냐?"
"어, 무슨 색이야?"
"이거 검은색인데?"
"자세히 말해줘 봐."
"바탕 검은색, 사람 그림은 빨간색. 월 3만 원은 하얀색. 수술 야매로 한 거 아니야? 무슨 눈이 보였다 안 보였다 그래."

한겸은 전단지를 물끄러미 쳐다봤다. 전단지라면 지금도 제작이 가능할 것 같았다. 지금 당장 아이디어가 떠오르진 않았지만,

그 부분은 자신 있었다.

"우리 여기 가보자."
"뭔 뜬금포야. 술 마시러 가다가 웬 헬스장. 헬스로 건강 챙기고 술 먹게?"

종훈은 눈치를 챘는지 조용하게 입을 열었다.

"전단지 만들 생각이야?"
"뭐! 전단지를 왜 만들어?"
"일단 가보고 판단하게."

DH 일을 진행하면서 깨달은 것은 뭘 하든 일단 광고할 대상에 대한 조사가 선행되어야 한다는 점이었다. 한겸이 걸음을 옮기자 범찬과 종훈이 뒤따랐다.

"야, 그거 만든다고 헬스장에서 사겠냐?"
"살 수밖에 없을 정도로 잘 만들면 돼."
"어우, 근자감 개쩌네."

빌라들이 모인 곳에서 벗어나자 상가들이 보였다. 조금 안쪽으로 들어가자 헬스장이 위치한 5층짜리 건물이 보였다.

「하루 GYM」

헬스장이 꼭대기인 5층에 위치해 있었기에 엘리베이터를 타고 올라갔다. 도착하자마자 통유리로 된 문이 보였고, 그 문을 통해 내부가 보였다. 그러자 범찬이 입을 열었다.

"인포도 안에 있네. 딱 동네 헬스장이네."

범찬이 말한 대로 규모가 그다지 크지 않은 헬스장이었다. 프런트에 앉아 있는 사람을 제외하고는 운동 중인 사람 두 명이 다였다. 그때, 프런트에 앉아 있던 사람이 물었다.

"어떻게 오셨어요?"

전단지를 만들지 안 만들지 판단이 안 선 상태에서 무턱대고 전단지를 만들고 싶다고 할 순 없었다. 일단 조사가 우선이었다.

"헬스장 좀 둘러봐도 될까요?"
"아! 운동하시려고요? 물론 괜찮죠. 잘 오셨어요. 안내해 드릴게요! 관장님!"

그러자 한쪽에서 운동하던 두 사람이 어슬렁거리며 다가왔다. 운동하던 두 사람까지 모두 헬스장 직원이란 사실에 한겸은 헛기침을 뱉었다. 아무리 동네 헬스장이라고 해도 사람이 너무 없었다. 관장이라는 사람이 다가오자 직원이 한겸과 일행이 온 이유를 얘기했다.

"운동하시려고요? 자기한테 맞는 헬스장 찾는 게 중요하죠. 한번 둘러보시죠. 참고로 저희 피트니스가 이 근처에서 가장 오래됐습니다. 하하."

관장은 직접 헬스장을 안내해 주며 쉴 새 없이 입을 열었다. 헬스장을 다녀본 적이 없던 한겸은 그저 운동기구들만 관찰했다.

"세 분이서 같이 다니시려고요? 요즘은 몸짱이 필수인데 잘 생각하셨습니다. 인바디 측정부터 하고 운동 방법 좀 알려 드릴까요?"

그때, 종훈이 조용하게 물었다.

"PT는 가격이 어떻게 돼요?"
"아! 운동해 보셨구나. 저희가 가격이 좀 싸요. 1회 50분에 4만 원이고요. 싸죠? 10회는 35만 원, 60회는 200만 원입니다. 엄청 싸죠? 그렇다고 대충 하는 거 없습니다. 하하, 3개월 등록하면 매달 PT 1회를 무료로 받을 수 있고요."
"사람은 많은가요?"
"적당하죠. 아시죠? 운동할 때 사람 많으면 어휴, 딱 적당하죠."
"그럼 트레이너는 몇 명이나 있어요?"
"지금은 저까지 세 명인데 항상 여기 있어서 부족하진 않을 겁니다."

종훈은 헬스장을 다녀봤는지 이것저것 물어봤다. 덕분에 한겸
은 여러 가지 정보를 얻고 있었다.

'적당한 게 아니라 너무 한산하네. 이러면 운영이나 될까?'

헬스장이 크지 않다 보니 금방 둘러볼 수 있었다. 어떻게 돌
아가는지 물어본다고 답해줄 리도 없고, 더 이상 볼 것이 없었기
에 한겸은 이만 나서려 했다.

"생각 좀 해보고 올게요."
"네… 둘러보시고 꼭 오세요!"

                    *   *   *

자주 가는 조그만 술집에 자리한 한겸은 회색으로 보이는 전
단지를 살폈다. 술집에 오기 전 근처에 있던 다른 헬스클럽도 방
문했다. 처음에 들렀던 하루 GYM과는 달랐다. 전국에 분포한 프
랜차이즈 헬스클럽답게 크고 세련돼 보이는 곳이었다. 물론 사람
들도 꽤 많았다. 지금 보는 전단지도 그곳에서 가져온 것이었다.

"종훈이 형, 헬스장 많이 다녀봤어요?"
"많이는 아니고 군대 제대하고 좀 다녔지."

"형이 보기에는 하루 헬스장 어때요?"

"그냥 그럭저럭이던데. 로직 피트니스하고 가격도 비슷하고."

"어? 더 싸잖아요."

"아, 그게 헬스장 등록할 때 운동복 사고 그러면 비슷할걸? 아까 갔던 로직 피트니스는 6개월 등록하면 운동복 주잖아. 하루는 그런 거 없었는데. 이것저것 하면 비슷할 거야. 뭐 특별히 좋은 것도 없고."

종훈의 말처럼 특색이 없어도 너무 없었다. 사람 좋아 보이는 관장이 다였다. 전단지를 어떻게 바꿔야 할지도 감이 서지 않았다. 헬스클럽에 대해 얘기가 계속되자 옆에 있던 범찬이 듣기 싫었는지 훼방을 놓았다.

"왜 술 먹으러 와서! 술부터 마시고 헬스클럽을 다니든 말든 하자고! 내내 가만있다가 술 먹으러 와서 그래. 안주나 좀 더 시키자!"

한겸도 지금 당장 생각이 나지 않았기에 전단지를 접어두었다. 그때, 술집 주인아주머니가 다가왔다.

"뭐 더 줄까요?"

"어머님! 저희 모둠 전이랑 오돌뼈 하나만 주세요. 소주도 한 병 더 주시고요."

범찬이 취향대로 안주를 주문했다. 잠시 뒤, 아주머니가 주문한 안주를 가져왔다.

"오돌뼈는 서비스."

아주머니의 말에 범찬은 엄지까지 내밀며 웃었다.

"정말요? 이래서 다른 데를 못 가겠어요!"
"오늘 첫 손님이라 주는 거예요."
"왜요? 그렇게 손님이 없어요?"

한겸은 고개를 갸웃거렸다. 학교 근처였기에 자주 온 곳인데 항상 어느 정도 사람이 있는 곳이었다. 그때 아주머니가 입을 열었다.

"그래도 조금은 있었는데 오늘은 영 없네. 방학 때마다 힘들어 죽겠어요."
"어이구, 힘드셔서 어떡해요!"
"그래도 나만 그런 게 아니라 이 골목이 다 그러니까 그러려니 해야죠. 그래도 학생들이 이렇게 와줘서 다행이지."

범찬과 아주머니의 대화를 듣던 한겸은 이해했다는 듯 고개를 끄덕거렸다. 항상 방학 때마다 일을 했기에 방학 기간에 이곳을 온 적은 처음이었다. 이 근처가 원룸들이 많고 직장인도 많았지만, 대부분은 대학생들이었다. 그러다 보니 방학 기간에는 타격을 받을 수밖에 없었다.

아주머니가 돌아가자 범찬이 술잔을 내밀었다.

"야, 이제 그거 치우고 짠 해, 짠!"

한겸은 웃으며 테이블에 놓아둔 전단지를 치우려 했다. 그때 문득 어떤 생각이 스쳐 지나갔다.

"혹시 헬스장도 방학해서 사람 없나?"
"야, 왜 또 갑자기 헬스장이야! 지금부터 헬스장 얘기하면 글라스로 원샷이다."

한겸은 일단 소주를 마신 뒤 생각을 정리했다.

*   *   *

하루 뒤, 밤늦게 집에 돌아온 한겸은 거실 소파에 앉아 그림을 끄적거렸다. 며칠 동안 헬스장 근처 상가를 기준으로 유동 인구가 얼마나 되는지 직접 확인했다. 정확한 통계를 낼 순 없었지만 어느 정도 확신은 생겼다. 위치가 위치인 만큼 헬스장의 주 이용객도 자취하는 학생들과 혼자 사는 직장인들이었을 것이다.

사람이 없는 이유는 알았지만, 여전히 어떤 식으로 광고를 할지 감이 잡히지 않았다. 특징이 있어야 제대로 된 전단지를 만들 수 있는데 너무 특징이 없었다.

"특징이 너무 없단 말이야. 결국 컨설팅이네. 어떻게 특징을 만들지?"

그때, 방문이 열리면서 아버지가 나왔다.

"특징? 네 특징은 놀고먹는 게 특징이지. 뭘 그걸 어렵게 찾아."
"제 특징 찾는 거 아니거든요?"
"그럼 뭔데. 기껏 눈 고쳐줬더니 요즘 뭐 하고 다녀. 수상하게 돈 달라고도 안 하고. 며칠 지나면 한 살 더 먹는데 신나게 놀고 다니는 거야?"
"이상한 짓 하고 다니는 거 아니니까 걱정 마세요."
"그래, 괜히 이상한 짓 해서 'F.F 전 대표 아들 김한겸 씨 쇠고랑 찼다'고 기사 나가면 우리 모두 길거리에 나앉는 거야. 잘 생각하고 돌아다녀. 하하하."

아버지는 본인이 말해놓고도 잠시 흠칫 놀랐다. 한겸이 그런 아버지를 가만히 쳐다보자 아버지는 이내 자기 유머에 만족하며 크게 웃었다. 한겸은 지금 당장 창업 준비를 한다고 말하기보다는 미래가 좀 더 확실해진 뒤 알릴 생각이었다. 지금 알린다고 아버지 성격상 반대하지 않겠지만.

"종이 아깝게 뭘 그렇게 끄적거려. 과일이나 먹어야겠다. 여보, 과일 먹자. 너도 먹을래? 먹으려고?"

지금은 장난스럽게 눈치를 주는 아버지지만, 그래도 한 기업의 경영자였다. 제대로 된 답변을 해줄지는 모르겠지만, 그래도 아버지라면 어떤 대답을 내놓을지 궁금했다. 대놓고 물어보기보다 돌려서 물어보는 편이 나을 거라는 생각에 한겸은 비교 대상을 찾았다. 그러고는 곧바로 아버지를 불렀다.

"아버지!"

*   *   *

한겸이 부르는 소리에 주방에 가려던 아버지가 멈췄다.

"아버지, 만약에 사람이 별로 안 다니는 곳에서 과일을 팔게 되면 어떻게 파실 거예요?"
"정신 나간 놈도 아니고 사람이 없는 곳에서 장사를 왜 해."
"만약이라니까요. 아, 원래는 많이 다니는데 어느 기간에만 사람들이 없어요. 품질은 백화점만큼은 아니더라도 보통 과일 가게들하고 비슷해요."
"그런 걸 가지고 왜 거기서 장사를 하냐니까?"

아버지와 가장 관련된 과일을 예로 질문했지만, 역시 제대로 된 답이 나오지 않았다.

"한 철 장사! 휴가지 보면 그런 데 있잖아요."
"그것도 영 아니지. 안정된 가격에 안정된 공급이 기본인데."
"아나!"
"어쭈? 아나?"
"아니, 그게 아니고요! 의도치 않게 그렇게 된 거예요."
"장사하려고?"

더 물어봤자 답을 들을 수 없을 것 같아 질문을 그만두었다.

"들어가려고? 자식이 삐치기는. 뭐 하고 다니는지 궁금하니까
그러지."
"이상한 짓 안 해요."
"하하, 알았으니까 앉아봐. 군고구마 같은 거 파는 건 아닐 거
고. 음, 유동 인구가 변하는 지역이라. 가장 심한 곳은 뭐 휴가
지? 이런 데나 자취하는 학생들 많은 대학교 근처나 장기 공사
현장 같은 데도 있고."

단번에 알아차리는 아버지의 모습에 한겸은 기대하며 지켜봤다.

"과일이라면 수요를 조절해서 손실을 최대한 줄이는 게 가장
안정적이지. 거래처 문제는 알아서 해야 할 문제고. 그런데 네가
과일 장사 할 거 같진 않고. 돈도 없을 거고. PC방?"

아버지는 뭘 하고 다니는지 어떻게든 알아내려고 슬쩍슬쩍 말을 던졌다.

"뭘 하려는 건지 알아야 제대로 된 답변을 해주지."

"흠……."

"엄마한테 말 안 할 테니까 아빠한테만 말해봐."

'아버지가 더 걱정입니다!'

한겸은 잠시 고민하던 끝에 결정을 내렸다. 컨설팅을 하더라도 제대로 된 정보가 있어야 했기에, 조심스럽게 지금 하고 있는 일을 설명했다. 오랜 설명임에도 아버지는 평소와 다르게 진지한 얼굴로 경청했다.

"그러니까 광고 회사를 차릴 계획이고, 창업하기 전에 예행연습 중이다 이 말이지."

"네."

"친구들끼리 모여서 장난하는 건 아니고?"

"진짜 아니에요."

"그럼 뭐. 방학이라 손님이 빠진 헬스장이 문제라는 거지? 그런 거야 쉽지."

"뭔데요?"

"헬스장도 서비스로 먹고사는 거잖아. 서비스를 아예 갈아엎는 거지. 그 동네에 직장인도 있다며. 그 사람들을 기준으로 만족할 만한 서비스를 내놓는 거지. 물론 개학하고 나서 다니는 학생들도 같이 만족할 만한 거면 더 좋겠고."

"그러니까 그게 뭔데요?"

"그건 네가 생각해야지. 수저 쥐여줬더니 밥까지 떠먹여 달래."

아쉽기는 했지만, 지금은 그것만으로도 충분히 도움이 되었다. 헬스장을 잘 몰랐던 탓에 그저 몸을 만드는 곳이라고 생각했지 서비스의 일종이라는 생각을 하지 못했다. 서비스라면 당연히 대상을 정해서 홍보를 해야 했다.

특징을 어떻게 설정해야 할지 가닥이 잡히자 한겸은 생각을 하기 위해 소파에서 일어났다.

"어딜 내빼려고! 아빠가 해결책까지 알려줬으면 그에 맞는 보상이 있어야지."

"참, 무슨 보상을……."

"과일이나 깎아두고 가. 하하."

*　　　　*　　　　*

한겸은 과일을 깎아드리고는 방으로 올라왔다. 그러고는 곧장 그동안 모아온 자료를 정리하고 새로운 자료도 수집했다.

"이래서 기업마다 데이터, 데이터 하는 거네."

일을 하면 할수록 데이터에 대한 중요성을 새삼 느끼는 중이
었다. 빅데이터를 무료로 얻을 수 있는 사이트를 비롯해 헬스 커
뮤니티까지 가입해 살살이 살필 때, 전화가 울렸다.

"형, 무슨 일이세요?"
―그냥 전화해 봤어. 도와줄 거 없나 해서.
"아직 틀 잡는 중이라서요."
―도와줄 거 없어? 또 너 혼자 하면 나중에 미안해질 거 같아서.

한겸은 돈을 받으면서도 민망해하던 종훈을 떠올리며 피식 웃
었다.

'하긴 전부 기획이니까 같이 상의하는 게 낫겠지.'

세 사람 모두가 엔지니어가 아닌 AE가 되기 위해 공부했기에
같이 상의하는 편이 도움이 될 것 같았다. 게다가 앞으로 주욱
함께 일을 하게 될 가능성이 높으니, 언제까지 혼자서만 할 순
없었다.

"내일 만나서 얘기해요. 상의할 얘기도 있고요."
―그럴까?
"내일 점심에 범찬이 자취방으로 갈게요. 범찬이는요?"
―아까 전화하니까 겜방이라고 하더라.

"집에 컴도 있으면서 겜방은 왜 갔대. 아무튼 내일 봬요."

―그리고 Y튜브에 Fix Box 광고 올라왔던데. 괜찮더라. 내일부터 트루 뷰로 올라간다더라고.

전화를 끊은 한겸은 내일 논의해야 할 자료를 정리하기에 앞서 Fix Box 광고를 찾아봤다. 광고를 건너뛰지 않고 봐야지만 광고비를 지불하는 트루 뷰 방식은 자금력이 부족한 Fix Box에 확실히 어울리는 방법이었다. 광고도 확실히 전문가의 손길이 닿아서인지 졸업 작품보다는 괜찮게 느껴졌다. 다만 남자 모델을 제외하고는 여전히 회색이었다.

아쉽기는 했지만, 이미 광고가 유통된 이상 바꿀 순 없었다.

한겸은 전단지만큼은 직접 확인하며 수정해 색이 보이도록 만들겠다고 다짐했다.

*　　　　*　　　　*

다음 날, 범찬의 자취방에 자리한 한겸은 준비한 자료를 돌렸다.

"결국 설문까지 하는 거네?"

"그럴 수밖에 없더라고."

"설문하는 건 그렇다 쳐. 그런데 미리 말하고 하는 게 어떨까? 괜히 헛고생할 수도 있는데."

범찬이 현실적인 말을 내놓자 종훈이 나섰다.

"한겸이가 처음에 그랬잖아. 인지도 쌓는 일이라고. 어차피 우리 당장 할 것도 없잖아. 게다가 잃을 것도 없고. 그렇다고 돈이 들어가는 것도 아니고."

"시간은 금이라고, 친구! 몰라요? 유명한 게임 대사인데."

한겸은 피식 웃으며 말했다.

"하루 GYM이 아니더라도 언제라도 도움이 될 거야."

"그냥 잘 만들었는데 안 팔리면 속상할까 봐 그러지."

"장사 안 돼서 문 닫는 헬스장 엄청 많아. 하루 GYM이 아니더라도 팔 데 있을 거야. 독특한 아이디어 나오면 사업 아이디어로 특허 신청해 놔도 돼."

"특허?"

"어, 보통 10개월 걸리는데 하루 GYM에서 우리 컨설팅 받게 되면 우선 심사 신청할 수 있거든. 그러면 더 빨리 나와. 그러니까 여기부터 시작해 보자."

범찬이 고개를 끄덕거리자 한겸이 웃으며 말을 이었다.

"여기 보면 일단 직장인하고 대학생들에게 어필할 수 있는 서비스를 찾는 거야. 내가 커뮤니티에도 어떤 헬스장을 가는지 물어보긴 했는데, 반응도 별로고 대상도 중구난방이라서 직접 물어보려고."

"또 설문조사?"

"어, 일단 온라인 설문조사도 올려두긴 했는데. 이틀 뒤에 신정이라 사람들 없을 거잖아. 그래서 그 전에 퇴근 시간 맞춰서 직장인들 위주로 설문해야 해. 물어볼 거 태블릿 PC에 다 저장되어 있으니까 한 번씩 봐. 한 300명 정도면 적당할 거 같아."

"300명? 그걸 우리 셋이서 이틀 동안 어떻게 해."

"안 되면 신정 지나서도 해야지."

"우리는 신정에 안 쉬냐?"

"어차피 너 집에 안 가잖아."

태블릿 PC에 저장된 설문조사를 보던 범찬이 헛웃음을 뱉었다.

"야, 너무 딱딱한 거 같다. '운동을 하실 생각이 있으십니까? 운동을 하게 된다면 장소는 어디를 생각하십니까? 헬스클럽 선택 시 중요하게 보는 점은?' 다 객관식이라 이유를 정확히 모르잖아."

"그렇게 안 하면 잘 안 해주지. 여러 군데 다 통합해서 정리하면 돼."

"너 커뮤니티에도 이렇게 올렸냐?"

"어. 설문조사 사이트도 링크하고."

"넌 그래서 안 돼."

범찬은 자신 있다는 듯 어깨를 으쓱거리더니 한겸의 노트북을 펼쳤다. 그러더니 부팅을 기다리며 입을 열었다.

"어제 옆방 짐 빼면서 뭘 건드렸는지 갑자기 인터넷이 안 돼."

"와이파이로 해."

"그냥 이거로 해. 집주인 아줌마한테 말했는데 내일이나 사람 온대. 그런데 어디에 적었냐?"

"헬스 커뮤니티. 내가 물어봤는데. 다 운동하는 사람들이니까 어떤 헬스장 다니는지 물어봤어."

"대답 안 해주지?"

"별로 없긴 하던데."

"그런 식이면 당연히 대답 안 해주지. 음, 어떻게 건드려야 될까."

범찬은 피식 웃더니 곧장 글을 쓰기 시작했다.

[오늘 헬스 가입하고 왔다. 멀긴 해도 역시 기구 좋은 데가 갑인 듯.]

몇 글자 되지도 않는 글을 적고선 등록까지 눌러 버렸다.

"그게 뭐야."

"하하, 원래 이렇게 써야 해. 겜하는 사람은 겜존심, 헬스하는 사람은 헬존심이 있는 거란다. 잘 봐라."

범찬은 피식 웃더니 새로고침을 눌렀다. 그러자 어제 올린 자신의 글과 비슷한 수의 댓글이 그 짧은 시간에 달려 있었다.

—ㅂㅅ 인증인가.

—초보이신 듯. 초심자일 경우 안 빠지고 착실히 다닐 수 있을
정도의 거리가 중요합니다.

—윗분 아는 척 지림. 자기가 할 운동에 맞는 기구 보고 선택하
는 거.

—트레이너 보고 다녀라. 야매한테 배우면 어깨 안 펴진다.

별의별 댓글이 달렸다. 새로고침을 할 때마다 점점 늘어나더
니 검색으로도 알지 못했던 것까지 알려주고 있었다. 오래된 헬
스장과 새로 오픈한 곳의 장단점부터 사장의 마인드는 물론이
고, 심지어는 지상과 지하에 대한 조언까지 있었다.

"대박이네."

"어때?"

"너 짱이다."

"그럼 설문하러 안 가도 되지?"

"가야지. 이 사람들은 전부 운동하는 사람들이니까 이제 다
닐 사람도 조사해야지."

한겸은 인상 쓰고 있는 범찬을 다독거리며 웃었다. 범찬 덕분
에 한결 일이 수월해졌다. 확실히 혼자보다 여럿이 하는 편이 수
월했다.

이후 설문조사 한 결과를 정리해 다시 범찬의 집에 모였다. 다들 퇴근 후 휴식을 하려는지 설문조사는 더디게 진행됐고, 결국 신정을 지내고도 며칠이나 더 진행한 끝에 겨우 300명을 채웠다.

"진짜 너무 힘들었다. 어제 종훈이 형 욕도 먹더라. 해주기 싫으면 그냥 가지, 뭔 욕까지 하고 가. 사람들이 인성이 글렀어."
"수고했어. 형도 고생하셨어요. 그래서 정리는 내가 다 했어."

한겸도 힘들었지만, 하루빨리 제대로 된 전단지를 만들겠다는 일념으로 밤새 자료를 정리했다.

"신기하게 대부분 돈이 문제야."
"맞아. 나도 헬스 다닐 때 돈이 조금 부담되더라고. PT 같은 경우는 너무 비싸니까."
"직장인들은 피곤해서랑 돈 아까워서가 비슷하네."
"응, 헬스장 등록하고 못 가는 경우가 많더라고. 이걸 바탕으로 어떤 서비스를 내놔야 둘 다 만족할지 생각해 봐야 해."

종훈이 크게 한숨을 뱉으며 입을 열었다.

"어렵다. 무료 PT 이런 건 힘들겠지?"

"저도 그 부분이 걱정됐어요. 아예 빼버렸으면 했거든요. PT는 했다가 안 했다가 그러는 사람이 많아서 수입이 안정적이지 못하더라고요. 그래서 PT를 빼버리고 좀 더 안정적인 고객을 모집하는 게 좋을 거 같은데 주 수입이 PT라서요."

"맞아. 나만 해도 사실 PT 비싸서 못 했거든. 그래서 난 Y튜브 보면서 했는데."

"그 부분도 필요하긴 해요."

조사한 내용 중에 그 부분에 대한 얘기도 있었기에 한켠도 생각은 했었다. 하지만 많은 사람들이 동영상을 올리고 있어 특징이라고 불리기엔 어려웠다.

"하루 GYM SNS부터 만들고 각 운동기구 사용법을 동영상으로 제작해서 올려놓는 것도 해야 해요. 사실 헬스클럽 기구들 앞에 동영상을 틀어놓았으면 하는데 그럼 설치비가 들 거 같아서요. 자리도 좁고. 그래도 동영상이 있으면 혼자서 할 수 있다는 장점도 생기고, 더 나아가 운동에 흥미를 갖고 제대로 된 운동을 배우고 싶어 할 거 같은데. 물론 그렇게 안 될 경우를 대비해서 따로 수익을 얻을 수 있는 방법도 생각해 봐야 할 거 같고요."

"그거 괜찮다. 혼자서 동영상 보고 하면 훨씬 낫겠네. 모니터 같은 거보다는 휴대폰 거치대를 놓는 게 더 좋지 않을까? 자리도 차지하지 않고. 혼자서 하다가 제대로 운동하고 싶은 사람은 PT 할 거야. 자기한테 맞는 식단 관리도 필요하고 그러니까."

"오, 그것도 좋네요."

대화를 듣던 범찬도 대화에 끼어들었다.

"수익은 뭐 동영상을 잘 만들면 되겠네. Y튜브도 잘되면 돈 잘 벌잖아요. 그럼 PT로 얻는 수익도 해결되지 않을까요?"

"PT를 한다는 사람이 생기면 좋고, 네가 말한 대로 Y튜브가 잘되면 부수익도 생기고. 난 괜찮은 거 같아. 그럼 거치대는 내가 알아볼까? 얼마 정도로 알아봐야 하나?"

"얼마를 쓸 수 있을지 알 수 있으면 편할 텐데. 이래서 처음부터 광고 마케팅 예산 잡고 하는 거네."

저마다의 의견을 내놓으며 대화를 이어나갔다. 그때, 범찬이 질문을 했다.

"겸쓰, 그래서 이거 해주고 얼마 받을 생각이냐?"

"우리가 하는 건 약간의 전략 기획 컨설팅과 전단지 제작이니까 많이는 못 받을 거 같아. 게다가 컨설팅하면 대부분 컨설턴트 인건비인데, 난 자격증만 있지 실무 경력도 없고 이름도 없어서 기존 컨설턴트처럼 하루에 얼마씩 계산할 수가 없어. 그리고 기업도 아니고 작은 상가라서, 컨설팅 비용은 50만 원이 적당할 거 같아. 그리고 전단지도 그 정도 받아야겠지?"

"보통 광고비는 매출의 15% 책정하는 거 아니야?"

"요즘은 줄어들고 있는 추세이기도 하고. 우리는 아주 일부분만 하잖아. 무엇보다 좀 전에 말한 거처럼 작은 상가이고."

"그럼 동영상까지 우리가 하는 건 아니지?"

"그러려면 너무 오래 걸려서 힘들 거 같아."

"하, 그건 다행이네. 이렇게 돈 벌기가 어렵다. 그냥 공모전 상금 타는 게 훨씬 낫겠네."

종훈은 피식 웃더니 범찬의 등을 두드렸다.

"우리 이제 시작이잖아. 우리 이름 좀 알리고 큰 회사들 맡으면 많이 받을 거야. 경험도 쌓이고 그러면 지금보다 수월해질 거야. 일단은 이번 일부터 마무리하자. 자자, 지금까지 낸 의견 위주로 각자 아이디어 정리부터 하자."

한겸은 자신이 할 말을 대신 해주는 종훈을 보며 미소 지었다. 그러고는 노트북으로 아이디어를 정리하려 할 때, 범찬이 자리에 눕는 게 보였다.

"넌 쉬려고?"

"쉬고 싶어서 쉬는 거 아니지."

"그럼?"

"인터넷 안 된다니까? 인터넷으로 좀 찾아가면서 정리해야지. 겜방 갈래?"

"겜방은 무슨 돈 아깝게."

"한 시간에 천 원인데. 갈래? 가서 밥도 먹고."

한겸은 피식 웃으며 노트북을 쳐다봤다. 그때 갑자기 좋은 생각이 떠올랐다.

"한 번 와서 두세 시간씩 운동하는 사람도 있으니까 시간제는 아니고. 그럼 횟수로? 월 구매를 하는 게 아니라 횟수를 구매하면? 그럼 피곤해서 빠져도 돈 아깝지 않잖아?"

"괜찮은데? 하루 이용권이 있긴 한데, 그건 좀 비싸니까 약간 저렴하게 판매해야겠네."

"기존의 운영에다가 추가할 수도 있을 거 같은데. 30회 이용권이 얼마가 적당하지?"

한겸은 생각을 정리하기 시작했다. 알아봐야 할 것이 많겠지만, 해결만 된다면 방문수로 이용권을 판매하는 하루 GYM만의 특징이 생기는 것이었다. 한겸은 아이디어를 정리하기 시작했다.

한참이나 지나서야 한겸이 고개를 들었다.

"설문하러 가자!"

한겸의 말에 종훈과 범찬이 슬그머니 고개를 돌렸다.

*　　　　*　　　　*

해가 바뀌었음에도 한겸의 일과는 변하지 않았다. 이용권에 대한 적절한 가격 책정을 비롯해 관리 프로그램을 솔루션하는 회사에 전화를 해 횟수로 회원 관리가 가능한지 문의까지 마쳤다. 다들 조사를 하느라 바빴기에 꽤 늦은 식사를 하던 중이었다.

"우리가 헬스장 차려도 되겠는데? 안 그래요, 형?"
"응, 좋은 거 같아."
"겸쓰! 특허 신청 나고 나중에 우리 돈 모으면 이렇게 헬스장 차리는 게 어때! 야, 내 말 들리냐? 햄버거도 안 먹고 뭐 하는 거야."

한겸은 웃어넘겼다. 전단지를 만드느라 정신이 없었다. 몇 가지를 만들어봤지만, 대부분이 회색이었다. 빨간색이 안 나온 게 다행이었지만 그 때문에 욕심이 났다. 조금만 더 만들다 보면 제대로 된 색이 나올 것 같았다.

"카피를 안 적어서 색이 안 보이나?"
"네 눈은 뭐 선택해서 보냐?"
"내가 보기에는 꽤 잘 만든 거 같은데 너도 한번 봐봐."
"어? 나 팔굽혀펴기 하는 거 찍더니 그건 어디 버렸어."
"그건 못 쓰겠더라고."

전단지에서 가장 중요한 점은 시선을 강탈하는 것이었다. 때문에 보통 전단지에서는 노란색이나 검은색 등 강렬한 색감을 사용했다. 그렇다고 너무 단색을 사용하면 부담을 줄 수 있었기에 적절하게 사용되어야 했다. 거기에 더해 직장인과 학생들에게 어필을 해야 했다.

모든 것을 종합한 결과 아무래도 지금 것이 가장 좋아 보였는데 여전히 회색이었다. 색을 칠할 때는 보이던 것도 전단지에 입혀놓으면 전혀 보이지 않았다.

"배경은 괜찮지? 초콜릿톡 채팅창 모양인데. 색은 이게 맞지?"
"어, 똑같은데? 난 괜찮은 거 같아."
"그렇지? 카피를 안 써서 그런가? 카피까지 쓴 다음 봐야겠다."
"카피는 생각했어? 너 카피 전문이잖아."
"일단 적어야 될 정보는 가장 하단에 적고 카피는 상단에 적으려고."
"뭐라고?"
"혼밥? 혼술? 이제는 혼헬스다!"
"오! PT 없이 혼자 헬스 한다! 괜찮은 거 같은데?"

　상단의 커다랗게 적힌 문구로 눈길을 끌고, 하단에 세부적인 내용을 삽입할 계획이었다. 사람들에게 익숙한 단어를 사용한 뒤 곧바로 생소한 단어를 배열함으로써 궁금증을 유발함과 동시에 어느 정도 추측을 할 수 있게 만드는 방법이었다.

"무슨 색, 어떤 글씨체로 쓸 거야?"
"채팅도 검은색이니까 검은색으로. 글씨체는 손 글씨 같은 느낌?"
"비켜봐, 내가 해줌. 넌 햄버거나 먹고 있어."

한겸은 피식 웃었다. 마침 배도 고팠던 참이었기에 범찬에게
맡긴 뒤 햄버거를 입에 물었다. 그러자 옆에 있던 종훈이 입을
열었다.

"특허등록 될까?"

"요즘은 레시피까지 출원하니까 일단 출원해 봐야죠. 대부분
헬스장이 PT 위주니까 사업성만 인정되면 문제없을 거 같아요."

"하긴 예상 수익도 조금 신기하더라. 유동 인구 변동에 안 떨
어도 되는 게 좋은 거 같아."

"그래도 방학 때는 매출이 조금 떨어질 거예요. 일단 전단지
보고 얼마나 오는지를 봐야 좀 더 자세히 알 거 같아요."

여러 가지 방법으로 예상 매출액까지 예상했다. 자영업자들에
게 가장 중요한 것이 매출이었기에 제안하기 위해서 꼭 필요했
다. 원룸들이 많다 보니 1차 상권인 주변 500m 반경 안에도 꽤
많은 인구수가 있었다. 게다가 헬스장도 하루 GYM을 제외하고
는 한 곳뿐이었다. 입맛에 맞게 제대로 설계만 된다면 기대할 만
했다. 그때, 범찬이 입을 열었다.

"한번 확인해 봐."

"다 했어?"

한겸은 햄버거를 입에 문 채 모니터를 봤다. 변화가 있을 거라

기대했는데 여전히 배경이 회색이었다. 다만 범찬이 적은 문구의 색이 노란색이었다. 한참을 보던 한겸은 범찬을 보며 고개를 절레절레 저었다.

"글씨 검은색이라니까."
"검은색인데?"
"어?"

옆에 있던 종훈까지 글씨색이 검은색인 것을 확인해 주었다.

"노란색 아니고?"
"뭐야. 이제는 색이 안 보이는 것도 아니고 막 바뀌어 보여? 너, 진짜 야매로 수술했냐?"
"어? 잠깐만."

한겸은 마우스를 잡은 뒤 글씨만 따로 밖으로 뺐다.

"검은색이었네."
"검은색 맞다니까."
"와, 카피도 이렇게 보이는구나. 그럼 이거 엄청 잘 만든 카피네? 하하하, 완전 잘 만든 카피야!"
"어우, 재수 없어. 누가 이상하대?"

한겸은 한참이나 크게 웃다가 범찬의 구박으로 겨우 웃음을 멈췄다. 글씨 색이 노랗게 보이니 배경이 너무 아쉽게 느껴졌다. 자신이 생각하기에는 20대와 직장인에게 동시에 어필하기에는 이것보다 좋은 것이 떠오르지 않았다. 한참을 보던 한겸은 고개를 갸웃거리며 입을 열었다.

"이거 익숙해 보이면서도 너무 딱딱해 보이는 거 같기도 하고."
"어. 카피까지 적고 나니까 우리 아빠하고 톡하는 거 같은 느낌이야."
"그런가?"
"넌 원래 우리 아빠처럼 톡하니까 모르겠지."
"이모티콘 이런 거 붙여보자."
"또? 계속 어울리는 거 찾으라는 거냐?"
"운동하는 이모티콘 같은 거 있지?"
"기다려 봐. 초콜릿톡이니까 초콜릿 프렌즈 중에 찾아볼게."

범찬이 찾은 이모티콘을 전단지에 올려놓았다. 아령을 들고 땀을 뻘뻘 흘리는 모양의 이모티콘부터 팔굽혀펴기 하는 모양의 이모티콘 등을 붙였다. 범찬이 계속해서 이모티콘을 올려놓을 때 한겸이 제지했다.

"됐다! 이거야!"
"됐어?"
"어! 하하, 처음이야! 완전 잘 만들었어!"
"또 저러네."

전단지의 색이 보였다. 전단지에서 중요한 것들에 전부 색이 제대로 들어 있었다. 시선을 모았고, 호기심을 일으킬 수 있었다. 거기에다 과장되지 않고 제대로 된 정보까지 기입되었다. 엄청나게 특별하진 않았지만 어떤 것을 만든다 해도 이보다 더 잘 나온 전단지는 없을 것 같았다. 그때, 범찬이 기지개를 켜며 입을 열었다.

"이제 끝이지? 이제 조금 쉬자."
"어? 아직 안 끝났지."
"잘 만들었다면서!"
"잘 만들었는데 저거 사용하면 안 되잖아. 저작권에 걸릴걸?"
"아……"
"이제 저런 식으로 이모티콘을 만들어보자."
"이제는 이모티콘까지 만들라고?"
"일단 만들어보자고. 하하."

한겸은 씨익 웃었다. 예전 DH의 광고를 합성할 때도 노랗게 보이는 사람이 한 명이 아닌 두 명이었다. 꼭 하나만 정답이 아니었다. 이번에도 어울리기만 한다면 성공할 거라 확신했다.

그렇게 캐릭터 만드는 일을 시작했고, 며칠 동안 계속되었다. 각자의 전공이 아니다 보니 속도는 더디기만 했다. 캐릭터를 처음부터 만들어야 했기에 어떤 식으로 잡을 것인가부터 문제였다. 범찬과 종훈이 종이에 그렸던 스케치를 작업하고 나면 한겸이 확인하는 식이었다.

"힘 하면 곰이라니까. 그냥 곰으로 하자."
"곰도 괜찮고. 좀 귀엽게 큰 개로 하는 것도 괜찮을 거 같은데."
"계속 그려봐."
"겸쓰! 넌 그게 문제야! 뭘 밑도 끝도 없이 만들어! 악덕 사장이냐?"
"우리 셋이 공동 창업자 할 건데?"
"그래……? 그럼 해야지."

한겸도 나름대로 고민하며 의견을 내놓았다. 하지만 전단지가 회색으로 보였기에 다른 걸 떠올려야 했다. 초콜릿톡의 이모티콘이 회색이었다면 포기했을 수도 있었다. 하지만 색이 보인 이상 포기가 쉽지 않았다.

배경을 바꿀까도 싶었다. 하지만 그것도 어떤 문제가 생길지 몰랐기에 현재로서는 답이 나와 있는 것을 선택하는 게 최선이었다.

"야! 맡겨! 이모티콘 제작하는 데에 맡기자고! 내가 돈 낼게!"
"그럼 돈 모자를 거 같은데… 수정하는 데 돈 추가될걸? 한겸이가 계속 아니라고 해서 돈 추가되면 어떡하려고."
"헐, 식겁했네."

한겸은 피식 웃으며 말했다.

"열심히 하자. 잘 나오면 특허등록 할 때 그 캐릭터까지 등록하면 되잖아."

"가만 보면 일 시키는 데는 도가 텄어. 아, 몰라. 밥이나 먹고 하자."

"나가기 그러니까 시켜 먹자."

이모티콘만 나오면 모든 게 끝나는데 시간이 지나도 좀처럼 나오지 않았다. 각자 생각을 하느라 좁은 자취방인데도 펜 움직이는 소리만 들릴 때, 음식이 도착했다.

"밥부터 먹고 하자."

한겸은 아이디어가 떠오르지 않아서인지 좀처럼 밥이 넘어가지 않았다. 생각하며 먹는 둥 마는 둥 할 때, 식사를 끝낸 두 사람이 보였다. 한겸은 더 이상 밥이 들어갈 것 같지 않았기에 수저를 내려놓았다. 그러자 범찬이 남은 음식을 빼앗아 가며 말했다.

"자꾸 음식 남기니까 겨울인데도 싱크대에 하루살이 생기잖아. 형도 먹을래요?"

"날파리라니까. 그거 한겸이가 가져온 바나나 먹고 껍질 그대로 놔둬서 그래."

"아무튼요! 날파리나 하루살이나. 이름부터 마음에 안 들어. 하루가 뭐야, 하루가. 하루 GYM. 하루살이 전부 마음에 안 들어."

그 말에 한겸이 피식 웃다 말고 범찬을 쳐다봤다. 그러고는 잠시 생각하고선 입을 열었다.

"하루살이로 그려볼래?"
"곤충들이 다니는 헬스장이냐?"
"아니, 이모티콘 보면 간단한 문구들 있잖아. 그거까지 해서."
"뭐라고?"
"근육 있는 거처럼 하루살이 그려놓고 밑에다가 '오래 살 거야!' 이렇게? 발도 많으니까 철봉도 하고 아령도 들고. 어때?"

  범찬과 종훈은 이미지를 상상해 보더니 괜찮을 거 같았는지 고개를 끄덕거렸다. 그러자 한겸은 곧바로 펜을 들었다. 그 모습을 보던 종훈이 피식 웃었다.

"한겸이도 하루살이 모르네. 그거 삼각형에 검은색은 날파리야."
"이거 아니에요? 하루살이부터 찾아봐야겠네."

  인터넷으로 검색을 한 뒤 이미지를 그리기 시작했다. 커다란 눈에 기다란 몸, 투명한 날개까지 그린 뒤 세 쌍의 다리에 알통을 그려냤다.

"이런 식으로 각자 꾸며보자. 아까 이모티콘 두 개 썼으니까 이번에도 두 개만."

"그냥 곤충 그려놓고 뭘 이런 식이야. 그 와중에 그림은 또 잘 그렸어요. 백과사전인 줄."

"하하, 살짝 귀여우면서도 힘 있어 보이게 수정하자."

다시 일이 시작되었다. 그래도 막연하게 캐릭터를 구상할 때와는 다르게 속도도 붙었다. 계속된 수정 끝에 종훈이 꽤 만족스러운 듯한 얼굴로 입을 열었다.

"이거 괜찮지 않아? 가운데 다리는 허리에 짚는 것처럼 하고 위쪽 다리는 아령 들고 있는 거야. 날개는 살짝 파닥거리는 느낌을 줬고. 그리고 밑에 '오래 살 거야'는 조금 귀엽게 '오래 살 꺼얏!' 이렇게 바꿨어. 이모티콘 보면 전부 이런 식이잖아."

"오! 지금까지 나온 것 중에 가장 괜찮은데요? 한번 확인해 보게 지금 보내주세요."

"하나 더 있어. 이건 달리기하는 모습이야. 똑같은 문구 집어넣으면 식상할 거 같아서 그냥 '헉헉'으로 숨찬 소리 넣었어."

한겸은 상당히 만족스러웠다. 원하던 대로 귀여운 모습과 건강해 보이는 모습이 들어가 있는 이모티콘이었다. 한겸은 곧바로 전단지 위에 종훈이 보낸 이모티콘을 올렸다.

"하나 올리고, 여기에 하나 더."

두 개의 이모티콘을 모두 올린 한겸은 물끄러미 모니터를 쳐다봤다. 범찬과 종훈은 아까처럼 신나 하지 않는 모습을 보고선 이번에도 아닌가 보다 생각했다.

"이상해? 어디가 좀 부족해 보여?"
"아, 아니에요. 충분해요! 완벽 그 자체!"
"휴, 다행이네."

한겸은 모니터를 보며 씨익 웃었다. 처음부터 끝까지 온전하게 자신들의 힘으로 만든 전단지에서 색이 보였다. 벅찬 마음과 동시에 아무나 붙잡고 자랑하고 싶은 마음이었다.

"그럼 끝난 거지?"
"응? 아니지. 특허출원 할 자료도 작성해야 해. 그리고 하루 GYM 관장님한테 설명할 자료 만들어야 하고."
"그거 네가 할 거 아니야?"
"응, 내가 해야지."
"그럼 우린 할 거 끝났네."
"아니야. 둘은 이 하루살이 이름도 생각해 봐. 캐릭터로 쓸 수 있게 디자인도 해두고."

흠칫 놀라는 범찬, 종훈과 달리 한겸은 무척이나 뿌듯한 얼굴로 자료를 만들기 시작했다.

*　　　　*　　　　*

다음 날, 특허 신청을 마친 뒤 한겸은 하루 GYM이 있는 빌딩 앞에 섰다. 긴장보다는 빨리 완성된 것을 보여주고 싶은 마음에 설레었다.

"C AD! 가자!"
"왜 저렇게 들떴어."

한겸은 씨익 웃고는 엘리베이터에 올라탔다. 5층에 도착하자 한겸은 하루 GYM 문을 힘 있게 열었다. 관장에게 미안하지만, 여전히 운동하는 사람이 없는 모습 때문에 더 설레었다. 그때, 한쪽에서 운동하던 관장이 이쪽을 보며 엄청나게 밝은 미소를 짓는 게 보였다. 그러자 범찬이 고개를 돌리고 조용히 속삭였다.

"우리 엄마도 저렇게 안 반겨주는데."
"그러게. 미안해서라도 등록해야 될 것 같은 기분이다."

운동기구를 내려놓은 관장과 직원들이 전부 다가왔다.

"어이고! 잘 오셨어요! 하하, 오실 줄 알았죠. 이 근방에서 우리 트레이너들만큼 실력 있는 사람들 찾기 힘들거든요. 이리로 오세요."

특별히 사무실 같은 곳이 없는지 관장은 세 사람을 프런트로 안내했다.

"그럼 몇 개월 가입하실 생각이세요? 1개월부터 1년까지 다양합니다. 제가 추천드리자면 운동은 꾸준히 오래 해야 효과 보니까 1년이 가장 적당하죠. 물론 가격 면에서도 효과적이니까요. 하하."

"관장님, 죄송하지만 저희는 가입 때문에 온 게 아닙니다."

관장은 순간 당황하며 세 사람을 번갈아 쳐다봤다.

"그럼 뭐 때문에 오셨습니까?"

범찬과 종훈은 약간 불안해했지만, 한겸은 자신 있다는 듯 미소가 가득한 얼굴로 입을 열었다.

"저희는 'C AD'라는 팀으로 동인대에서 광고 홍보를 전공하는 학생들입니다."

"그런데요? 뭐 동아리 후원해 달라는 그런 거예요?"

"그건 아니고요. 하루 GYM에 고객이 너무 적은 거 같아서요. 관장님이 허락하시면 저희가 하루 GYM을 홍보해 드리고 싶어요."

"음?"

아까 전까지는 자신들을 반기던 관장의 얼굴이 굳었다. 어느 정도 예상을 하고 있었기에 한겸은 당황하지 않고 입을 열었다.

관장도 듣고 나면 생각이 달라질 것이었다.

"제가 잠시 설명을 드릴게요. 현재 하루 GYM을 주로 이용하는 고객이 대학생들이죠?"

관장이 대답하지 않았지만, 한겸은 준비한 서류를 꺼내며 꿋꿋하게 말을 이어나갔다.

"고객이 없는 이유가 겨울인 이유도 있겠지만, 방학 때마다 이런 경우를 겪으셨을 거라고 생각합니다. 그래서 저희가 그 해결책과 홍보 방법을 강구해 왔습니다. 서비스 방식에 대한 특허를 신청한 상태라서 말씀드리기 앞서 여기에 사인부터 해주셨으면 합니다."
"비밀 유지 계약서?"

관장은 한겸이 내민 서류를 가만히 쳐다보다가 얼굴을 찡그렸다. 그러고는 사인을 하지 않고 서약서를 던지듯 내려놓았다.

"가세요."
"네?"
"가라고요. 진짜 가뜩이나 손님 없어 죽겠는데."
"한번 말씀을 들어보시면 생각이 바뀌실 겁니다. 여기에 사인만 하시면 저희 얘기를 듣고 난 뒤 결정하셔도 됩니다."
"그래서 결국 뭐 하라는 거 아닌가? 됐으니까 나가요."

관장은 내쫓듯이 한겸을 향해 손을 휘저었다. 한겸은 약간 당황했지만, 꿋꿋하게 버텼다. 설명을 하고 마음에 안 든다면 모를까 설명도 못 한 채 쫓겨날 순 없었다. 그러자 관장이 손가락질까지 하며 목소리를 높였다.

"안 가요? 경찰 부르기 전에 가라고 좀."

"한 번만 들어봐 주세요."

"아니, 돈 주고 뭐 할 거면 제대로 된 곳에 하지 내가 미쳤다고 대학생들한테 그런 거 해? 당신이 입장 바꿔서 생각해 봐. 당신들 같으면 하겠어? 됐고! 더 이상 말하기 싫으니까 나가요."

한겸은 그래도 설명을 하고 싶었다. 그 때문에 분위기가 점점 삭막해졌다. 그러자 범찬이 조심스럽게 한겸을 잡아당겼다.

"오늘은 일단 갔다가 나중에 다시 오자."

그 말을 들은 관장이 다시 소리쳤다.

"오긴 뭘 와! 다시는 오지 마! 가뜩이나 문 닫게 생겼는데 뭔 돈 달라는 데가 이리 많아. 아, 짜증 나. 야, 김 코치, 내쫓아."

프런트에서 나온 관장은 안쪽으로 가버렸다. 아쉽지만 오늘은 어쩔 수 없이 돌아가야 했다.

하루 GYM을 나와 집으로 향하던 한겸이 말이 없자 종훈과 범찬이 한겸을 위로했다.

"한겸아, 처음부터 예상했잖아. 계획한 대로 다른 곳들도 많으니까 돌아다녀 보자."
"저렇게 남들 말에 귀 기울일 줄 모르니까 장사가 안 되는 거지. 장사 안 되는 데는 다 이유가 있어. 야, 말 좀 해봐. 너답지 않게 왜 그렇게 심각해."

범찬이 한겸의 어깨를 툭 쳤다. 그제야 한겸이 범찬을 처다봤다.

"왜 그렇게 심각하냐니까?"
"아, 그거? 아까 그 관장님이 한 말 때문에."
"보기와 다르게 상처 잘 받는 타입이었어?"
"그런 거 아닌데? 생각해 보니까 나 같아도 맡길 거면 이름 있는 컨설팅 회사나 광고 회사에 맡기지 우리한테 안 맡길 거 같거든. 그래서 생각을 해봤지."

아무렇지도 않은 얼굴로 해결책을 생각하는 한겸의 모습에 범찬은 피식 웃었다.

"비브라늄 멘탈이냐. 그래서 또 찾아가려고?"
"가야지. 아깝잖아. 그 전에 창업 동아리 신청 기간이니까 일단 동아리 신청부터 하고 사업자등록부터 하자. 허가가 빨리 났으면 좋겠는데."

"그거 한다고 달라지냐?"

"일단은 계획대로 진행해야지. 그래야 이름도 생기고 소속도 생기지. 그리고 지원금이라도 조금 받아야지 편해질 거 같은데."

"지원금은 얼마 못 받는다며. 어디다 쓰게."

"우리 마케팅 비용. 우리를 홍보할 때 들어가는 비용으로 써야지. 생각난 김에 지금 해야겠다. 기다려 봐."

"뭐 얘기하다 말고 뭘 찾아?"

"교수님 전화번호. 창업 동아리 만들려면 지도교수가 있어야 하니까."

한겸이 교수 전화번호를 찾아 전화를 걸었고, 범찬은 그런 한겸이 어이가 없다는 듯 고개를 저었다.

"형, 쟤는 좌절이 뭔지 모르나 봐요."

"난 그래서 좋은데. 앞으로도 이런 일이 많이 생길 텐데 그때마다 좌절할 순 없잖아."

"그래도요. 쟤는 생각나면 바로바로 해야 하잖아요. 너무 피곤하게 살아."

"하하, 행동력이 대단한 거지."

"아마 교수하고 통화되면 지금 만나자고 할 수도 있을걸요?"

"하하, 설마. 한겸이라도 그건."

그때, 통화가 연결됐는지 한겸이 입을 열었다.

"안녕하세요! 교수님! 김한겸입니다! 조언을 듣고 싶은데 혹시 만나 뵐 수 있을까요?"

한겸의 말을 들은 범찬은 그것 보라는 얼굴로 종훈을 쳐다봤다.

*　　　*　　　*

다음 날. 교수에게 줄 선물까지 준비한 세 사람이 일산의 아파트 단지에 들어섰다.

"이런 거 뇌물 아니냐?"
"귤이 무슨 뇌물이야. 남의 집 갈 때 빈손으로 가는 거 아니랬다. 너희 집 갈 때도 항상 뭐 사 들고 가잖아."
"어우, 예의가 아주 그냥. 내가 살다 살다 교수님 집까지 찾아올 줄이야."
"광고학회 세미나 준비 때문에 오늘밖에 시간 없으시대. 다 왔다."

한겸은 교수의 집에 들어가기에 앞서 전화를 걸어 도착했다고 알렸다. 그러자 곧바로 현관문이 열리며 교수의 얼굴이 보였다.

"어이고, 많이 왔네. 그냥 오지 뭘 사 왔어. 들어와."

교수의 집으로 들어간 세 사람은 거실에 자리했다. 교수가 음료와 한겸이 들고 온 귤을 가져왔다.

"어제 전화로 듣긴 했는데 창업 동아리 만든다고?"
"네, 저희 셋이서 시작해 보려고요."
"그래. 내가 지도교수가 돼줄 순 있는데 그래도 걱정이야. 요즘 광고업계가 하향세라 현실적으로 쉽지 않을 텐데. 일단 계획을 한번 들어볼까?"

한겸은 설명할 자료를 준비했다. 그러자 교수는 한겸을 보며 씨익 웃었다. 학기 중에도 유난히 자신감이 넘치던 학생이었기에 기대하던 교수는 진지하게 설명을 들었다. 한겸은 한참이나 앞으로의 계획을 설명했다. 한겸의 말이 끝나자 교수가 턱을 괴었다.

"음, 당분간은 고객을 직접 찾아가는 게 좋아. 실제로도 몇몇 회사들도 의뢰받지도 않은 기획을 짜서 직접 찾아가기도 하거든. 성공 사례도 있고. 하지만 쉽지만은 않아. 왜인 줄은 알지?"
"네."
"말해봐."
"대상으로 잡은 회사가 마음에 들지 않아 하면 그동안의 시간과 노력이 헛될 수 있거든요."
"잘 아네. 그런데도 하려고?"

"자신 있어요."

교수는 한겸의 얼굴을 보고선 피식 웃었다.

"그런데 학교에서 통과되기는 힘들 수 있어. 지식 창업 분야로 신청해야 할 텐데 할당된 수가 있거든. 그럼 IT나 소프트웨어 같은 동아리하고 경쟁해야 하는데 창업지원센터에서 밀어주는 곳 대부분이 IT 같은 계열이니까. 만약에 된다고 하더라도 창작이 기본이라서 지원금은 기대 안 하는 편이 좋겠지. 예전에 센터장 바뀌기 전에는 그래도 여러 가지 동아리들이 있었는데 바뀌고 나서는 영 그래."

교수는 못마땅한 듯 고개를 젓고선 말을 이었다.

"센터장이 학교 명성 올리는 일에 엄청 신경 쓰거든. 그래서 하는 말이니까 잘 들어. 성과가 있다면 모를까, 지금 너희들 같은 경우는 특별한 성과도 없잖아. 동네 헬스장 컨설팅은 나도 꽤 좋게 봤어. 그런데 이런 경우는 학교에서도 크게 인정하진 않을 거야. 그나마 볼 수 있는 게 졸업 작품 판매야."

한겸은 진지하게 교수의 조언을 듣고 있었고, 범찬은 DH에 대한 얘기를 하고 싶어 안절부절못했다. 한겸 역시 DH에서 일을 좀 더 빨리 진행했다면 하루 GYM이나 동아리 창설이나 모두 수월하게 돌아갔을 거라는 생각에 아쉬워했다. 시기가 어긋난 게 안타까웠지만, DH의 일이 없더라도 계획대로 진행해야 했다.

"저희는 지원금보다 학교에서 연결해 주는 기업들을 기대하고 있어요. 그 일로 번 자금들과 청년창업지원금을 받아서 졸업 후에 계획한 대로 진행할 예정이거든요."

"음… 일단 나도 지도교수는 돼줄게. 만약에 신청되지 않는다고 해도 포기하지 말고 진행해 봐. 내가 센터에 말이라도 넣어주고 싶은데 인문 계열하고 센터하고 사이가 별로라서. 그래도 말은 해볼게."

"지도교수 해주시는 것만으로도 감사하죠."

"뭘 그 정도로 감사해. 계획 정말 괜찮았어. 너희들 잘될 거 같다."

세 사람이 교수의 칭찬에 미소를 지을 때, 갑자기 한겸의 휴대폰이 울리기 시작했다.

"괜찮으니까 받아봐."

"그럼 실례 좀 하겠습니다."

한겸은 고개를 돌리고선 전화를 받았다.

"네, 제가 C AD 팀 김한겸 맞아요."

한겸이 통화를 하는 사이 범찬은 너스레를 떨며 교수와 대화했다.

"한겸이 때문에 요즘 잠시도 쉬질 못해요. 아침부터 밤까지 작업하라고 시켜대서. 완전 악덕 대표예요."
"하하, 공동 대표라며."
"그건 그냥 하는 말이고 실직적인 대표는 한겸이죠."
"다른 광고 회사 들어가도 야근이 보통이니까 힘내서 해."

한참이나 대화가 이어지고 나서야 한겸이 통화를 마치고 돌아왔다. 그러자 범찬이 한겸을 나무라듯 손가락질하며 말했다.

"너는 예의를 Y튜브로 배웠냐? 교수님 앞에서 뭔 통화를 그렇게 오래 해!"
"아, 그게 DH에서 전화가 와서. 교수님, 죄송합니다."

DH란 말은 한겸이 꺼냈는데 범찬이 흠칫 놀랐다. 그러자 한겸이 씨익 웃으며 교수에게 입을 열었다.

"교수님, 말씀 못 드린 게 있는데요."
"말해봐."
"이번에 DH은행에서 광고 아이디어를 받는 콘텐츠를 하더라고요."
"그래? 그건 몰랐네. 거기에 채택됐어?"
"네. 처음 뽑힌 게 저희 팀이에요. 그래서 인터뷰 가능하냐고 전화 온 거거든요."

  계약한 것이 있었기에 사실대로 말할 순 없었다. 하지만 그것
만으로도 충분히 도움이 될 것 같았다. 답답해하던 범찬은 속
이 뻥 뚫리는지 무척이나 신난 얼굴로 입을 열었다.

  "대박 타이밍! 그런데 인터뷰는 왜 해?"
  "자기네들도 홍보해야 하니까. 그날 계약하고 인터뷰해야 하니
까 언제 시간 괜찮은지 물어보더라고."
  "설마 지금 당장이라고는 안 했지?"
  "상의해야 해서 다시 전화한다고 그랬어."

  가만히 듣던 교수가 궁금하다는 얼굴로 질문을 했다.

  "어떤 시나리오로 보냈어?"

  한겸은 DH은행에 보냈던 광고 스토리를 설명했다. 한참을 듣
던 교수는 대견하다는 듯 박수를 쳤다. 그러고는 갑자기 씨익
웃으며 손가락을 튕겼다.

  "잘됐네. 인터뷰할 때 학교에서 하는 게 어때?"
  "학교요?"
  "그래, 기왕이면 창업지원센터 앞에서. 통과는 물론이고 너희
들 지원금도 받겠는데?"

한겸은 교수의 말에 동의하듯 고개를 끄덕거렸다.

"그럼 신청서를 낼 때 이것도 적어야겠어요. 그러면 허가가 빨리 나지 않을까요?"

"당연히 적어야지. 그런데 허가는 왜? 그냥 사업자등록 해도 되겠는데?"

"사업자등록은 빨리 하고 싶은데 심사만 해도 한 달은 걸리더라고요. 동아리 신청하고 사업자등록이 돼야 지원을 받을 수 있다고 하더라고요. 당분간은 지원도 필요하고, 받을 수 있는 건 받고 하는 편이 안정적이라고 생각해요."

"그건 그렇지. 그래도 허가는 빨리 나지 않을걸?"

"그리고 지금 범찬이 자취방에서 일하고 있거든요. TV로 광고 나오면 학교 홍보도 되는데. 그럼 동아리 허가도 빨리 나지 않을까요?"

가만히 생각하던 교수가 고개를 끄덕거리더니 입을 열었다.

"일단은 그거 적지 마라. DH에 전화해서 창업지원센터로 전화 한 통 해달라고 그래 봐. 너희가 얘기를 전하는 것보다 기업에서 직접 전화를 하는 게 효과적일 거니까."

한겸은 교수가 한 말이 무슨 뜻인지 단번에 알아차렸다.

                    *   *   *

한겸은 메일로 보내는 것도 부족해 학교에 방문해서 창업 동아리 신청서를 제출했다.

"이제 DH에서 학교에 전화만 해주면 끝이다."

"넌 진짜 대단하다. 너, 혹시 인생 2회 차냐?"

"왜?"

"아니, 그냥 기업도 아니고 DH면 이름 있는 은행인데 너 할말 다 하잖아. 안 후달려?"

"후달리긴 뭘 후달려. 똑같은 사람인데. 뭐 안 된다고 하면 마는 거지. DH도 이해타산이 맞으니까 승낙한 거고."

한겸은 연락처를 알고 있던 DH의 김 과장에게 연락했다. 그는 한겸의 얘기를 듣고 난 뒤 고민도 하지 않고 승낙했다. DH은행도 아이디어 공모전을 알릴 필요가 있다 보니 동인대학교까지 홍보를 해주는 게 이득이라고 판단했다.

"DH에서 조금 이따가 전화한다고 했으니까 여기서 기다리자. 그동안 하루 GYM에 뭐 추가할 거 없는지 생각해 보자."

"뭔 헬스장이야. 내일 인터뷰 잡았다며. 사진도 찍고 그럴 건데 옷도 좀 사 입고, 미용실도 좀 가고."

"옷도 많으면서 뭔 옷을 사. 방에 놔둘 곳도 없잖아. 그냥 깔끔하게만 입어."

"나 말고! 너! 너 그 꽃무늬 잠바 좀!"

한겸이 별다른 반응을 보이지 않았다. 그러자 범찬이 답답하다는 듯 입을 열었다.

"생각을 해라. 광고 일 하려면 센스가 넘쳐 보여야 좋은 거 아니야? 지금 너 보면 센스가 똥이야. 아! 너 그 알록달록 잠바 때문에 헬스장 관장이 내쫓았을 수도 있겠다."
"내가 그 정도는 아니지."
"너 그 정도거든? 차라리 옛날처럼 검은색만 입고 다니든가."
"그런가. 알았어. 그럼 오늘은 내일 인터뷰 준비하자."

범찬은 한겸을 설득했다는 것이 기쁘다는 듯 크게 웃었다. 그때, 한겸이 갑자기 범찬을 쳐다봤다.

"우리도 홍보를 해야 됐는데 잘됐다. 우리 동아리 허가받으면 지원금으로 옷 맞춰 입자. 홍보 겸 유니폼이니까 마케팅 비용으로 책정하면 지원금으로 빼도 될 거 같아."
"옷을 맞춰 입자고? 너랑 나랑? 미친 거냐?"
"종훈이 형까지."

옆에서 가만히 듣고 있던 종훈은 흠칫 놀라더니 원인을 제공한 범찬을 향해 얼굴을 찡그렸다.

"그런 거로 홍보하지 말고 제대로 하자! 물론 내가 너랑 옷 맞춰 입기 싫어서 그런 거야."

"하하, 해야지. 일단 하루 GYM부터 끝내고. 그다음 우리 로고도 만들고 홍보물도 만들고 하자."

의욕 넘치는 한겸의 모습에 범찬은 얘기를 잘못 꺼냈다는 듯 스스로 입을 두드렸다.

*　　　　*　　　　*

동인대 창업지원센터에 근무 중인 윤미정은 매년 이 시기가 가장 힘들었다. 학생들을 위한 창업 교육 일정도 잡아야 했고, 기존 동아리의 존폐 여부도 검토해야 했다. 봐야 할 자료가 산더미 같은데 이때마다 창업 동아리 신청 기간이 겹쳐 있었다. 가뜩이나 직접 방문한 학생 때문에 예정에 없던 시간을 소모했다.

어찌나 창업에 대한 의욕이 넘치던지 자신에게까지 창업에 대해 설명하려 했다. 다행히 검토를 하겠다고 돌려보냈다. 가끔 가다 이런 식으로 오는 학생들이 종종 있었다. 하지만 그런 경우 대부분 신선한 아이디어를 들고 왔기에, 윤미정은 바쁜 와중에도 서류를 읽고 있었다.

"주임님, 식사하러 안 가세요?"

"먼저 다녀오세요. 이것만 보고요."

"아, 아까 그 학생들 신청서예요?"

"네. 얼마나 빼곡하게 적어놨는지 재미있네요."

"오, 윤 주임님이 후한 평가 주실 정도면 괜찮은가 본데요?"

윤미정은 서류를 읽어가며 대답했다.

"좋긴 좋은데 지식 창업 분야라서요. 평가위원회 통과되고 센터장님한테까지 통과가 될지 모르겠네요."

"지식 창업이었어요? 하필이면 가장 적게 뽑는 걸. 오늘 메일 받은 것도 대부분은 지식 쪽이었는데."

"그래도 이 팀이 통과될 확률이 가장 높을 거 같네요."

그때, 매니저 자리에 있던 전화가 울렸다. 점심시간이기도 하고, 이 시기에 오는 전화라고는 대부분 학생들에게 오는 전화였기에 전화를 받지 않으려 했다. 하지만 주임이 자리를 지키고 있었기에 눈치를 보다가 전화를 받았다.

"동인대 창업지원센터입니다. 네, 맞는데요. 네? 잠시만요."

매니저는 전화를 내려놓더니 윤미정에게 향했다.

"주임님, DH은행이라던데 전화받아 보세요."

"네? 거기서 왜요?"

"우리 학교에 무슨 'C AD'라는 동아리 학생들을 찾아서요."

"'C AD'요? 어?"

윤미정은 잠시 고개를 갸웃거리더니 보고 있던 서류를 맨 앞
장으로 넘겼다. 그러고는 곧장 전화를 넘겨받았다.

"네, 동인대학교 창업지원센터인데 무슨 일이시죠?"
—아, 그 동인대학교 창업 동아리 중에 C AD 팀 전화번호를
알고 싶어서요. 전화번호가 있는데 연결이 되지 않네요.
"학생들 개인정보를 알려 드리기는 곤란하거든요. 무슨 일 때
문에 그러시는지."
—이번 광고 아이디어 공모전에서 C AD 팀의 아이디어가 채
택됐거든요. 그래서 인터뷰가 필요해서 그럽니다. 연락처 좀 어
떻게 안 될까요?

윤미정은 한참을 통화한 뒤 전화를 내려놓았다. 그러더니 서
류를 다시 훑기 시작했다.

"이 애들, 재밌네."

이름 있는 은행에서 뽑는 콘텐츠에 아이디어가 채택된 것으로
도 모자라 TV 광고까지 제작된다고 했다. 게다가 아직 창업 동
아리 신청서가 통과되지도 않았는데, DH은행에선 'C AD'라는
창업 동아리 팀을 찾았다.

"신청서를 내자마자 전화가 온 거 보면 빨리 통과시켜 달라고

시위하는 거 같네."

윤미정은 자신도 모르게 씨익 웃었다. 자신이 생각이 틀릴 수
도 있었지만, 여러 가지 정황상 자신들의 통과를 확신하는 것이
느껴졌다. 그 때문인지 신청 서류조차 상당히 자신감 넘치게 보
였다. 학교 명성 올리기에 열정적인 센터장이라면 발 벗고 나설
것이었다. 게다가 몇 없는 인문대 교수들도 찬성하고 나설 것이
다. 윤미정은 서류를 챙긴 뒤 센터장실로 향했다.

"무슨 일이야?"
"DH은행에서 창업 동아리 중 한 곳을 찾았습니다."
"응? 어디? 우리 학생들 중에 뭘 개발한 게 있었던가? 모바일
앱 개발? 어느 쪽이야?"

윤미정은 들고 온 서류를 센터장에게 내밀었다.

"신청 서류? 이걸 왜 줘."
"거기 있는 학생들이에요."
"'C AD'. 솔루션 개발도 아니고 광고 쪽 창업이네. 광고로 신
청한 동아리도 몇 개 있었잖아. 얘네들이 뭘 했다는 거야."
"DH은행에서 진행하는 광고 아이디어 공모전에서 채택됐다고
했습니다."
"그래?"
"TV 광고로 제작된다고 하더라고요."

윤미정에게 모든 정보를 듣고 난 센터장은 머리가 빠르게 돌아갔다. 공모전에서의 입상이 그렇게 대단한 일이라고는 생각되지 않았다. 하지만 TV 광고로까지 제작된다면 얘기가 달라진다. 학교 이름을 높이면 높일수록 센터장으로서의 입지를 단단하게 다질 수 있는 계기가 될 것 같았다.

"평가위원회에 말해놓을 테니까 이 친구들한테 연락해 봐. 아니지, 내가 지금 전화해 볼게."

센터장은 서류에 적혀 있던 전화번호를 찾아 눌렀다.

"여보세요. 동인대 광고홍보학과 김한겸 학생입니까?"
―네, 맞는데 누구세요?
"전 창업지원센터장입니다. 반가워요. 창업 동아리 신청 서류 접수하셨죠?"
―네, 오늘 접수했어요. 무슨 문제라도 있나요?
"문제는 없는데, 혹시 DH은행 광고 아이디어 공모전에 참가하신 적 있으시죠? 그거 때문에 DH은행에서 연락이 와서요."
―저희도 조금 전에 연락받았어요.

센터장은 고개를 갸웃거렸다. 전혀 기뻐하는 목소리가 아니었다.

"그렇죠. 창업 동아리로 신청을 하셨다고요?"

―네, 동아리 신청도 할 겸 일단 팀으로 참가하는 게 좋을 거 같아서요. 혹시 그러면 안 되는 건가요?

"안 되긴요, 하하. 학교에도 도움이 되는 일인데 당연히 되죠. 그래서 전화를 드린 겁니다. 평가위원회에서 심사가 이루어져야 겠지만, 제 역량으로 통과시켜 드리겠습니다. 그러니 안심하고 사용하시라는 겁니다."

―혹시 만나 뵙고 싶은데 가능할까요?

"그럼요. 학교 학생이라면 언제든지 환영입니다."

―그럼 지금 바로 갈게요. 3분이면 가요.

센터장이 고개를 갸웃거리며 창밖을 보니 세 명의 학생이 걸어오는 것이 보였다.

*　　　　　*　　　　　*

한겸이 통화하는 내내 조언을 아끼지 않았던 범찬은 통화가 끝난 뒤에도 이야기를 계속했다.

"너무 어색했다니까! 거기서는 '진짜요?' 이러면서 놀라야지! 로봇이냐?"

"괜찮다니까. 일단 만나서 얘기하는 게 중요하잖아."

"어우, 다음부터는 내가 전화받음. 얼굴색 안 변하고 구라 치는 건 좋은데 연기는 완전 똥이야."

한겸은 피식 웃고는 곧바로 센터장실로 향했다. 노크를 하자 기다렸다는 듯이 문이 열렸고, 서류 접수를 받았던 사람이 보였다.

"들어오세요."

센터장실로 들어가자 50대 정도의 남자가 웃는 얼굴로 자신을 센터장이라고 소개했다.

"이렇게 빨리 온 걸 보면 학교에 있었나 보군요."

한겸은 대신 대답하라는 얼굴로 범찬을 쳐다봤다. 자신의 연기를 지적할 때는 언제고 범찬은 잔뜩 얼어 있었다. 한겸은 웃음을 꾹 참고 입을 열었다.

"조금 전에 전화를 받았는데 인터뷰를 해야 한다고 하더라고요. 그래서 인터뷰 장소로 학교를 생각해서 둘러보고 있었어요."
"그렇군요. 학교 캠퍼스만 한 곳이 없죠. 좋은 생각입니다. TV 광고라고요? 언제부터 나오는지 알고 계신가요?"
"3월부터 광고한다고 들었어요."
"딱 좋군요. 개강과 동시에. 하하."

범찬과 종훈은 엄청나게 놀란 얼굴로 한겸을 쳐다봤다. 어쩜 저렇게 어색하게 연기를 하는지 신기했고, 그걸 그대로 받아들이는 센터장도 신기했다. 그때, 한겸이 입을 열었다.

"아까 통화할 때 동아리 창설 허가해 주신다고 들었어요. 그거 때문에 드릴 말씀이 있어서요."

"그럼요. 제 역량으로 가능합니다. 교내 신문에도 실을 생각입니다."

"그럼 동아리실을 먼저 받을 수 있을까요?"

"동아리실이요? 아직 허가가 나진 않았지만… 가능합니다."

한겸은 고개를 끄덕이고선 말을 이었다.

"그럼 지원금도 받을 수 있을까요?"

"지원금은 곤란하죠. 동아리 허가가 승인되고 그 뒤에 따로 신청을 하셔야 합니다."

"서류에 전부 준비해서 제출했어요."

"그래도 당장은 곤란하죠, 하하."

"혹시 TV 광고에 '동인대학교 창업 동아리 C AD 팀'이라고 나오면 가능할까요?"

"네?"

한겸은 미소를 지으며 입을 열었다.

"아이디어 당선 팀의 이름을 TV 광고 하단에 짧게 공개한다고 하더라고요. 그래서 일단은 창업 동아리 'C AD' 팀으로 할 예정이었어요. 그런데 지원금을 받지 못하면 창업 동아리를 할 필요가 없거든요."

센터장은 젊은 학생이 자신과 딜을 하려는 모습이 약간 불쾌했다. 하지만 유명 은행의 TV 광고에 학교 이름이 나오는 건 너무 매력적이었다. 그때, 한겸이 입을 열었다.

"지원금이 꼭 필요합니다. 저희 C AD 팀은 현재 무궁무진한 아이디어가 있으나 열악한 환경과 자금난으로 저희 자체를 홍보하지 못하고 있습니다. 저희 C AD 팀은 기존 창업 동아리였던 Fix Box 팀의 광고도 맡았었고, 현재는 기존의 헬스장 마케팅과 다른 마케팅을 기획해 특허 신청을 해놓은 상태입니다."

약간 불쾌감을 느끼던 센터장은 어느새 한겸의 얘기에 빠져들었다. 보통 심사에 통과된 동아리들이 하는 설명회에서도 이런 발표는 드물었다. 자신감 넘치는 표정 때문인지 말하는 대로 될 것만 같았다. 지금도 당연히 그렇게 된다는 듯 자신만만한 얼굴로 입을 열었다.

"머지않아 창업 동아리에 C AD 팀이 있었다는 걸 자랑하시게 될 겁니다."

한겸은 할 말을 마치고선 덤덤하게 기다렸다. 그동안 센터장은 잠시 고민을 하더니 입을 열었다.

"DH은행 광고에 이름이 나오는 건 확실한가요?"

"확실합니다."

"음… 좋아요. 지금 엄청난 특혜를 준 거 알죠? 대신 기존의 동아리들과 마찬가지로 투명하게 운영되어야 할 겁니다."

범찬과 종훈은 기뻐하기보다 얼굴색 하나도 변하지 않는 한겸을 보며 박수를 보냈다. 그때, 한겸이 끝나지 않았다는 듯 입을 열었다.

"지원금은 최대로 받았으면 합니다."

*   *   *

한겸은 학교의 도움을 받은 덕분에 법인사업자 등록까지 순조롭게 끝냈다. 게다가 센터장의 도움과 완벽한 지원금 사용 계획서로 지원금까지 지급받았다.

"이거 족쇄 아니냐? 뭐가 이렇게 깐깐해. 뭐 할 때마다 영수증 사진도 찍어야 하고. 김 대표, 지원금으로 명함은 만들어도 되냐?"

대표라는 호칭을 좋아하는 범찬을 보며 한겸이 피식 웃었다. 사업자등록이 된 순간부터 범찬은 종훈과 한겸 모두를 대표로 불렀다. 전문적으로 회사를 꾸려줄 사람을 구하기 전까지는 대표라고 부르도록 내버려 둘 생각이었다.

"지원금 아예 없는 거보다 낫잖아. 지원금으로 모바일 호환되는 홈페이지 맡겨야지."

학교 측에서는 지원금이 허투루 쓰이는 걸 방지하기 위해서 사용 내역서를 작성하라고 지시했다. 허투루 사용할 생각도 없었기에 어렵지는 않은 일이었다. 물론 귀찮기는 했지만, 그 정도는 감수할 수 있었다. 그보다 비록 동아리실이지만 사무실이 생겨, 일을 제대로 시작한다는 느낌이었다.

"인터뷰 기사 나왔어?"
"아직 안 올라왔는데? DH은행 SNS에 올라온다고 했지?"
"아직 안 올라왔어. 알림 해뒀으니까 올라오겠지."

인터뷰 중 특별한 것이 있었던 것은 아니었다. DH은행의 콘텐츠에 참여하게 된 계기와 'C AD' 팀을 간단하게 소개하는 내용이 전부였다. 인터뷰에서 'C AD'를 홍보할 순 없었다. 공모전에서 당선된 것처럼 진행되었기에 초점이 DH은행에 맞춰진 인터뷰였다. 그렇지만 C AD 팀의 이력이 생기는 일이었기에 기사가 올라오길 기다리는 중이었다. 기사가 올라오는 즉시 하루 GYM으로 갈 생각이었다.

"준비는 다 됐지? 형도 다 됐죠?"
"어, Fix Box 동영상도 다 준비했어. 기사 올라오면 그것만 챙기면 될 거 같아. PPT도 범찬이가 다듬었으니까. 범찬이, 잘했지?"

"……"

"왜 쳐다만 보고 대답을 안 해? 아… 최 대표. 다 됐지?"

"하하. 그럼요! 준비 끝이죠! 이 대표! 김 대표!"

한겸이 어이없어 실소를 뱉을 때, 기다렸던 알림이 울렸다.

"기사 올라왔다!"

기사는 인터뷰한 내용과 별반 다르지 않았다. C AD를 광고 꿈나무들이라며 소개했고, DH은행에 대한 기사가 대부분이었다. 그래도 없는 것보다는 도움이 될 것이었다.

*   *   *

하루 GYM 앞에 선 세 사람은 한 번 쫓겨난 경험 때문에 문을 열기 전 심호흡부터 했다.

"김 대표, 너도 떨리냐?"

"안 떨리는데?"

"그런데 왜 심호흡하고 있어."

"한숨 쉰 거야. 옷까지 맞추고 오면 좋았을 거 같아서. 어쩔 수 없지. 가자."

한겸은 힘차게 문을 열고선 헬스장을 둘러봤다. 러닝 머신에서 운동하는 사람이 보였지만, 아예 없었던 전과 큰 차이는 없었다. 여전히 사람이 없었다. 한겸은 준비한 것들이 하루 GYM에 확실히 도움이 될 것 같다는 생각을 하며 관장을 찾았다. 워낙 사람이 없다 보니 관장 찾는 일은 쉬웠다. 관장 역시 이쪽을 발견하고선 인상을 쓰며 다가왔다.

"아, 왜 또 왔대. 우리 안 한다니까요."
"한 번만 들어봐 주세요."
"회원님들 운동하는 거 안 보여요?"
"오래 걸리지 않습니다."

한겸은 말을 꺼내기보다 준비한 자료부터 건넸다. 관장은 보지도 않고 내려놓으려 했다. 하루 GYM에 대한 설명에 앞서 관장의 관심부터 끌어야 했다.

"저희 C AD는 법인회사로서 최근 DH은행 광고에도 아이디어 채택됐습니다. 아직 광고가 제작되진 않았지만 저희의 의견대로 광고가 제작될 예정입니다."

관장은 얼굴을 찡그린 채 한겸을 물끄러미 쳐다봤다. 그리고는 귀찮다는 듯 손을 저었다.

"됐으니까 나가라고요. 경찰에 신고합니다?"

"DH은행 광고 채택은⋯⋯."

"아! 어쩌라고요. 뭐 축하해 달라는 건가?"

관장은 한겸의 말을 끊으며 계속 손을 저었다. 귀찮아하는 관장도 충분히 이해되었지만, 그렇다고 물러날 순 없었다. 한겸은 완성시킨 전단지를 꺼내 관장에게 내밀었다.

"DH은행 광고보다 더 열심히 만들었습니다. 한 번만 들어보고 판단해 주시면 안 될까요?"

전단지를 버리려던 관장은 한겸의 말 때문에 한숨을 뱉으며 전단지를 봤다. 함께 있던 트레이너들도 전단지를 쳐다봤다. 그러던 중 한 명이 한겸을 보며 입을 열었다.

"전단지 잘 만들었는데요? 그런데 30회 이용권? 우리는 이런 거 없는데요?"

관장도 전단지는 마음에 든 모양이었다. 유심히 들여다보더니 궁금했는지 입을 열었다.

"30분이면 돼요?"

"네! 30분이면 충분합니다!"

한겸을 비롯해 뒤에 있던 종훈과 범찬 역시 주먹을 불끈 쥐었다.

*   *   *

한겸은 자기소개를 하고 C AD에 대해서도 간단히 소개한 뒤 준비한 PPT 자료를 틀어가며 설명했다.

"기존 운영 방침에 새로운 방식을 더하게 될 겁니다. 아까 전단지에서 보셨듯이 이용권을 추가함으로써 대학생 및 직장인에게 선택을 할 수 있게 만들어주는 겁니다. 저희가 조사한 자료부터 보시죠."

관장과 트레이너들은 자료를 보며 고개를 끄덕거렸고, 한겸은 설명을 이어나갔다.

"이용권은 30회에 6만 원이 가장 적당하다고 판단했어요. 6만 원으로 책정한 이유가 있습니다. 보통 1회 이용권이 평균 만 원정도 하더라고요. 다른 헬스클럽보다 저렴하다고 생각하게 만들수 있습니다. 또 저희가 조사한 자료 보시면, 30회 정도면 보통길어도 두 달 정도에 모두 사용하게 됩니다. 그럼 기존에 받던월 3만 원과 차이가 없습니다."

자료를 보며 얘기만 듣던 관장은 어느새 고개를 들고 한겸의 얼굴을 바라봤다.

"조사를 해보니 정기권을 끊고 헬스장에 안 나오게 되면 손해라고 생각하는 사람이 많아요. 특히나 하루 GYM은 대학생들과 직장인이 많다 보니 매일 나오기 힘든 사람이 많더라고요. 그래서 이용권을 추천합니다."

어느새 한겸의 얘기에 빠져 버린 관장은 고개를 끄덕거리며 입을 열었다.

"괜찮은 거 같긴 한데, 그래도 사람들이 많이 오진 않을 거 같은데."

"아직 끝나지 않았어요. 대학생들과 직장인이 많다고 했잖아요. 직장인은 몰라도 대학생들만큼은 PT 받는 금액을 부담스러워합니다. 게다가 헬스장에서 PT 가입을 강요하는 것도 헬스장 문턱을 높이게 된 이유이기도 하고요."

"그거야… PT가 주 수입원이니까. PT 안 하면 헬스장 망하죠."

관장은 찔리는지 얼굴을 씰룩거리며 말했다. 한겸은 미소를 지으며 설명을 이어나갔다.

"하루 GYM만이 아니라 모든 헬스장이 그렇더라고요. 그래서 저희가 이용권 다음으로 추천해 드릴 거는 혼자서도 운동할 수 있도록 동영상을 제작하는 겁니다. 운동 방법을 촬영해 하루 GYM의 SNS에 올리고 이용하는 회원들이 그 동영상을 보며 운동할 수 있게 하는 겁니다. 운동을 하면서도 볼 수 있게 돼야겠지요. 그럼 초심자나 헬스장에 발을 들이기 어려워하던 사람들이 좀 더 쉽게 느낄 수 있을 겁니다. 개강 전까지 준비를 마치고 개강과 동시에 홍보를 하는 걸 추천해 드립니다."

한겸이 설명을 할 때, 옆에 있던 트레이너들이 얼굴을 찡그리며 입을 열었다.

"그렇게 되면 뭐 우리는 필요 없다는 거네."

한겸은 걱정 말라는 듯 미소를 지었다.

"꼭 필요합니다. 안전관리를 위해서 필요한 이유도 있지만, 그보다 PT를 하셔야죠. 동영상을 보며 만족해하는 사람도 있지만, 제대로 운동하고 싶어 하는 사람도 생길 거예요. 아! PT 받으면 식단 관리도 해주시나요?"
"그렇죠. 1회는 아니고 10회부터 해주긴 합니다."
"그 정도면 충분해요. 보다 전문적으로 느끼게 만드는 게 필요하거든요."

트레이너들은 만족해했고 관장 역시 만족스러운 듯 고개를 끄덕거렸다. 그 뒤로도 한겸은 그동안 준비해 온 자료를 보여주며 설명을 이어나갔다. 그러던 중 한참이나 듣던 관장이 입을 열었다.

"지금 말만 들으면 좋은 거 같네요."

한겸은 씨익 웃으며 뒤에 있던 범찬과 종훈을 봤다. 그러자 두 사람 역시 웃는 얼굴로 엄지를 치켜세우고 있었다. 그때, 관장이 피식 웃으며 입을 열었다.

"정성스럽게 준비했다는 게 느껴져서 하는 말인데 지금 한 얘기를 우리 마음대로 해버리면 어쩌려고 다 말해주는 겁니까?"

"이 운영 방식으로 특허출원 한 상태거든요. 몇 달 하고 그만둘 거 아니시잖아요."

관장은 기가 찬다는 듯 헛웃음을 뱉었다. 시키지도 않은 일인데다가 준비한 자료가 너무 꼼꼼해서 고마운 마음에 조언을 해주려 했건만, 자신들이 무단 사용 할 걸 대비해 해결책까지 준비해 놓은 상태였다.

"참, 대단하네. 이렇게 준비한 건 고맙긴 한데 내가 돈이 없어요. 회원들 영상 볼 수 있게 하려면 인테리어부터 설치까지 해야 하는데 한두 푼 들어가는 게 아니죠."

"인테리어 새로 하실 필요 없어요."

한겸이 뒤를 돌아보며 손을 내밀자 범찬이 손에 거치대를 쥐여주었다. 한겸은 거치대를 관장에게 내밀며 입을 열었다.

"물론 모니터를 설치하는 편이 보기 좋겠지만, 그럼 부담되실 거 같았거든요. 그래서 저희가 찾아본 게 이 휴대폰 거치대예요. 사용하시면 어떨까요? 침대 옆에 두는 스탠드 거치대인데 삼 단으로 구부러져요. 가장 밑에 있는 이게 175㎝에, 그 위에 두 대는 35㎝고 이렇게 낮출 수도 있고 올릴 수도 있고요. 게다가 무게중심도 잘 잡혀 있어서 기구들 옆에 놓고 볼 수 있어요."

"그건 얼마인데요?"

"1번가에서 만 칠천 원이에요."

"괜찮네……."

거치대는 종훈이 내놓은 의견이었고, 기다란 거치대 역시 종 훈이 찾은 것이었다. 관장은 거치대를 운동기구 옆에 세워두며 살펴보더니 만족한 얼굴로 고개를 끄덕거렸다.

"만약에 우리가 그쪽. 흠, 그쪽을 뭐라고 불러야 하나요?"

"씨 에드라고 부르시면 됩니다. 전 김 대표라고 부르시면 됩 니다."

"대표… 아무튼. 김 대표하고 일하게 되면 이것도 전부 준비해 주는 건가요?"

"아니요. 저희와 일을 하시게 된다고 해도 전단지 제작이 다일 거예요. 오히려 직접 구매하시는 편이 비용 절감할 수 있으실 겁 니다. 저희가 해드리는 건 지금까지 설명해 드린 컨설팅과 전단 지 둘뿐이에요. 영상 촬영을 하셔서 SNS 관리와 Y튜브 업로드는 직접 하셔야 하고요."

"그럼 내가 얼마를 내야 하는 겁니까?"

한겸은 기다렸다는 듯이 준비한 견적서를 보여줬다.

"딱 백만 원?"

"네. 저희한테 주실 비용이 그거고 나머진 직접 하셔야 해요. 전단지 같은 경우는 만 장에 200,000원 하고 거치대는 20대에 340,000원이에요. 그 외에 전단지 돌리는 알바들 비용도 생각하셔야 할 거고요. 그리고 회원 관리 프로그램도 관리하는 곳에 연락하셔서 수정해 달라고 하셔야 할 거예요."

관장은 쉽게 판단이 서지 않는지 잠시 고민했다. 그러고는 입을 열었다.

"이거 말 몇 마디 하고서 백만 원이면 비싼 거 같기도 하고. 준비한 거 보면 아닌 거 같기도 하고. 음, 일단 생각할 시간을 좀 줄 수 있나요?"

"물론이죠. 생각하시고 연락 주세요. 시간 내주셔서 감사합니다."

"후. 알겠어요."

한겸은 준비한 것들을 전부 꺼내놓은 덕분에 후련한 마음으로 하루 GYM을 나섰다.

한편, 헬스장에 있던 관장은 전단지를 보는 중이었다.

"나한테 사기 치는 건 아니겠지?"
"에이, 사기 치는 데 이렇게 공을 들여요?"
"뭘 모르네. 공 안 들이고 사기를 어떻게 쳐."
"그래도요. 그리고 사기 칠 거면 많이 치지 백만 원 받으려고 이 고생 하진 않을 거 같은데. 거치대 같은 것도 직접 사는 게 더 싸다고 그랬잖아요."
"그건 또 그런 거 같고. 이 코치랑 박 코치가 보기에는 어때?"
"전 괜찮은 거 같은데요? 저기 회원님한테 한번 물어볼까요? 다 들으셨을 거 같은데."

헬스장에 사무실이 따로 없다 보니 들릴 수밖에 없었다. 회원은 인정하듯 고개를 끄덕거리더니 입을 열었다.

"아까 그 학생들이 말한 대로 하는 게 좋을 거 같긴 해요."
"왜요? 회원님은 무료 PT도 해주고 그러잖아요."
"사실 그게 더 부담되거든요. 무료로 올 때마다 해주시니까 왠지 돈 내야 할 거 같고 그래서요. 아. 물론 감사하죠. 그냥 손님도 없는데 미안해서 혼자 하는 게 마음 편할 거 같다고 생각했었거든요."

트레이너들은 민망함에 헛기침을 뱉었다. 무료로 해주다 보면

PT를 받을 거라고 생각하긴 했지만, 그보다 할 게 없다 보니 무료로 해준 것이었다. 그것을 부담스럽게 생각할 줄은 몰랐다. 그 말을 들은 관장은 다시 생각에 잠겼다.

제6장

수정의 아버지

　하루 GYM의 관장은 고민이 가득한 얼굴이었다. 얼마 없는 회원들에게 한겸에게 들었던 운영 방침을 설명했는데 반응이 상당히 괜찮았다.

　"관장님, 다 좋다고 하는데 그냥 바꾸는 게 좋지 않을까요?"

　"그게 쉬운 게 아니다. 괜찮다고 하다가도 막상 바꾸면 안 올수도 있잖아. 그럼 생돈 나가는 건데."

　"지금처럼 계속 사람 없으면 어차피 문 닫아야 하는데 기왕 닫을 바엔 한번 해보는 게 낫지 않아요?"

　"너 인마! 말을 해도. 망하긴 왜 망해!"

　"지금 상태로는 그렇잖아요. 아무리 겨울이라고 해도 회원 수가 여름방학 때 반도 안 되는데."

"그게 사거리에 생긴 로직 때문이야! 아오."

회원이 없는 걸 다른 헬스장 때문이라고 스스로 위안하던 관장은 인상을 찡그리며 헬스장을 둘러봤다. 함께 일하는 코치 말대로 점점 회원 수가 줄어들고 있었다. 다만 확신이 서지 않다 보니 선뜻 운영을 바꾸기가 두려웠다. 트레이너들보다 월급을 적게 가져가니 얼마 하지 않는 돈임에도 망설여졌다. 그때, 두 명의 트레이너가 서로의 얼굴을 보더니 조심스럽게 입을 열었다.

"병렬이 형, 우리가 전단지하고 거치대 살게요. 한번 해봐요."
"뭐? 네가?"
"여기 처음 생길 때부터 5년이나 같이했는데. 어차피 망하면 우리도 갈 곳 찾아야 하는데 기왕이면 형하고 같이하면 좋을 거 같아서 그래요. 우리 한번 해봐요!"

관장은 고맙기도 했지만, 미안하기도 했다. 처음 개업 당시에는 두 명이 아니라 8시간씩 총 6명의 트레이너가 함께했다. 그리고 그들에게 다른 헬스장의 PT 트레이너처럼 PT당 30%의 수당을 지급했다. 하지만 날이 갈수록 회원은 줄어들었다. 그러다 보니 결국 반이 넘는 트레이너들이 떠나가 버렸다.

그럼에도 회원은 계속 줄어들었다. 회원 수가 많아야 PT를 받을 확률이 높았기에 트레이너들은 다른 헬스장을 찾아갔고, 트레이너가 없어지면 헬스장 문을 닫아야 했다. 관장은 미안함을 무릅쓰고 두 사람에게 월급을 제안했다. 많지 않은 월급임에도 저 두 사람만큼은 끝까지 남아주었다.

관장은 두 트레이너들을 물끄러미 쳐다보고선 입을 열었다.

"내 헬스장인데 너희가 돈을 왜 내. 됐어. 내가 낼 테니까 신경 꺼. 그리고 회원도 없는데 왜 자꾸 관장님이래! 언제부터 그렇게 관장님이라고 그랬다고."

관장은 멋쩍은 듯 트레이너들을 보지도 않았다. 그러자 트레이너들이 씨익 웃으며 관장을 향해 엄지를 내밀었다.

"역시 병렬이 형! 대흉근 크기만큼 대인배!"

"시끄러워. 그런데 SNS에 영상 올리라고 했는데 그건 어떻게 하냐."

"그냥 운동하는 방법 찍어서 올리면 되는 거 아니에요?"

"막 편집하고 그래야지. 너희 할 줄 알아?"

"모르죠. 컴퓨터 앞에 오래 앉아 있으면 근손실 나요. 그냥 그 학생들한테 해달라고 해봐요. 자기네들이 내놓은 계획이니까 잘하겠죠."

"그런가? 그럼 일단 영상부터 찍어볼까? 숄더 프레스부터 올려봐."

세 사람은 새롭게 시작한다는 기분 때문인지 약간 설레는 표정이었다.

동아리실에 자리한 한겸은 심각한 표정으로 노트북을 보고 있었다. 그 모습을 보던 범찬이 슬그머니 옆으로 다가왔다.

"무슨 문제 있어?"

"응."

"어? 무슨 문제? 근육 맨들 대답 기다리면 되는 거 아니야?"

"그거 말고 다른 문제야. 종훈이 형, 형도 잠깐 오세요."

종훈까지 모이자 한겸은 노트북 화면을 두 사람에게 보여 줬다.

"이게 뭐야? 시간표냐?"

"어떻게 보면 시간표지. 이거 우리가 이번에 하루 GYM 맡으면서 쓴 시간이야."

"15일? 이게 뭐? 조사하고 그런다고 오래 걸린 거잖아."

범찬은 아무런 문제를 찾지 못했는지 고개만 갸웃거렸다. 그때, 옆에 있던 종훈이 조그맣게 한숨을 뱉었다.

"15일에 백만 원이면 확실히 문제네. 그것도 아직 확답을 준 것도 아니고."

"그거 때문에 그랬어? 그러니까 더 받자니까."

"그건 어렵지. 우리가 이름이 있는 것도 아니었고 상대도 작은 헬스장이라서 거기에 맞게 책정한 거였잖아."

"그냥 그렇다는 거예요. 그리고 어차피 한동안은 우리 인지도
올린다고 그랬는데 뭐가 문제야?"

한겸은 여전히 심각한 표정을 한 채 입을 열었다.

"너무 오래 걸린다는 게 문제야. DH은행은 순전히 운이었고
우리가 한 거라고는 하루 GYM 하나뿐이잖아. 그런데 너무 오래
걸려. 그 이유를 생각해 보니까 데이터를 분석하는 게 너무 느
리다는 거야. 나중에 기업들 광고 수주받으면 몰라도, 그 전까지
는 우리한테 데이터 전문가가 있었으면 해서."

"운도 실력이란 말 몰라?"

"매번 운이 좋을 순 없잖아. 그래서 데이터 분석하는 사람만
큼은 있었으면 좋겠어."

"사람 뽑게? 우리야 그렇다 쳐도 사람 뽑으면 월급은 어떻게
주려고? 전문가니까 돈도 많이 줘야 할 거 아니야."

한겸도 그 부분이 가장 큰 걱정이었다. 이제 갓 시작한 회사
에, 그것도 대학생들만 있는 곳에서 일하려 할지가 의문이었다.
그때, 범찬이 고개를 갸웃거리며 입을 열었다.

"그런데 어쩐 일이냐? 이런 거 다 물어보고."

"우리 셋이 대표니까 상의해야지."

"오! 그럼, 그럼. 당연하지! 이제야 내가 좀 대표 같네. 그래서

유비처럼 누구 또 찾아가고 그럴 거냐?"

"아니, 안 되는 건 안 되는 거지. 조건이 맞아야 하는데 모르는 사람한테 우리 미래 보고 함께합시다, 할 순 없잖아. 그래서 불렀어. 어떻게 하면 좋을지 생각해 보자고. 제작 업체들하고는 광고비를 나누는 식이니까 문제가 되진 않는데 데이터 분석만큼은 같이 있었으면 하거든."

범찬과 종훈도 머리를 끄덕이며 한겸의 의견에 동의했다. 그때, 한겸의 휴대폰이 울렸다.

"안녕하세요. 관장님."

─그래요. 물어볼 게 있는데 시간 괜찮아요?

"네, 말씀하세요."

─다른 게 아니라 그 영상 있잖아요.

"운동 방법 촬영한 영상이요?"

─네, 그거. 그것도 우리가 찍어서 우리가 글씨 넣고 편집하고 그러는 겁니까? 아니면 그쪽에서 해주는 겁니까?

"그 부분은 직접 하셔야 해요. SNS 운영 대행 서비스해 주는 회사도 있어요."

─아니, 돈이 많이 들잖아요! 돈이! 일단 알았어요.

하루 GYM 직원들보다야 편집 실력은 좋겠지만, 전문적이진 않았기에 그것마저 담당할 순 없었다.

—후, 그럼 어떻게 한다. 뭐 어쩔 수 없죠. 참, 내일 계약서 들고 체육관에 좀 와요.

"저희 컨설팅으로 계약하실 건가요?"

—그래요. 내일 와서 얘기해요.

"아! 혹시 그동안 회원 수가 변동된 자료 좀 받아볼 수 있을까요?"

—그런 것도 필요해요? 아무튼 알았어요.

그나마 걱정이 조금 가시는 듯했다. 한겸은 조금 가벼운 표정으로 두 사람에게 이 소식을 알렸다. 그러자 종훈이 조용히 손뼉을 치더니 통화 내용을 물었다.

"회원 수 변동되는 건 왜?"

"혹시 나중에 데이터 전문가 구하게 되면 막 구할 순 없잖아요. 어떤 분석 내놓는지 보려면 최소한의 자료는 필요해서요. 회원 정보가 아니라서 그 정도는 괜찮거든요."

"그렇구나. 그런데 SNS 운영은 또 뭔 소리야?"

"영상 촬영하는 거 편집해 주냐고 해서요. 우리가 그거까진 할 순 없을 거 같아서 한 말이에요."

"하긴 그거까지 하면 한 곳에 너무 얽매여 있겠네."

그때, 범찬이 대화에 끼어들었다.

"우리가 업체 소개해 주고 돈 받자. 커미션! 아니면 우리가 그

일 받고 외주 줘서 조금 남겨먹으면 되잖아.

"요즘 SNS 관리 대행이 얼마나 많은데 소개비를 어떻게 받아. 그리고 우리 지금 연결된 곳도 없잖아."

"아는 곳은 있잖아."

"아는 곳이 어디 있어? 네가 그런 데 알아?"

범찬의 미소를 보며 한겸은 약간 놀랐다. 범찬이 새롭게 보였다. 그때, 범찬이 피식 웃으며 입을 열었다.

"Do It 프로덕션! 거기서 Y튜브 편집, 썸네일 작업까지 그런 거 한다고 그랬잖아."

"아!"

한겸이 손가락까지 튕겨가며 반응을 보이자, 범찬은 별것 아니라는 듯 어깨를 으쓱거렸다. 그때, 한겸이 입을 열었다.

"수정이! 수정이가 빅데이터 공부하잖아!"

"프로덕션 얘기하는데 왜 갑자기 방수정이 나와."

"내가 왜 수정이 생각을 못 했지. 잘됐다. 하루 GYM 소개하면서 수정이 만나봐야겠다."

"수정이한테 같이하자고 하려고? 내가 예전에 말했을 때 시큰둥했는데."

"우리 Fix Box 영상도 수정이가 데이터 뽑아준 거 바탕으로 만든 거잖아. 그리고 빅데이터를 따로 수집하지 않아도 될 때는

AE로 가능하잖아. 안 그래? 형은 어때요?"

"난 괜찮은 거 같은데? 수정이도 자기 일 잘하잖아."

종훈이 찬성했고, 남은 건 범찬이었다. 한겸은 범찬을 보며 의
견을 기다렸다. 그때, 범찬이 찬성한다는 듯 고개를 끄덕이다 말
고 빠르게 한겸을 쳐다봤다.

"혹시 수정이도 대표는 아니지? 대표가 너무 많잖아."

"하하, 나도 대표 아니고 AE라니까. 그리고 수정이까지 넷이서
하는 게 더 나을 거 같은데. 우리 인원이 너무 부족하잖아. 우린
이제 시작하는 단계니까 센터장한테 말해서 주식 4등분 하면
되겠네. 아니면 네가 다 합성하든가."

"넌 또 무슨 말을 그렇게 하냐. 무조건 찬성이지. 빨리 방 대
표 만나러 가자."

"하하, 그럴 거 같았어. 내일 계약하고 자료 들고 가면 되겠다.
가는 김에 동영상도 받아서 가자."

한겸은 씨익 웃으며 곧바로 휴대전화를 꺼냈다.

*　　　　　*　　　　　*

수정은 방학을 맞아 아버지의 회사인 Do It 프로덕션에서 일
을 돕던 중이었다. 광고 쪽 경기가 좋지 않다는 걸 알고 있었지
만, 이렇게까지 광고 제작이 없는 줄은 몰랐다. 프로덕션에서 맡

은 일이라고는 영상 편집이 대부분이었다. 거의 모든 영상들이 인기 없는 Y튜버들의 영상이었다. 재미라도 있으면 참을 만할 텐데, 재미는커녕 눈살을 찌푸리게 만드는 영상들이 대부분이었다. 어떻게 해서든 구독자를 늘려보려고 자극적으로 만든 영상들이니 당연했다.

"딸! 좀 웃으면서 해."

"너무 재미없는데 어떻게 웃어."

"돈 주는데 재미없어도 재미있게 해야지! 돈 받은 만큼 재밌게 만들어주고 그래야 또 맡기지. 요즘은 자기네들이 직접 해서 이렇게 맡기는 것만으로도 고마워해야 해."

"아이고, 알았어."

"할머니처럼 아이고는."

수정은 삐친 것처럼 입을 삐죽 내밀었다. 그러고는 편집 작업을 마저 하려 했다. 그때, 휴대폰이 울렸다.

[김한겸]

한겸과는 졸업 작품을 같이하긴 했지만, 그다지 친하게 지내는 편이 아니었기에 따로 통화를 한 적이 한 번도 없었다. 그런 한겸의 전화에 수정은 고개를 갸웃거리고는 통화 버튼을 눌렀다.

"어, 웬일이야?"

—오랜만이네. 잘 지냈어?

"그냥 그렇지. 너도 잘 지냈지?"

—응, 잘 지냈지. 혹시 시간 있어?

"시간?"

—따로 할 얘기가 좀 있는데 괜찮으면 만나서 얘기했으면 하는데.

한겸과 따로 할 얘기가 전혀 없었기 때문에 수정은 고개를 갸웃거렸다. 게다가 항상 진지한 모습 때문인지 같은 과 동기들보다 어렵게 느껴졌다. 수정은 불편한 것 같은 자리를 피하려고 말을 돌렸다.

"나 아빠 일 도와드리느라 바빠서 조금 곤란한데. 중요한 일 아니면 전화로……."

—프로덕션이야? 잘됐다. 마침 아버님께 부탁드릴 일도 있는데 거기로 갈게. 괜찮아?

"무슨 일 때문에 그런데?"

—종훈이 형하고 범찬이하고 창업 동아리 만들었거든.

수정도 졸업 작품을 같이한 인애에게 들은 적 있었다. 그런데 동아리까지 만들었을 줄은 몰랐다.

—우리가 일 맡은 곳에서 영상 편집을 부탁했어. 그래서 아버님께 부탁하려고.

"그래? 그런 일이면 그냥 메일로 보내도 되는데."

—마침 너한테도 할 말 있고. 아무튼 가서 전화할게.

"지금?"

수정은 자신에게 무슨 얘기를 할지 도무지 감이 잡히지 않았다. 썸을 탄 사이도 아니고 돈거래를 한 것도 아니었기에 더욱 궁금했다.

*　　　*　　　*

다음 날. 이른 아침부터 프로덕션에 세 사람이 찾아왔다.

"아버님! 안녕하세요! 오랜만에 왔죠? 하하."

"어, 범찬이라고 했지? 뒤에는 한겸이? 그리고 저 친구는……."

"나종훈입니다……."

"하하. 그래, 아무튼 어떻게 왔어? 수정이 만나러 왔어?"

범찬이 너스레를 떨며 인사를 건네는 소리가 작업실까지 들려왔다. 수정은 한겸 혼자 온 게 아닌 것을 다행이라고 생각했다. 범찬이라면 그렇게 친하진 않아도 불편하지 않았다. 덕분에 가벼운 마음으로 작업실을 나가자, 아버지와 함께 있는 세 사람이 보였다. 그때, 수정을 발견한 범찬이 씨익 웃으며 손가락을 내밀었다.

"너, 우리 동료가 돼라."

"범찬아, 부끄럽게 그런 것 좀 하지 마."

"하하, 뭐 어때요."

수정은 어이없다는 듯 세 사람을 번갈아 쳐다봤다.

*   *   *

근처 커피숍으로 자리를 옮긴 한겸은 회사에 대한 얘기를 먼저 설명했다. 그 얘기를 듣던 수정은 약간 놀랐다. 셋이 함께한다는 건 알고 있었지만, 회사까지 차리고 DH은행 공모전까지 당선된 줄은 전혀 몰랐다.

"그러니까 나도 같이하자는 거야?"

"응. 아직도 빅데이터 공부하지?"

"코딩은 좀 어려워서 아직도 계속 공부하고 있어."

"잘됐다."

한겸은 들고 온 가방에서 주섬주섬 자료를 꺼냈다. 그러고는 다시 확인한 뒤 수정에게 내밀었다.

"우리한테 데이터 분석해서 방향을 잡아줄 사람이 필요해. 너한테 미안하긴 한데 사람을 막 뽑을 순 없거든. 혹시 관심 있으면 이 자료 보고 왜 장사가 안 되는지 분석해 볼 수 있을까? 우리가 오늘 계약하고 온 곳이 조그만 헬스장인데 장사가 잘 안 되거든."

"데이터 분석하라고?"

"어. 여기 프린트된 거까지 전부 USB에 담겨 있긴 해."

수정은 약간 어이가 없었다. 원하지도 않았고, 생각지도 못했던 일이었다. 면접 아닌 면접을 보는 것 같은 기분에 기분이 조금 상하기도 했다. 그때, 한겸이 조심스럽게 입을 열었다.

"지금 당장 다른 곳에 취직한다면 붙잡지는 못해. 그런데 취직에 여유를 좀 가질 거면 한번 생각해 줘. 최소한 일 년 뒤에 우리가 마음에 들지 않아서 다른 곳으로 간다고 해도 경력에 도움이 될 정도는 만들어볼게. 죽 같이한다면, 지금은 별 볼 일 없지만 우리 주식 공평하게 나눌게. 우리 자본금이 얼마 안 돼서 증권거래세도 몇천 원 나올 거야. 그러니까 우리가 넷이 같이 창업하는 거라고 생각하면 돼."

자신 있는 표정과 목소리 덕분인지 한겸의 말이 진실하게 다가왔다. 한겸은 지금도 눈 한 번 깜빡이지 않고 자신의 대답을 기다리는 중이었다. 그러다 보니 수정은 고민이 되었다. 어차피 아버지 일을 도우며 취직을 알아볼 계획이었기에 시간적으로 여유는 있었다. 한겸의 말한 대로 된다면 다른 곳에 쉽게 취직할 수 있을 것이었지만, 그렇게 되지 않는다면 시간 낭비일 수도 있었다. 선뜻 대답하지 못하고 있을 때, 한겸의 휴대폰이 울렸다.

"여보세요?"

—김한겸 씨 맞나요?

"네, 제가 김한겸 맞는데요. 누구세요?"

—안녕하세요. TX기획의 오정근이라고 합니다.

"TX기획이요?"

한겸은 고개를 갸웃거렸다. TX기획이라면 한겸도 많이 들어봐서 알고 있는 광고 회사였다. DH은행의 기존 광고를 제작한 회사였다. 그거 말고는 전혀 접점이 없는 곳이었다. 범찬과 종훈 역시 한겸의 통화를 듣고는 고개를 갸웃거렸다.

"범찬아, TX기획이면 호정그룹 계열사 아니야?"

"그럴걸요? 그런데 왜 전화했지? 아! TX에서도 우리한테 일 맡기려고 그러나?"

"하하, 설마 그건 아니겠지."

두 사람이 김칫국을 마시는 사이 한겸은 통화를 이어나갔다.

—DH은행에서 광고 스토리하고 기획 잘 봤습니다. 굉장히 좋더군요.

아직 전화를 건 이유를 알 순 없었지만, 적어도 어떻게 전화를 한 건지는 알게 되었다.

"감사합니다. 그런데 제 전화번호는 어떻게 아시고."

―그건 DH 김 과장님한테 저희가 조르고 졸라서 받았습니다. 그 부분은 죄송합니다. 저희 TX기획이 DH은행 광고대행을 하고 있거든요. 이번 C AD 팀이 제안한 광고 스토리도 저희가 제작했고요. 이제 곧 TV에 나올 겁니다.

"아, 그렇구나. 잘 부탁드립니다."

―잘 만들어야죠. 그 스토리랑 기획들 모두 지적할 곳이 전혀 없더라고요. 타기팅도 명확하고 비용 절감까지. 상당히 훌륭했습니다. 그런데 학생이라고요?

한겸은 고개를 갸웃거렸다. 칭찬이 섞인 말과 다르게 말투는 굉장히 강하게 들렸다. 그 때문에 지금 대화가 불편하게 다가왔다.

"네, 학생이에요. 그런데 무슨 일이세요?"

―음, 학생이라고 하시니까 이쪽을 잘 몰라서 그러셨을 수 있겠네요. 우리 TX기획이 1년간 DH은행의 광고를 맡고 있는 건 아시겠죠?

"네, 알고 있어요."

―알고 있었군요. 음, 아직 잘 모르는 것 같아서 말씀드립니다. 엄연히 광고대행사가 있는데 중간에 끼어들면 안 되는 겁니다. 아직 업계에서 제대로 일해본 적이 없으셔서 몰랐던 거로 생각해도 되겠습니까?

"훗."

왜 저렇게 말투가 강압적이었는지 알아차렸다. 밥그릇 넘봤다고 짖어대는 것처럼 느껴져 한겸은 자신도 모르게 웃어버렸다. 한겸의 지켜보던 범찬도 그제야 문제가 있다는 걸 알아차렸다.

"뭔가 이상한데요?"

"뭐가? 그냥 통화하는 거 아니야?"

"장난으로도 콧방귀 안 뀌는데 지금 저러잖아요."

"그런가? 하긴 한겸이가 사람 대할 때 항상 진심으로 대하지. 그런데 왜 저러지?"

범찬과 종훈을 비롯해 수정까지 한겸을 지켜봤다. 하지만 걱정과 달리 큰 문제 없이 통화를 마치는 것처럼 보였다. 기다리고 있던 범찬은 곧바로 질문을 했다.

"TX기획에서 뭐래?"

"조금 있으면 광고 나간대."

"그래? 그런데 표정이 왜 그래? 우리가 뭐 잘못했어?"

"우리가 잘못한 게 뭐가 있어."

"그런데 표정이 왜 썩어?"

"내 표정이 그랬어? 아닌데. 별거 아니고, 자기네가 DH은행 광고 담당인데 끼어들었다고 그러는 거야."

범찬은 흠칫 놀라더니 목소리 톤이 올라갔다.

"어? 야! 봐봐! 내가 처음에 그랬지! 입찰받은 곳이 딱 있는데 우리가 끼어들어서 그런 거잖아. 만약에 우리가 광고 만들었는데 이름도 없는 곳에서 떡하니 새로운 광고 만들어 가지고 가면 기분 좋겠냐? 그것도 만든 곳 모르게 만… 윽! 왜 그래요!"

종훈은 급하게 범찬의 옆구리를 찔렀다. 범찬이 인상을 쓰며 보자 종훈이 눈짓으로 수정을 가리켰다. 범찬은 그제야 자신이 실수했다는 걸 깨닫고 헛기침을 뱉으며 말을 돌렸다.

"큼, 그냥 그렇다는 거지. 그런데 소문 잘못 나면 큰 기업 일은 못 하는 거 아니야? 아니지, 우리가 제작했다면 모를까 DH에서 공모전식으로 바꿨잖아. 그럼 소문날 일 없겠지?"
"입 좀 다물어."

세 사람의 대화를 듣던 수정이 고개를 갸웃거렸다. 자신에게 설명했던 내용과는 조금 다른 내용이었다.

"잠깐만, 공모전에서 뽑힌 거 아니라 광고를 만든 거야? 그걸 DH은행에서 받은 거고? 그럼 공모전은 뭐야? 공모전으로 바꿨다고? 처음부터 너희들로 내정되어 있었던 거야?"

그 말에 세 사람은 대답은 하지 않고 서로를 번갈아 보기만 했다. 그 때문에 더 수상하게 여겨졌다. 수정이 대답을 기다리던 중 난처한 얼굴을 하던 범찬이 갑자기 손을 내밀었다.

"비밀을 안 이상 넌 동료 확정이다!"
"뭐? 뭔 소리야?"

범찬을 지켜보던 한겸은 어이없다는 듯 고개를 저으며 수습에 나섰다.

"네가 생각하고 있는 게 맞아. 그런데 우리가 비밀 유지를 약속해서 소문나면 조금 곤란해. 모른 척해주라."

소문낼 생각은 전혀 없었다. 단지 TX기획이라는 유명한 광고대행사에서 나온 광고를 제쳤다는 것이 놀라웠다. 수정은 잠시 생각에 잠겼고, 세 사람은 대답을 기다렸다. 침묵만 흐르던 중 생각을 마친 수정이 입을 열었다.

"앞으로 계획은?"
"처음에 설명해 준 대로야."
"인지도 쌓는다고?"
"응. 그래야겠지. 당분간은 동아리 겸 회사이다 보니까 월급 주긴 힘들어."
"그건 나도 알아. 그것보다 혹시 지금 전화 온 것처럼 문제 생겨도 계속하려고?"
"그렇게 하는 것보다 인지도 쌓기 쉬운 게 없거든. 일단 돈도

벌어야 해서. 그러려면 기업 광고를 따 와야 하는데 광고 입찰에
초대받기도 어려운 게 현실이잖아."

수정은 고개를 끄덕이더니 갑자기 한겸이 건넸던 자료를 들고
자리에서 일어났다.

"이거 분석해서 언제까지 보내면 돼?"
"빠르면 빠를수록 좋아."
"알았어. 할 얘기 다 했지? 난 이만 가볼게."

수정은 곧바로 커피숍을 나섰고, 남아 있던 세 사람은 당황스
러워 잠시 말이 없었다. 그러던 중 범찬이 다행이라는 듯 가슴
을 쓸어내리며 입을 열었다.

"수정이 같이하려는 거겠지? 아, 다행이다."
"그러니까 입조심하라고 그랬잖아. 위약금 물고 싶어?"
"그건 인정. 그런데 너무 놀라니까 나왔지. TX기획이 광고계
10대 기획인데 우리 매장하기 얼마나 쉽겠냐."
"드라마 좀 그만 봐."
"현실이 더 드라마인 거 모르냐? 그런데 우리 DH 일처럼 계속
해도 문제없을까?"
"자유경쟁 시장에 그런 게 어디 있어. 우리 광고보다 좋게 만
들면 건드리지도 않지."
"우리가 쌓으려는 인지도가 악명은 아니지? 아, 생각하니까 열

받네. 김 과장 그 사람이 비밀이라고 그래 놓고 자기네가 소문 내? 내가 입 다물고 있느라 얼마나 힘든데! 그리고 이거 개인정보 유출 아니야?"

한겸은 대답 대신 피식 웃고는 창밖으로 고개를 돌렸다. 창밖으로 자료를 들고 횡단보도를 건너는 수정이 보였다. 미지근하던 처음과 달리 갑자기 무슨 생각으로 자료를 받아 간 건지 궁금했다. 그때, 휴대폰을 만지던 범찬이 입을 열었다.

"그런데 겸쓰, 하루 GYM 동영상 얘기는 했냐?"
"아! 못 했다."

*　　　　*　　　　*

Do It 프로덕션으로 돌아온 수정은 한겸이 보낸 자료부터 정리했다. 자료량이 그다지 많지도 않았고 전부 문서화가 되어 있었기에 정리는 금방이었다. 자료가 별로 없었기에 포털사이트를 검색해 가며 비슷한 자료까지 수집했다. 그러던 중, 뒤에서 아버지 목소리가 들렸다.

"딸, 졸업 작품 끝난 거 아니었어?"
"그거 아니야."
"그럼 뭐 하는데 그렇게 바빠. 일하러 와서 일도 안 돕고."

수정은 하던 일을 멈추고 의자를 돌려 앉았다.

"아빠."
"무슨 얘기를 하려고 그렇게 심각한 얼굴일까?"
"나 친구들이 만든 회사 들어가면 어때?"
"뭐? 아까 그 친구들?"

수정은 한겸에게 들었던 대로 아버지에게 설명했다. 묵묵히 얘기를 들어주던 아버지는 수정의 설명이 끝나자 조심스럽게 입을 열었다.

"네가 한다고 그러니까 말리진 않는데 그래도 잘 생각해 봐. 공모전에 당선됐다고 해도 그것뿐이잖아. 조금 더 안정적인 회사들이 낫지 않을까? 우리 수정이 정도면 큰 광고대행사도 갈 수 있잖아. 정 아니라면 여기도 괜찮고. 어때?"

수정은 가장 중요한 TX기획에 대한 얘기도 할까 했다. 하지만, 한겸과 약속한 것도 있었고 무엇보다 아버지가 걱정할 게 뻔했기에 그만두었다. 아버지는 이름 좀 있는 광고대행사들의 횡포를 직접 겪었다. 갑이 광고주라면 을이 광고대행사였고, 병이 프로덕션 같은 업체들이었다. 모든 대행사가 그렇진 않지만 수정이 본 광고 회사는 그랬다.

몇 년 전만 하더라도 이렇게 좁은 곳이 아닌 꽤 큰 사무실이었다. 그리고 30명이 넘는 직원이 있었다. 그런 회사를 지방으로 옮기게 만들고, 그 많던 직원이 6명으로 줄어들게 만든 원흉이 바로 한겸과 통화하던 TX기획이었다. 여섯 명의 직원들도 전부 새로 뽑은 직원들이었다.

TX기획은 호정그룹에서 뒤늦게 출범한 광고 회사였다. 그때 당시 TX기획에는 제작 팀이 따로 없었기에 Do It 프로덕션과 외주 거래를 했다. 제작비나 기간 등 무리한 요구들도 있었지만, 외주인지라 사실상 을인 관계였기에 어쩔 수 없이 받아들였다. 사실 TX기획 덕분에 수입이 늘어나기도 했다.

하지만 어느 날 갑자기 TX기획에서 자체적으로 제작 팀을 꾸린 다고 알려왔다. 그래도 모든 제작을 소화할 수 없었기에 Do It에 도 외주를 맡기긴 했다. 하지만 전과는 비교할 수 없는 양이었다. 때문에 회사를 유지하기 위해 다른 대행사들과도 거래를 터야 했고, 겨우 다른 대행사들로부터 일거리를 받아 올 수 있었다.

TX에서는 프로덕션이 마치 자신들의 소속이라고 생각했는지 다른 광고 회사들과의 거래를 중단해 달라고 요청했다. 처음에 는 고민을 하고 거절했지만, TX에서 외주량을 늘려준다고 설득 했다. 그것이 문제였다.

TX에서 들어오는 일거리는 늘어나지 않았고, 다른 광고 회사 들과 거래를 중단하자 다시 거래를 뚫기가 어려웠다. TX기획이 커갈수록 프로덕션은 점점 어려워졌다. 회사 인원은 점점 줄어 들게 되었고, 오로지 TX기획만을 보며 기다려야만 했다. 그러던 중 TX에서 거래 중단을 통보해 왔다. 이유인즉, 외주를 주기에는 역량이 부족하다는 것이었다.

그렇게 회사를 닫아야 했다. 아버지는 TV에서 봤던 사업이 망한 전형적인 사람이었다. 하루 종일 여기저기 돌아다니다 집에 와서는 술에 의지해 잠드셨다. 직접 말을 하진 않았지만, 수정은 고등학교 3학년 때 이 모든 걸 지켜봤다.

그리고 몇 달 뒤 아버지는 이 작은 프로덕션을 차렸다. 할 줄 아는 게 이것뿐이라며 대학에 들어간 딸 등록금을 내주기 위해 다시 시작했다.

그 모습을 보며 수정은 광고 공부를 하겠다고 마음먹었다. TX기획에 대적하려는 이유는 아니었다. 아버지조차 포기했는데 가능할 것 같지 않았다. 그보다는 디지털 광고 회사에 들어가거나 창업을 해서 아버지와 일을 할 생각이었다. 빅데이터를 공부한 이유도 디지털 광고에 꼭 필요했기 때문이다. 그런데 한겸의 제안을 들으러 간 곳에서 TX에 대한 얘기가 나왔다. 한겸은 그런 곳을 아무렇지 않게 여겼다.

*   *   *

아버지가 대답을 기다렸지만 수정은 쉽게 대답하지 못했다. 한겸은 자신은 물론이고 아버지까지 대항하길 포기했던 TX기획을 아무렇지도 않게 여겼다. TX기획뿐만이 아니라 큰 기업들도 개의치 않고 나아갈 거라고 했다. 그 모습을 보며 가슴이 두근거렸다. 그래서 자료를 들고 와버렸다. 감정적으로 판단한 것일 수도 있었지만, 지금 당장은 함께하고 싶었다.

하지만 옛일을 떠올리니 두려움도 생겼다. 게다가 아버지가 안정적인 곳을 원하고 있었다. 광고계에서 일을 하더라도 이름 있는 곳에 가길 원하는 것도, 그만큼 큰 회사의 힘을 알기 때문이었다. 그때, 수정의 대답을 기다리던 아버지가 입을 열었다.

"아빠 얼굴 닳겠어. 왜 그렇게 쳐다보고만 있어."

"아니야."

"아니긴 뭐가 아니야. 안정적인 데 가라고 그래서 그래?"

"그런 거 아니래도."

"음, 아빠는 그냥 네가 걱정돼서 그러지. 그래도 하고 싶으면 해. 너도 다 컸는데 알아서 잘 판단하겠지."

수정은 미안해하는 아버지를 보며 미소를 지었다. 그러고는 코를 찡긋거리며 입을 열었다.

"나도 안 하려고 그랬거든? 그냥 도와주면서 생각해 본 거야."

"그랬어?"

아버지는 아닌 척하고 있지만, 안도하는 게 느껴졌다. 수정은 그런 아버지를 보며 많은 생각이 들었다. 이대로 아버지가 원하는 안정적인 길을 가야 하는 건지 아니면 한 번쯤 생각해 봤던 모습을 보여준 한겸과 한배를 타는 게 맞는 건지 머리가 복잡해졌다. 그때, 갑자기 프로덕션에 누군가가 들어오는 게 들렸다.

*　　　　　*　　　　　*

한겸은 하루 GYM의 동영상 편집을 부탁하려고 다시 Do It 프로덕션으로 향했다.

"야, 어떻게 그걸 까먹고 말을 안 하냐? 정신을 어디다 두고 다녀. 이래서 일 제대로 할 수 있겠어?"
"하하, 미안."

범찬은 기회다 싶었는지 한겸을 몰아붙였고, 한겸은 웃어넘겼다. 대신 옆에서 듣고 있던 종훈이 범찬을 나무랐다.

"너 때문이잖아."
"제가요? 제가 뭐 했다고?"
"수정이 아버님한테 먼저 얘기하려고 했는데 네가 수정이보고 대뜸 동료 되라고 그래서 꼬인 거야. 하루 GYM 계약했다고 들떠 있더니."
"아……."

범찬은 실수를 인정하고선 한겸을 쳐다봤다. 그러고는 괜히 머쓱한지 한겸의 어깨에 손을 올렸다.

"그런 거냐? 그런데 내가 그거 꼭 해보는 게 로망이었어."
"하하하, 됐어. 나도 잊어버리고 있었어. 어차피 가까운데, 들렀다 가면 돼."

셋이 대화를 하며 걷는 사이 프로덕션에 도착했다. 안으로 들어가니 곧바로 수정과 수정의 아버지가 함께 나왔고, 수정이 고개를 갸웃거리며 입을 열었다.

"왜 다시 온 거야? 뭐 놓고 갔어?"
"그건 아니고. 아버님하고 할 얘기가 있어서."

수정의 아버지는 자신을 가리키며 물었다.

"나? 나하고 어떤 할 얘기가 있을까?"
"다름이 아니라 저희가 광고를 맡은 곳에서 동영상 편집을 부탁해서 찾아왔어요."
"그래? 들어와. 들어와서 얘기해."

한겸은 수정의 아버지의 안내를 받아 회의실로 들어갔다. 졸업 작품 준비 중 들어온 적 있었던 곳이었다.

"그런데 우리는 하나씩은 안 맡아. 알지? 보통 몇 건으로 계약하거든."
"자세히는 모르지만 꽤 많을 거예요. 앞으로도 계속 영상 찍을 예정이에요. 그런데 저희가 맡기는 건 아니고 저희 고객이 부탁한 건데 괜찮을까요?"
"그래? 좀 번거롭긴 하네. 영상은 있고?"
"네, 여기."

이곳에 오기 전 하루 GYM에서 받아 온 영상을 넘겼다. 수정의 아버지가 영상을 재생시키자 한겸이 영상을 보며 설명했다.

"이건 정보용이라서 다른 영상들처럼 자극적이거나 개그 요소가 들어가지 않았으면 해요."

"음, 그럼 인기 없을 텐데. 영상도 대충 찍은 거 같은데?"

"고객분들이 직접 촬영하셔서 그래요. 그리고 인기는 다른 영상으로 얻는 게 좋을 거 같아요. 자막이랑 편집은 운동기구에 대한 설명하고 운동하는·방법, 주의할 점 위주로 해주셨으면 해요."

"그럼 썸네일은?"

"그것도 운동기구하고 기구 이름이 우선적으로 보이게 해주셨으면 하는데, 가능할까요?"

"어렵지 않겠는데. 일단 보내봐. 언제까지 해줘야 하는데?"

"이거랑 다음에 몇 개 보낼 거예요. 그거는 좀 빠르게 해주셨으면 좋겠어요. 준비하고 확인까지 하려면 시간이 많지 않거든요."

수정의 아버지는 고개를 끄덕거리며 한겸을 봤다. 수정에게 듣기로는 컨설팅까지 맡았다고 했다. 그래서인지 마치 예전에 광고 미팅하던 때를 떠올리게 만들었다. 졸업 작품 준비할 때는 많이 보지 못해서 그저 아이디어만 좋은 학생인 줄 알았는데 아이디어만이 전부가 아니었다.

"그럼 일단 이거부터 편집해 볼까? 온 김에 직접 보면서 결정해. 수정아, 자리 좀 바꾸자."

수정의 아버지는 컴퓨터가 있는 자리로 옮기더니 곧바로 편집을 시작했다.

"역시 영상이 조금 아쉬운데? 아무리 아마추어가 촬영했다고 해도 초점이 계속 변해서 집중이 안 돼. 일단 이런 부분은 드러내는 게 좋겠지?"

"다시 찍더라도 지금은 최대한 운동 방법 다 보이게 해주세요."

"그렇게 해주긴 할게. 그런데 광고 회사 차렸으면 이런 것도 알아야 할 텐데. 여기 근육 강조할 부분은 익스트림 클로즈로 찍어야지."

"아직 영상 제작까지는 안 하고 있어요. 그런데 전에는 광고 제작 안 하신다고 그런 거 같은데. 혹시 미디어 광고도 만드세요?"

"예전에 만들었지. 궁금한 거 있으면 물어봐. 우리 딸내미 친구니까 알려줄게."

옆에 있던 수정은 아버지 얼굴을 가만히 바라봤다. 자부심이 가득한 얼굴로 미소 짓는 아버지의 모습은 상당히 오랜만이었다. 어렸을 때나 봤던 그런 모습이었다.

편집이 계속될 때, 회의실에 갑자기 휴대폰 벨 소리가 울렸다. 다들 벨소리가 들린 곳을 쳐다보자 범찬이 멋쩍게 웃으며 서둘러 벨소리를 줄였다. 그러자 수정의 아버지가 웃으며 말했다.

"편하게 받아."

"아닙니다. 회의 중에 방해해서 죄송해요."

"받아도 된다니까. 거봐, 또 전화 오네."

"그럼 나가서 받고 올게요."

범찬이 회의실을 나갔다. 그리고 회의를 이어나가려고 할 때, 밖으로 나간 범찬의 목소리가 바로 옆에 있는 것처럼 들려왔다. 그러자 수정의 아버지가 웃으며 말했다.

"하하, 이래서 그냥 받으라고 한 건데. 여기 벽을 합판으로 만들어서 방음이 약해. 그냥 말해도 되니까 이어서 하자고."

한겸이 말하려고 할 때, 또다시 밖에 있는 범찬의 목소리가 들려왔다.

"그러니까 왜 저희 허락도 안 받고 전화번호를 주셨냐고요. 신용이 생명인 은행이 이래도 돼요?"

회의실에서 범찬의 말을 들은 종훈이 조용하게 입을 열었다.

"지금 통화하는 거 김 과장님인가?"

"그런 거 같아요."

"아까 커피숍에서 수정이 가고 나서 막 화낼 때 문자 보내는 거 같더니, 김 과장님한테 보낸 거였네."

한겸은 범찬의 행동에 웃음이 나왔다. 범찬은 평소에도 불의는 참아도 불이익은 못 참는다고 입에 달고 다니더니 그대로 행동했다. 어차피 그 부분에 대해 얘기를 했어야 하는 일이었기에 범찬을 막을 생각은 없었다. 다만 너무 시끄러워서 기다리고 있는 수정의 아버지에게 미안했다.

"한 번만 더 TX기획에서 전화 와봐요! 우리 광고 일 인터넷에 전부 뿌릴 거예요. 우리 다 녹음도 했으니까! 비밀 유지는 그쪽에서 먼저 깬 거니까 할 말 없죠? 상품권이라도 주면서 사과해야죠! 그냥 말로만! 아, 상금 다음 주에 보낸다고요? 아! 감사합니다!"

이제 그만할 때도 됐는데 범찬의 목소리가 계속해서 들려왔다. 한겸은 수정의 아버지에게 기다리시게 해서 죄송하다고 사과를 하려 했다. 그런데 수정의 아버지 표정이 좋지 않았다. 게다가 함께 있던 수정 역시 불안한 눈빛으로 아버지를 보고 있었다.

잠시 뒤 통화를 끝낸 범찬이 어깨를 으쓱거리며 돌아왔다. 한겸은 조용히 앉으라고 손짓했다. 범찬도 분위기가 이상함을 느꼈는지 조용히 자리에 앉았다. 그때, 수정의 아버지가 심각한 얼굴로 입을 열었다.

"너희들 TX기획하고 무슨 관계 있는 거냐?"

범찬은 어떻게 알았냐는 듯 눈을 동그랗게 뜨고는 이리저리 둘러봤다. 종훈이 귓속말로 범찬에게 다 들렸다고 말해주는 사이 한겸이 답변을 했다.

"별일 아니에요."
"중요한 얘기니까 말해봐라."

수정의 아버지는 미간을 찡그리며 대답을 재촉했다. 한겸은 수정의 아버지가 걱정이 가득한 얼굴을 한 이유를 알 수 없었다. 문득 수정에게 함께하자고 해서 저런 반응을 보이시는 건가 싶었지만, 너무 과한 반응이었다. 그렇다고 비밀을 누설할 순 없었다. 그때, 불안한 얼굴로 있던 수정이 입을 열었다.

"아빠, 그만해."

수정의 아버지는 잠시 심호흡을 했다. 그러고는 괜찮다는 듯 수정을 보며 가볍게 미소를 짓더니 입을 열었다.

"너희들 소주 마시니?"
"네."
"그럼 시간 괜찮으면 잠깐 나가서 소주 한잔할래? 수정이 너는 가게 지키고 있어."

수정은 불안했다. 조언을 해주려는 것일 수도 있었지만, 자신이 그랬던 것처럼 친구들도 포기시키지 않을까 하는 생각도 들었다. 따라나서려 했지만, 아버지가 미소를 지은 얼굴로 걱정 말라는 듯 고개를 저었다.

*　　　*　　　*

근처 술집으로 자리를 옮겼다. 수정의 아버지는 걱정이 가득한 아까와는 다르게 편안해 보였다.

"낮부터 술 먹어도 괜찮겠어?"
"하하, 익숙하죠. 아버님, 제가 따라 드릴게요."

범찬이 너스레를 떨며 잔을 채웠다. 잔을 몇 번이나 연거푸 들이켜고 나서야 수정의 아버지가 입을 열었다.

"TX하고 문제 있어? 뭘 캐물으려고 하는 게 아니라 도움을 줄게 있을까 해서 그래."

사실 TX와 통화를 한 것도 오늘이 처음이었고, 큰 문제가 있는 것도 아니었다. 무슨 도움을 준다는 건지 모르겠지만 한겸은 있는 그대로 말했다.

"문제없어요."
"그래? 그럼 다행이고. 그럼 혹시 TX하고 같이 일하려고 그러니?"

"아니요. 저희는 이제 시작하는 단계라서 어쩌다 부딪힌 거예요."

"말이 안 되는데? 시작하는 단계인데 어떻게 TX하고 문제가 생길 수 있어? 정말 도와주려고 그러는 거야."

범찬은 당장에라도 말을 할 것처럼 입을 우물우물거렸고, 종훈이 그런 범찬을 담당했다. 셋 모두 아무런 대답을 하지 않자 수정의 아버지가 술을 들이켰다.

"후, 내가 보기엔 TX에서 입김만 불어도 너희들이 사라질 거 같거든. 안 그랬으면 해서 그래. 내가 직접 겪어봤거든."

수정의 아버지의 얘기는 계속되었다. TX기획으로 인해 망하게 된 이유까지 한참이나 계속되었다. 이야기를 듣는 반응은 각각 달랐다. 범찬은 자기 일처럼 화를 냈고, 종훈은 걱정을 했다. 한겸은 그제야 회의실에서 봤던 수정 아버지의 표정을 이해했다.

"한동안은 나 같은 피해자들 찾아서 고소하려 했는데 그것도 안 돼. 계약상 아무런 문제가 없었거든. 그래서 보다시피 아무런 성과도 없었지."

수정 아버지의 얘기가 끝났다. 그 얘기를 들은 한겸은 가만히 생각하다 입을 열었다.

"자세한 얘기는 말씀드릴 수 없지만, 자신 있어요. TX기획에서 연락 온 것도 저희가 TX기획이 맡은 기업에 광고를 제안했기 때문이에요. 그리고 그 제안이 채택됐고요. 그거 때문에 연락 온 거예요."

한겸은 DH은행에 대한 얘기만 빼놓고 설명했다. 얘기를 듣던 수정의 아버지는 눈을 껌뻑거리며 말을 하지 못했다. 자신의 경험상 불가능에 가까운 일이었다. 만약에 좋은 생각이 있다고 하더라도 제안을 하는 일은 극히 드물었다. 아무리 좋은 아이디어가 있어도 이미 광고대행사가 있는 이상 끼어들지 않는 것이 암묵적인 룰이었다. 기업에서도 해당 광고대행사를 자신들이 직접 선택한 것이기에 지적받는 걸 달가워하지 않았다.

그러다 보니 얼마나 좋은 아이디어길래 룰을 어기면서까지 선택했는지 궁금했다. 그때, 자신을 뚫어지게 보고 있는 한겸이 보였다.

"아버님, 혹시 광고 만들 생각 있으세요?"

"음?"

"결례일 수도 있는데 제가 보기에는 광고 일 계속 하고 싶어 하시는 거 같아서요."

"만들고 싶으면 뭐 해. 실은 지금 차린 곳도 TX하고 싸우고 싶어서 차린 이유도 있어. 뭐 보다시피 다시 시작하는 게 쉽지 않지. 그래서 너희들이 TX하고 무슨 일 있었으면 힘이라도 보태주려고 그러는 거야."

"또 문제 생길 수 있잖아요."

"에이, 잃을 것도 없어. 너희뿐만이 아니라 TX 때문에 힘든 곳 있으면 연락하라고 해. 언제든지 도와준다고."

한겸은 수정 아버지를 물끄러미 쳐다봤다. 이유를 듣자 TX기획에 적대적인 게 이해됐다. 지금처럼 일을 하다 언젠가 또 TX기획과 부딪히게 될 수도 있겠지만, 타깃을 정해놓고 싸울 생각은 없었다.

하지만 TX기획만이 아니라 이름 좀 있다 싶은 광고대행사들과 부딪힐 수도 있었다. 수정의 아버지라면 TX기획만이 아니라 다른 대행사들과 부딪히더라도 물러서지 않을 것처럼 보였다.

*   *   *

광고를 제작하기 위해서는 제작 팀이 필요했다. 물론 회사가 생긴 지 얼마 되지 않아 아직 이른 생각일 수도 있었다. 그래도 나중을 위해서 수정 아버지의 의견을 들어보고 싶었다. 그때, 마침 수정의 아버지가 담배를 태운다며 자리를 비웠고, 한겸은 곧바로 자신이 생각한 것을 꺼내놓았다.

"범찬아, 종훈이 형. 수정이 아버님한테 우리랑 협업하자고 하면 어때요?"

"응? 그게 뭔 소리야?"

"제작 팀 필요하잖아요."

범찬과 종훈은 쉽게 대답하지 못했다. 한겸은 두 사람의 걱정도 알 것 같았다.

"실력만 좋으면 나이는 문제 되지 않잖아. 앞으로 필요한 사람 뽑을 때 우리보다 나이 많은 사람이 대부분일 건데."
"젊고 실력 좋은 사람 있지 않을까?"
"그것도 좋은데 아버님만의 장점이 있잖아. 앞으로 어디랑 부딪힐지 모르는데 우리 일 맡으려고 안 할 수도 있을 거야. 그런데 아버님은 안 그럴 거 같은데."

범찬은 고민하더니 시큰둥한 얼굴로 입을 열었다.

"실력이 좋은지 아닌지 어떻게 알아? 설마 예전 광고로 판단하는 건 아니지?"
"당연히 실력을 봐야지."
"어떻게?"
"내가 원하는 대로 가능한지만 보면 될 거 같아."

범찬은 흠칫 몸을 떨었고, 옆에 있던 종훈이 대화에 끼어들었다.

"우리처럼 그런 합성 시킬 건 아니겠지. 그럼 촬영과 편집만 잘하면 된다는 거야?"
"네. 2D, 3D 작업도 가능한지 물어봐야죠. 일단은 촬영 실력을 보고 싶어요."

"하루 GYM 영상으로는 안 돼? 아까 얘기하는 거 보니까 잘 못 찍었다고 하던데."

"오, 그거 좋겠는데요?"

한겸도 종훈의 의견에 적극 동의했다. 그때, 범찬이 궁금하다는 얼굴로 입을 열었다.

"야, 만약에 아저씨가 실력이 엄청 좋다고 해. 그럼 우리랑 하겠냐? 우리 뭘 보고? 뭐, 전단지라도 보여줄 생각이냐? 너무 너만 잘났다고 생각하고 있는 거 아니냐?"

한겸은 아차 싶었다. 좋은 광고를 구분할 수 있게 되어 의욕이 앞섰다. 아직 이룬 것이 아무것도 없는데 너무 자신만만했다. 범찬의 말대로 지금 당장은 보여줄 것이 너무 적었다. 한겸은 실력을 보여줄 방법부터 찾고 말을 꺼내는 게 좋을 것 같았다. 그때, 수정의 아버지가 돌아왔다.

"담배 피우러 나갔다가 전화가 와서 조금 늦었네. 오래 기다렸어?"

"아니에요."

"그만 갈까? 일이 좀 있어서."

"무슨 일 있으세요?"

"그냥 자주 있는 일이야. 편집 맡은 회사에서 돈은 안 주고 또

일 맡겼다고 그러네. 회사가 어려운 건 알겠는데 자꾸 신발로 대신 준다고 그러고 그래. 때가 어느 때인데 참. 불쌍해서 안 해주기도 좀 그렇고."

"신발이요?"

"아, 네가 예전에 물어본 적 있었잖아. 기억나? 그 신발 회사야. 뭐 거의 망하기 일보 직전이거든. 그래서 원래 맡았던 프로덕션에서는 돈을 안 주니까 아예 손 털었나 봐. 찍어놓은 영상은 있다고 그래서 맡았는데 아무래도 괜히 맡았어. 운동화는 좋은 거 같은데 요즘 애들이 이름 없는 운동화를 어디 신나? 다들 메이커 신지."

한겸은 졸업 작품 당시 프로덕션에서 봤던 광고가 떠올랐다. 온통 빨간색으로 보이던 광고였다. 그 광고가 떠오르자 한겸은 씨익 웃었다. 실력을 보여줄 방법이 생겼다.

한겸은 수정 아버지에게 말을 꺼내기 전 범찬과 종훈을 쳐다봤다. 두 사람은 불안한 얼굴로 한겸을 쳐다봤지만 한겸은 믿으라는 얼굴로 고개를 두어 번 끄덕이더니 입을 열었다.

"아버님, 지금도 광고 제작 가능하세요?"

"일이 없어서 그렇지, 제작은 가능하지."

"2D, 3D 편집까지 가능하세요?"

"그럼, 당연하지. 직원은 별로 없어도 가능한 애들로 뽑았지. Y튜브라고 해도 그런 작업 필요한 경우가 많거든."

"그럼 지금은 광고 제작은 따로 안 하시고요?"

"제작비가 문제라서 쉽지 않지."

한겸은 고개를 끄덕거리고는 입을 열었다.

"아버님, 저희하고 일해보실래요?"

수정의 아버지는 잠시 당황했지만 이내 웃음을 보이며 말했다.

"필요한 거 있으면 말해. 도와줄게."
"도움이 아니라 정식으로 제안하는 거예요. 제작 팀이 필요하거든요. 일단 저희 계획을 말씀드릴게요."

계획에 대해 설명한 게 오늘만 벌써 두 번째였다. 한겸이 설명을 끝내고는 마저 말했다.

"그래서 여기저기 부딪힐 가능성이 있다 보니 안정된 제작 팀이 있었으면 해요. 물론 그냥 저희 미래를 보고 함께해 달라는건 아니에요. 지금 당장은 이렇다 할 성과는 없지만, 저희 실력을 보여 드릴 순 있어요."
"뭘 보여줘?"
"지금 있는 신발 광고. 그 신발 광고 저희가 제작해 볼게요. 지금 저희가 영상광고를 제작할 순 없거든요. 그래서 인쇄물로 제작해 볼게요. 그거 보시고 마음에 드시면 결정해 주세요."
"너희들 헛고생할 수도 있는데. 거기 지금 돈도 없다고 했잖아."

"그건 저희가 알아서 받을게요."

"음……."

수정 아버지는 갑작스러운 제안이 당황스러웠다. 하지만 너무나 진지한 한겸의 표정 때문에 예전의 기분이 떠올랐다. 비록 딸의 친구들이며 대학생들이긴 했지만, 누군가가 자신이 필요하다는 말이 뿌듯했다. 참 오랜만에 느끼는 기분이었다. 그때, 한겸이 말이 이어졌다.

"결례라는 걸 알고 있지만 꼭 필요한 일이라서 말씀드릴게요. 저희도 아버님이 어떻게 일하시는지 알았으면 해요. 촬영 기법과 편집 방법 등을 확인했으면 해서요."

수정 아버지의 표정이 잠깐이나마 일그러졌지만, 이내 미소를 보였다. 처음에는 건방진 느낌이었는데 생각해 보니 당연한 것이었다. 그러고 보니 자신의 실력을 보고 싶어서 신발 광고를 만들겠다고 한 것 같았다. 딸과 같은 나이라서 잘 모르는 채로 광고 일에 뛰어든 거 같았는데, 생각보다 꼼꼼하게 계획이 잡혀 있는 걸 보니 진심을 다하고 있다는 게 느껴졌다. 그 때문에 대답하기가 망설여졌다.

수정 아버지는 잠시 생각에 잠겼다가 이내 털어버렸다. 한겸이 말했던 것처럼 실력이 좋다면 같이하면 되는 거고, 아니면 딸 친구들을 도와줬다고 생각하면 그만이었다. 그렇게 생각하자 마음이 편해졌다.

"어떤 식으로 실력을 볼 건데?"

"일단은 아까 보셨던 영상을 제대로 촬영해 주실 수 있을까요?"

"운동하는 거 말하는 거지?"

"네. 전부 하실 필요는 없고 하나만 해주시면 돼요."

"아까 말했던 것처럼 하면 되겠네."

"네, 그렇게 해주시면 돼요. 저도 같이 있을 거예요."

한겸의 대답에 수정 아버지는 피식 웃고는 입을 열었다.

"그럼 너희들은 언제 보여줄 건데?"

"일단 신발에 관한 자료를 받을 수 있을까요?"

"말은 해볼게."

"최대한 빠르게 만들어볼게요."

"그래, 그럼 이만 일어나자. 너무 오래 붙잡고 있었네. 아, 참.
이거 받고."

수정의 아버지는 가슴에서 명함을 꺼내 한겸에게 건넸다.

[Do It 프로덕션 Producer 방영진.]

"내 전화번호는 있어야지 연락이 될 거 아니야. 이제 동업자
될지도 모르는데 아버님 말고 PD님이라고 부르고. 아버님이라고
하니까 사위 같잖아. 그러지 마. 하하."

방영진은 걱정하던 처음과는 다르게 가벼운 미소를 지으며 가게를 나섰다.

*   *   *

수정은 프로덕션에서 아버지가 돌아오기만을 기다렸다. 어떤 대화를 했는지 어느 정도 예상이 됐다. 그때, 기다리던 아버지가 미소를 보이며 돌아왔다. 그 모습을 보니 자신도 모르게 화가 났다.

"애들 갔어?"
"그럼, 갔지. 왜 그렇게 화가 났어? 친구들 데리고 나가서 그래? 아빠 별말 안 했는데."
"아니야."
"아닌 게 아닌데?"

수정은 화를 가라앉히려 눈을 감고 심호흡을 했다. 아마도 친구들에게 TX를 피하라는 조언을 했을 것이다. 그럴 필요는 없었다. 자기가 그런 일을 겪었다고 친구들까지 피하게 만들 필요는 없었다. 아버지가 왜 그러는지 직접 봐서 이해는 했지만, 가슴에서는 화가 올라왔다.

"갑자기 왜 그럴까?"

"아니래도."

수정은 입을 다물고는 밖으로 나왔다. 그렇게 TX기획을 피하기만 해야 하는지, 경쟁할 순 없는 건지 답답하기만 했다. 수정은 혹시 아버지 때문에 친구들의 생각이 변했을 수도 있다는 생각에 미안했다. 아무리 생각해 봐도 그들마저 그럴 필요는 없었다. 수정은 생각 끝에 한겸에게 전화를 걸었다.

―아, 수정아. 미안. 인사도 못 하고 갔다.
"아니야. 내가 미안하지."
―목소리가 왜 그래?
"있잖아. 우리 아빠가 한 말 잊어. 많이 힘드셔서 그랬을 거야."
―응? 무슨 말이야?
"아빠가 TX 피하라고 한 거 다 알아. 너희는 그냥 하던 대로, 계획한 대로 해. 피할 필요 없잖아."
―뭘 말하는 건지 모르겠네. 아버, 아니, 방 PD님이 TX하고 문제 있으면 도와주신다고 그러긴 했는데.

수정은 고개를 갸웃거렸다.

"도와준다고 그랬다고?"
―어. 우리만이 아니라 TX기획하고 문제 있는 곳은 전부 도와주려고 하시는 거 같던데? 우리는 TX하고 특별히 문제없으니까 그럴 필요 없지.

"우리 아빠가? 그리고 또?"

—뭔 얘기? TX에 대한 얘기는 그게 끝이었어.

수정은 아버지가 어떤 얘기를 했는지 꼬치꼬치 캐물었다. 자신이 알고 있는 것과 전혀 다른 내용이었다. 지금까지 TX를 피하고 있다고 생각했는데 그것이 아니었다. 수정은 말도 없이 전화를 끊었다. 그러고는 곧바로 프로덕션으로 올라갔다.

쾅!

"수정이 너, 문 살살 닫아! 부서져!"

"아빠! 내 친구들한테 도와준다고 한 거 맞아?"

"응? 그랬지."

"지금까지 TX기획 피한 거 아니었어?"

"피하긴 왜 피해? 그 죽일 놈들을."

"그럼 나한테 광고 일 하더라도 큰 회사 들어가라고 그런 건 뭐야?"

방영진은 이유를 모르겠다는 얼굴로 수정을 위아래로 쳐다봤다.

"당연한 거 아니야? 자기 딸이 대기업 들어가는데 싫어할 부모가 어디 있어. 다른 거 한다면 모를까 광고 일 한다며. 뭐, 네 친구들 보니까 경험 쌓아도 괜찮을 거 같네."

"그럼 왜 지금까지 말도 안 했어?"

"뭘? 오늘 갑자기 왜 그래? 그런데 너 자꾸 소리칠래. 목소리 큰 건 지 엄마랑 똑같아."

"장난하지 말고! 난 지금까지 아빠가 TX 피하는 줄 알았다고! 그럼 왜 예전처럼 광고 안 만들어?"

"기회가 없어서 그렇지. 안 만들긴 뭘 안 만들어. 아빠가 TX 무서워하는 줄 알았어? 그랬다면 우리 딸한테 실망이 커. 아빠를 그렇게밖에 안 봤다니."

수정은 말없이 영진을 봤다. 여러 가지 감정이 뒤섞였다. 기쁘기도 했고, 자랑스럽기도 했고, 한편으로는 미안하기도 했다. 아버지가 저런 생각이란 걸 전혀 알지 못했다. 두려워한다고 생각했는데 그게 아니었다.

아빠 말대로 자신이 그렇게 본 것일 수도 있었다. 어린 시절 최고였던 아버지를 좌절하게 만든 TX기획을 자신도 모르게 피해야 할 대상으로 봤을 수 있었다. 그래서 아버지와 대화 중에도 TX기획에 대한 얘기는 꺼내려 하지 않았다. 아버지 역시 그럴 거라고 생각했고. 자신의 모습을 아버지에게 투영해 버린 것 같았다.

"딸, 소리친 거 아닌데 왜 그래. 장난이야, 장난."

"아니야."

"아니긴. 너 코 씰룩거리는데? 이리 와봐."

"됐거든! 파우스트 임 부장이 전화 달라고 했어."

"아, 참. 오늘 정신이 하나도 없네. 이따 얘기해."

영진은 곧바로 자리로 향했고, 수정은 그런 아버지의 모습을 물끄러미 쳐다봤다. 자세한 얘기를 들은 건 아니었지만, 지금의 짧은 대화만으로도 아버지가 새롭게 보였다. 어린 시절보다 늙었지만, 그때 봤던 커다란 모습보다 더 커 보였다.

*   *   *

수정은 통화를 하는 아버지의 뒷모습을 한참이나 감상했다. 아버지가 이상함을 느끼고 뒤를 돌아봐도 수정은 하염없이 커다란 뒷모습만 쳐다봤다. 그때, 휴대폰에 메시지가 도착했다.

[분석 부탁한 거 아직이지? 기간이 빨랐으면 하거든.]

수정은 그제야 고개를 돌렸다. 자신도 친구들과 아버지처럼, 피하고 싶지 않았다. 수정은 홀가분하기까지 한 기분을 느끼며 자리로 향했다.

제7장

면접

　　Do It 프로덕션에 신발 회사인 파우스트의 직원이 직접 찾아왔다. 편집 위주로 하는 업체에까지 방문하는 직원을 보며 방 PD는 오죽하면 이곳까지 찾아왔을까 하는 생각에 안타까웠다.

　　"정말 죄송합니다. 그런데 저희 사정 한 번만 봐주시면 안 될까요? 이대로라면 전부 판매도 안 되는 재고가 됩니다. 저희 Far Free 좋다는 거 아시잖아요."

　　"후, 임 부장님. 알긴 아는데 그래도 자꾸 이러시면 우리도 곤란해요. 지금까지 밀린 것만 해도 600만 원이 넘는데 그것도 안 주고 있잖아요. 3D 작업이다 뭐다 해서 우리 애들 얼마나 고생했는데. 그리고 우리 대금도 처리 안 되는데 공장 대금은 당연히 못 주고 있을 거고. 공장부터 대금 처리할 거 아니에요."

"제가 책임지고 PD님부터 챙기겠습니다. 저희가 살아야 PD님도 사는 거 아니겠습니까. 영상이 좋아서 반응도 조금씩 보이고 있으니까 한 번만 더 부탁드립니다."

방 PD는 크게 한숨을 내쉬었다. 예전에 망했을 때 여기저기 찾아다니며 사정하던 자신과 비슷해 보였다. 당장 거절을 하는 게 맞았지만, 그 말이 쉽게 나오지 않았다. 600만 원이라는 돈을 못 받더라도 망하진 않겠지만, 안 받고 넘기기에도 애매한 금액이었다. 그동안 고생한 직원들을 위해서라도 받기는 해야 했다. 그러기 위해서는 일단 파우스트가 살아나야 했다.

"오늘 우리 말고 얼마나 돌아다녔어요?"
"그게… 많죠. 입점 취소된 곳들부터……."
"하아, 정말 이번이 마지막이죠? 우리 밀린 대금 꼭 줄 수 있죠?"
"물론이죠! 도와주신 게 얼만데 당연히 그래야죠."
"폐업하고 그러면 임 부장님 쫓아갈 겁니다!"
"제 신장을 팔아서라도……."
"아이 참, 그런 말까지는 됐고요. 알았어요. 마지막으로 맡아줄게요."
"감사합니다! 정말 감사합니다!"

연신 고개를 숙이는 모습을 보며 방 PD는 쓸쓸한 미소를 지었다. 계속 인사하는 임 부장을 말린 뒤 입을 열었다.

"참, 혹시 Far Free 자료 좀 줄 수 있어요? 영상에 나온 거 말고."

"제원 말씀하시는 건가요?"

"그거하고 신발 만들면서 시장조사 했을 거 아니에요. 그런 거 하고 신발 정보들 전부 줄 수 있어요?"

"그건 내부 자료이긴 한데 큰 내용은 없을 텐데… 왜 필요하신 지 물어봐도 될까요?"

"음."

방 PD는 한겸에 대해서 말을 할까 잠시 고민했다. 이제 막 생긴 회사에서 광고를 제작하려 한다고 말하기가 꺼려졌다. 그것도 인쇄물이다 보니 더욱 말하기가 망설여졌다. 무엇보다 잘 나온다는 보장이 없었다. 괜한 기대를 하게 만들어 한겸에게 부담을 줄 수도 있었다.

"그냥 영상 편집할 때 도움 될까 해서 그래요. 줄 수 있어요?"

"PD님이 필요하시다는데 드려야죠. 제가 회사에 들어가는 대로 보내겠습니다."

임 부장이 어금니까지 보일 정도로 밝은 모습을 보였고, 방 PD는 괜한 일을 맡은 건 아닐까 생각했다.

*　　　　*　　　　*

한겸은 동아리실에서 앞으로의 계획에 대해 논의 중이었다.

"일단 다음 주면 개강하니까 하루 GYM이 어떻게 될지 알 수 있을 거야. 길어도 한 달 안에는 성과가 보이겠지."

"그런데 그 전에 영상 편집이 마무리되어야 하지 않을까?"

"그렇죠. 회원 관리 프로그램까지 수정했다고 하니까 영상만 올리면 끝날 거 같아요."

대화를 듣던 범찬은 약간 불안한 얼굴을 하고선 말했다.

"설마 망하진 않겠지? 망하면 죄책감 장난 아닐 거 같은데. 그 근육 아저씨도 가만 안 있을 거 같고. 안 그래?"

한겸도 그들의 컨설팅이 고객이 없던 기존의 방법보다는 훨씬 낫다고 생각했다. 물론 범찬과 마찬가지로 불안한 마음은 있었지만, 불안에 떨기보다는 준비를 철저히 하는 편이 나았다. 정식으로 맡은 첫 일부터 실패를 하고 싶진 않았다. 그래서 계속 하루 GYM 일에 관심을 갖고 있는 것이었다.

"영상은 PD님이 금방 해준다고 하셨으니까 걱정 안 해도 될 거야."

"아! 수정이 아빠 얘기 하니까 생각나네. 너! 너무 심한 거 아니냐?"

"내가 뭐?"

"그 신발 광고! 우리보고 또 합성하라고 할 거 아니야! 그건

아닌 거 같아! 몇 날 며칠을 그거 하고 있어야 할 거 아니야! 형,
안 그래요?"

"내 생각도 범찬이하고 비슷해. 잘되면 좋긴 한데 너무 막연하
지 않아?"

범찬과 종훈은 DH은행 모델을 선택할 때 겪었던 일이 떠오르
는지 시작하기 전에 반대를 하고 나섰다. 그 의견들을 듣던 한겸
은 걱정 말라는 듯 웃었다.

"그때하고는 완전 달라."

"뭐가 달라! 똑같지!"

"아니라니까. 정보 달라고 했잖아. 저번하고 다르게 제품에 대
한 정보를 얻을 수 있고, 어느 연령대를 타깃으로 잡았는지도
알 수 있어. 기존에 하던 마케팅 정보까지 다 얻을 수 있는데, 그
럼 모델을 쓰더라도 기준이 좁혀지잖아. 모델을 아예 안 쓸 수도
있고."

"정보 준대?"

"방 PD님이 연락하신다고 했잖아. 전보다 훨씬 수월하게 할
수 있을 거야."

한겸이 신발 광고를 맡기로 결정한 이유는 기존과 다르게 정
보를 얻은 상태에서 시작할 수 있다는 점 때문이었다. 언제일지
는 모르지만, 회사들에게서 광고 제안을 받게 되면 정보가 있는
상태일 것이다. 그래서 이런 상황도 미리 경험해 보는 편이 모두

에게 도움이 될 거라 판단했다. 물론 협업할 수 있는 제작 팀을 만드는 게 우선이었다.

그때, 한겸의 휴대폰에 메시지가 도착했다.

[분석 보냈으니까 확인하고 연락 줘.]

수정이 보낸 메시지였다. 한겸은 어떤 분석을 해서 보냈을지 기대하며, 메일을 열어 수정이 보낸 자료를 다운받았다. 한겸은 자료를 읽어 내려갔고, 옆에서 지켜보던 범찬이 혀를 내두르며 말했다.

"뭘 이렇게 많이 보냈어. 딱 요약만 해서 보내지. 월급 없다고 그랬는데도 엄청 열심히 했네."

한겸은 피식 웃고는 자료를 읽었다. 자신이 보낸 자료는 물론 이고 직접 조사한 것들까지 추가해 분석해 놓았다. 가장 마지막 에는 요약까지 되어 있었다.

[상권 분석 실패로 인한 부적절한 입지.
시설이 평범함. 그럼에도 시설이 좋은 다른 헬스클럽과 동일한 가격. 동일한 서비스.
신규로 가입한 회원을 유지하지 못함.
소비 인구 파악을 하지 못해 회원 가입 수가 불규칙적.]

그 밑으로 문제점들이 가득 있었다. 하루 GYM 관장이 봤다면 눈물을 흘렸을 정도로 문제점을 적나라하게 나열했다.

—해결책
1. 폐업을 추천.
2. 위치를 옮겨 새로 오픈.
3. 전체적인 리모델링 및 차별성을 둔 운영 방침.

"곔쓰, 이거 근육 아저씨 보여 주면 큰일 나겠다. 수정이 얘는 폐업하라고 그러냐."

"하하, 그냥 분석인데 뭐."

"그래도 우리가 조사한 거랑 비슷하네. 그래도 우리가 내놓은 해결책은 못 내놓네. 하하. 그냥 운영 방침 바꾸라고 뭉뚱그렸잖아."

"이 정도면 충분해. 잘했다."

한겸은 상당히 만족한 얼굴을 하고선 곧바로 전화를 꺼냈다.

"수정아, 자료 잘 봤어."

—어땠어?

"정말 좋더라. 같이 일할 생각으로 보낸 거지?"

—그래서 보낸 거야. 면접 통과된 거야?

"하하, 면접까지는 아니고. 다음 주 개강하면 그때부터 올래?"

—오늘 가려고 했는데.

한겸은 고개를 갸웃거렸다. 오늘 온다고 해도 특별히 할 일이 없었다. 게다가 자신이 그동안 듣던 수정의 목소리는 굉장히 차분했는데 지금은 약간 들뜬 것처럼 들렸다. 그때, 수정이 온다는 이유를 설명했다.

—우리 아빠한테 연락 안 받았어?
"방 PD님?"
—방 PD… 아무튼 그 방 PD님이 오늘 간다고 그러던데. 너희들 아빠한테 같이 일하자고 그랬다며? 나한테 말을 해줘야지.
"아! 그게 아직 확실치 않아서 그랬어. PD님이 뭐라고 그러셔?"
—아니. 그냥 고마워서. 아무튼 곧 연락 갈 거야.

수정은 굉장히 들뜬 목소리로 전화를 끊었다. 한겸이 전화기를 쳐다보고 있자 범찬이 입을 열었다.

"뭔데 고개를 갸웃거려?"
"수정이 뭐 기분 좋은 일 있는 거 같아서. 목소리 엄청 업돼 있던데?"
"그 얼음덩어리가? 아! 면접 통과해서 그런 건가? 하하. 그럼, 그럼. 직원이면 대표한테 잘 보여야지."

한겸은 물론이고 종훈까지 어이없다는 듯 범찬을 쳐다봤다. 그때, 수정이 말한 대로 방 PD에게서 전화가 왔다.

*   *   *

다음 날. 한겸은 방 PD의 차로 이동해 하루 GYM이 있는 건물 앞에 도착했다. 프로덕션 직원 한 명과 수정까지 합류해 인원이 많아 차가 좁긴 했지만, 확실히 차가 있는 편이 편리했다. 촬영 장비를 준비해 올라가던 중 방 PD가 입을 열었다.

"김 대표, 얘기해 뒀어?"
"네. 어제 PD님 전화 받고 바로 연락했어요. 좋아하시더라고요."
"그래. 어제는 우리 수정이 면접 통과하고 오늘은 나네. 하하."
"면접이라뇨. 아니에요."
"면접이지 뭐야. 괜찮아. 나도 볼 건데 뭐. 하하."

대화를 나누는 사이 하루 GYM에 도착했다. 그러자 먼저 짐을 들고 올라갔던 범찬이 큰 소리를 내며 한겸을 불렀다.

"야야! 전단지 나왔다. 하하, 엄청 잘 나왔는데?"

한겸 역시 기대되었다. 물론 작업을 하면서 보긴 했지만, 대량으로 제작된 결과물이 궁금했다. 그때, 헬스장 직원들이 다가왔고, 한겸은 가볍게 목례를 한 뒤 전단지를 쳐다봤다.

"잘 나왔다. 색이 다 보여!"

"그럼 다 보이지, 안 보이냐?"

전단지에 들어간 모든 색이 확실히 보였다. 한겸은 옆에 쌓아 둔 전단지를 보며 무척이나 환하게 웃었다. 그때, 같이 올라온 방 PD가 전단지를 가져갔다.

"이거 너희가 만든 거야?"
"네."
"전단지치고는 깔끔하고 괜찮은데? 대화 형식이라 정보도 눈에 잘 들어오고. 그런데 '혼헬스'는 뭐야?"
"트레이너 없이 혼자 운동이 가능하다는 걸 강조한 거예요."
"아. 혼밥 같은 거 말하는 거네. 느낌 있다."

방 PD는 전단지를 내려놓았다. 기존의 전단지들은 모든 정보를 담으려 해서 정신 사나워 보이는 반면, 이 전단지는 깔끔한 데다가 신선하기까지 했다. 그러다 보니 파우스트의 정보로는 어떤 인쇄물을 내놓을지 궁금했다.

그사이 한겸은 관장을 찾기 위해 두리번거렸다.

"관장님 어디 가셨어요?"
"아! 김 대표님이 어제 전화하셔서 무료로 영상 촬영해 준다니 엄청 신났어요."
"전부 다는 아니라고 그랬는데."
"알죠. 그래도 그거 보고 똑같이 촬영하면 된다면서 신났더라고요. 그래서 대표님 오면 준다고 음료수 사러 갔어요. 금방 올 거, 저기 오네요."

뒤를 돌아보니 가득한 봉지를 들고 있는 관장이 보였다.

"하하, 김 대표 왔어요! 어휴, 뭘 촬영까지 해준다고 그래요, 하하."
"오셨어요. 인사부터 하세요. 여기는 PD님이시고요. 여기는 하루 GYM 관장님이세요."
"아이고, 먼 길 오셨네요. 목마르실 텐데 이거부터 드시죠."

관장이 캔을 직접 하나하나 나눠 줬고, 음료수를 받은 범찬은 흠칫 몸을 떨더니 조용히 속삭였다.

"나 단백질 음료 처음 마셔본다. 음료수를 마셔도 이런 걸 마시냐."

옆에 있던 방 PD 역시 동의하듯 고개를 끄덕였다. 그러고는 함께 온 직원에게 촬영 준비를 지시했다. 준비가 끝나자 관장이 직접 벤치프레스에 누웠다.

"직접 찍은 영상처럼 한 명은 들어 올리고 한 명은 설명하고 그렇게 갈게요. 촬영을 오래 해야 해서 힘들 겁니다. 그러니까 돌아가면서 하는 게 좋을 거예요."

"하하. 이 정도는 애들 장난이죠. 걱정 말고 잘 부탁드립니다."

관장은 바벨을 들어 올리기 시작했다. 구도를 바꿔가며 자세하게 촬영하느라 꽤 오랜 시간 진행되었다. 그러자 관장이 바벨을 내려놓고 일어나 앉았다. 그러더니 옆에 있던 코치를 보며 입을 열었다.

"바꿔."

팔이 후들거리는 모습에 저마다 웃음을 참았고, 관장은 팔은 떨리고 있는데도 아무렇지 않다는 듯 억지 미소를 지으며 말했다.

"오늘 가슴 하는 날이 아니라서 그런 겁니다. 하하, 그리고 이게 이렇게 오래 하면 안 되는 거거든요. 운동은 절대 무리하면 안 됩니다. 어우, 내 대흉근."

관장이 가슴을 비비며 근육을 풀었다. 그 모습을 보던 한겸은 나오는 웃음을 참았다. 주변을 둘러보니 전부 큭큭거리고 있었고, 관장 본인도 웃긴지 실실 웃고 있었다. 한겸은 촬영 중인 방 PD를 쳐다봤다.

"재밌는데 저것도 따로 편집해 주실 수 있을까요?"
"그것도 면접이야? 뭐, 하라는 대로 해줄게."

한겹은 미소를 짓고는 열심히 설명 중인 관장을 바라봤다.

＊　　　＊　　　＊

며칠 뒤. 한겹은 동아리실에서 방 PD가 보낸 영상을 확인하는 중이었다. 전과 비교할 수 없을 정도로 상당히 안정적인 느낌이었다. 그리고 적절하게 자막이 들어가 정보를 더 쉽게 받아들일 수 있었다. 확실히 전문가의 손길은 달랐다.

"이거 보면 근육 아저씨 엄청 좋아하겠는데?"

"보냈으니까 다 보면 연락 올 거야. 그런데 정말 잘 만드셨다."

"그래도 이거보단 아까 처음에 봤던 게 짱이지. 근육 아저씨 팔 떨릴 때 당황한 얼굴 클로즈업한 거 엄청 웃기던데. 다음 편 안 볼 수가 없더라. 우리 PD님이랑 Y튜브나 하고 싶을 정도야."

방 PD는 한겹의 부탁대로 촬영 중간에 관장이 보여준 모습까지 편집해 보냈다. 총 두 편으로 나눴는데, 20, 30대들이 좋아하는 최신 예능인 관찰 예능처럼 느껴지는 편집이었다. 관장이 운동할 때 뒤에서 불안해하는 트레이너들의 표정을 교차 편집으로 적용해 웃음을 유도했다. 그리고 앞 편에서 팔을 부르르 떠는 관장의 모습을 보여주며 다음 편을 기대하게 만들었다. 게다가 적재적소에 들어간 자막이 영상을 더 재미있게 했다.

한겹은 영상을 보며 만족스러운 미소를 지었다. 이 정도까지는 필요 없었다. 정보 영상처럼 자신이 원하는 대로 찍어줄 수 있으면 충분했다.

"그럼 다들 방 PD님하고 일하는 거 찬성이지?"

"난 찬성이야.

"우리 아빠라서 의견을 내긴 그렇지만, 나도 찬성."

"형하고 수정이까지 찬성이니까 나도 찬성이긴 한데. 그럼 이제 신발은 어쩔 거냐?"

다들 궁금해하는 얼굴로 한겸을 쳐다봤다. 그러자 한겸은 어깨를 으쓱거리며 입을 열었다.

"이제 회의해야지."

"뭐야! 난 또 무슨 생각 해놓은 줄 알았네!"

"이제부터 생각해야지. PD님이 주신 자료 아직 보지도 않았잖아."

"친구야, 넌 계획이 아예 없었구나."

"하하, 우리 같은 팀인데 같이해야지. 안 그래도 지금부터 자료 보려고 그랬어."

자료를 살펴보려 할 때, 하루 GYM의 관장에게서 전화가 걸려왔다.

―어! 대박! 완전 대박입니다!

"마음에 드셨어요?"

—이거 너무 좋은데요? 일단 SNS하고 Y튜브 채널에 바로 올렸죠. 그런데 이거 너무 잘 찍어서 PT 안 받는다고 하는 거 아닐까 걱정입니다! 아! 물론 믿습니다만 그냥 걱정된다는 겁니다.

"흥미가 생긴 분들은 하실 거예요. 그리고 식단 관리까지 해주신다면서요."

—하하, 당연하죠. 아 참! 그런데… 그 영상 있잖아요. 저 웃기게 나온 영상. 그것도 올리라고 보내신 건 아니죠?

"그거 올리시는 게 좋지 않을까요? 정보만 올려놓으면 너무 딱딱할 거 같아서요. 브이로그 같은 건데. 만약에 Y튜브로 인기 얻으면 그 영상 보고 헬스장 찾는 사람도 있을 거 같아서요."

—그런가요……? 그럼 일단 올리는 걸로… 아, 그리고 다른 기구들 영상까지 촬영하고 싶은데 얼마나 들지 알 수 있을까요?

무척이나 마음에 들었는지 관장은 다른 촬영까지 요구했다. 한겸은 잠시 수화기를 막고 수정에게 물었다.

"PD님 촬영 가능할까? 헬스장에서 추가 촬영 하고 싶어 하는데."
"좋아해. 시간당 오십만 원이야."
"시간이 얼마 없는데 가능해?"
"지금 전화할까? 당장 올 거야."

한겸은 수정에게 들은 내용을 관장에게 전해주었다. 관장은 잠시 고민했지만, 영상이 마음에 들었는지 곧바로 수락했다. 그러고는 준비에 대한 얘기를 잠시 나눈 뒤 통화를 끝냈다.

"일단 PD님한테 전화부터 하고."

한겸은 방 PD에게 전화를 걸어 상황을 설명한 뒤 관장의 연락처를 넘겼다. 이미 하루 GYM과의 일은 끝난 상태였고, 방 PD와는 아직 함께 일하기로 결정된 것이 아니었기에 중간에 낄 필요가 없었다. 방 PD와 함께 일하기 위해선 먼저 실력을 보여줘야 했다.

"자, 그럼 일단 자료부터 살펴보자. 수정아, 네가 분석한 자료도 여기 있지?"
"마지막에 있어. 자료 보면서 설명할게."

미리 자료를 본 수정이 대답하자 네 사람은 작은 노트북 화면에 얼굴을 들이밀었다. 아직 열악한 환경이다 보니 어쩔 수 없었다. 첫 화면을 보던 범찬이 입을 열었다.

"회사 이름이 파우스트야? 완전 처음 들어보는데. 겸쓰 넌 들어봤냐?"
"나도 처음 들어봐. 중소기업 중에도 소기업인 거 같네. 그래서 판로 뚫기가 쉽지 않아서 그럴걸."
"그래도 너무 생소한데. 기다려 봐, 인터넷쇼핑에서 찾아봐야지."

범찬은 휴대폰을 뒤적거리더니 화면을 보며 입을 열었다.

"팔긴 파는데 리뷰도 없고. 어? 가격이 애매한데? 이름 없는 신발이 무슨 6만 원이나 해. 김한겹이라면 모를까 나나 종훈이 형 같으면 절대 안 사지. 안 그래요?"

"비싼 거 같긴 한데."

"회사 이름도 이상한데 신발 이름은 더 구려. Far Free래. 무슨 파프리카도 아니고."

한겹이 듣기에도 이름이 조금 이상했다. 파우스트 Far Free. 거북하진 않지만, 그렇다고 확 와닿지도 않았다. 문법도 맞지 않았다. 그래도 어떤 생각으로 저런 이름을 지었는지 알 것 같긴 했다. 그때, 신발에 대해 그나마 잘 알고 있는 수정이 입을 열었다.

"신발들 제품 전부 Far로 시작해서 그렇게 지었을 거야. 예전 제품 이름이 Far Walk일걸? 지금 나온 게 그 상위버전이면서 러닝화로 나온 거야. Free라고 이름 지은 이유가 걸을 때 발의 압력을 분산해 주는 기능성 슈즈여서 멀리까지 자유롭게 걸을 수 있기 때문이래. 그리고 접착제도 최소한으로 쓴 친환경이라고, 그거로 홍보하더라고."

"그럼 차라리 Farther로 하든가. 아니면 Free Step나 Walk Free 이런 게 더 낫지."

한겹도 범찬의 의견에 동의했다. 그렇다고 이름을 변경할 순 없었다. 가격 역시 변경은 힘들었다. 새로운 제품이라면 모를까 기존 판매 중인 제품의 가격 하락은 불가능한 일이었다. 그렇다고 이름만 변경해서 새로운 가격으로 내놓는다면 기존 소비자들에게 뭇매를 맞을 게 확실했다. 기업 신용에 대한 문제였다.

한겸은 일단 자료부터 전부 살폈다. 그리고 수정의 분석이 적힌 마지막 장을 봤다. 크게 세 가지 문제점을 나열했다. 생산에 대한 문제나 판로가 부족하다는 것은 지금 당장 손댈 수 있는 게 아니었다. 마지막으로는 마케팅 실패를 꼬집었다. 해결책 역시 마케팅과 신선한 홍보라고 언급했다. 한겸도 같은 생각이었다. 지금으로서는 홍보를 중점적으로 봐야 했다.

생각을 마치자 오히려 마음이 편했다. 빨갛게 보이는 광고를 바꾸고, 인쇄물을 제작해서 실력을 보여주려 한 것이었기에 그 부분만 수정하면 될 것 같았다. 한겸은 고개를 끄덕이며 입을 열었다.

"가격이랑 이름 같은 경우는 우리가 변경할 수 있는 게 없을 거 같거든."

"응, 내 판단도 그래. 나 같았으면 더 비싸게 판매했을 거 같아. 파우스트에서도 그게 최선이었을 거야. 전부 기능성이라서 기본 자재만으로도 가격이 상당하거든. 유명 브랜드에서 비슷한 자재로 만든 운동화가 있는데 그건 18만 원이야. 거기 사진도 첨부했고."

"응. 마케팅은 특별한 건 없네."

"그럴 수가 없어. 자금 사정상 미디어 광고보다는 인터넷광고

하고 SNS 홍보를 선택했거든. 어차피 디자인이 10대, 20대 취향으로 나온 거라서 그건 괜찮았다고 생각해. 그런데 그것도 가격이 올라가서 그만둘 수밖에 없었다고 하더라. 그나마 리뷰해 주는 크리에이터 섭외해서, 제품 리뷰 영상 찍어서 홍보했대."

"그게 이 사람이지?"

"응. 저 영상 덕분에 그나마 판매량이 조금 있었다고 하더라고. 그거 아빠가 편집했거든. 그래서 계속 우리한테 맡기려는 거고."

"이 크리에이터가 직접 올리는 게 아니고?"

"응. 리뷰 전문으로 하는 사람이라서 신뢰성이 문제 될 수 있다고 했대. 광고로 쓸 거라서 파우스트에서 제작 관리 한 거야."

한겸은 빨갛게 보이는 사람 덕분에 판매량이 늘었다는 말에 피식 웃었다. 인쇄물을 만들 생각이긴 하지만, 제대로 만든다면 분명히 효과가 있을 것이었다. 한겸은 만족한 미소를 지으며 세 사람을 쳐다봤다.

"일단 신발부터 신어보자."

"수정이가 신어봤다잖아."

"그래도 직접 느껴봐야지. 잘못된 정보를 줄 순 없잖아. 마침 우리 상금도 들어왔거든."

"천만 원? 정말?"

"응, 비용 처리하고 운동화 사는 게 좋을 거 같아. 내가 주문할게."

"공짜면 난 찬성… 그런데 똑같은 거 신는 거냐?"

"어. 당연하지. 다른 거 신으면 뭐 하러 사."

"넌 왜 그렇게 맞춰 입는 걸 좋아하냐. 너 혹시 나 좋아하냐? 아니면 종훈이 형?"

한겸은 웃어넘기고선 마저 계획을 꺼내놓았다.

"내가 보기에는 이 모델이 잘못된 거 같아."

"헛."

범찬과 종훈은 흠칫 놀랐고, 수정은 그런 두 사람을 보며 고개를 갸웃거렸다. 한겸도 범찬과 종훈이 놀라는 이유를 알고 있었기에 피식 웃었다.

"당장 합성은 아니야. 이게, 생각을 해봐야 할 거 같아. 내가 보기에는 신발도 문제인 게 브랜드 자체 인지도가 너무 없거든. 그러니 신발을 신어보면서 생각해 봐야지."

"개감놀 했네."

"그래도 나중에 해야 될 거 같은데."

"야, 싸울래?"

"하하. 일단은 파우스트와 Far Free가 같이 드러나는 게 가장 좋고, 그다음으로는 파우스트가 드러나든 Far Free가 드러나든 둘 중 하나를 확실히 보여주면 될 거 같아. 원래 있던 운동화가 Far Walk라고 했나? 그걸 이용해도 되고. 한번 생각해 보자고."

범찬은 불안한 얼굴을 하고선 질문했다.

"나중에 해야 될 거 같은 건 뭔 소리야."

"아, 지금 생각한 거라 정리해 봐야지. 저 크리에이터보다는 다른 사람들이 좋을 거 같거든. 디자인은 10대, 20대 취향으로 제작됐지만, 발이 편안하다는 기능을 강조해야 하잖아. 그래서 그 부분을 극대화시키면 어떨까 생각했어. 오래 못 걷는 사람이라든가, 허약해 보이는 사람이라든가. 그런 사람들을 모델로 쓰면 어떨까 했지."

"돈은 어쩌고? 거기 돈도 없다며."

"응, 그래서 연예인은 아니고, 10, 20대한테 인지도 있으면서 가격이 저렴한 사람을 찾아야지. 크리에이터나 SNS에서 팔로워 많은 사람들?"

"아오! 그것도 엄청 많잖아."

"하하, 좋은 아이디어 내면 되잖아."

"아하! 그게 있었네."

범찬은 손가락까지 튕겨대더니 의욕에 가득 찬 얼굴로 종훈을 봤다.

"형! 우리 같이해요."

"다 같은 팀인데 따로 하자고?"

"저번처럼 합성 노예 하고 싶어요? 그러다가 노예 12년 주인공

할지도 모르는데?"

종훈이 흠칫 놀라며 한겸을 봤다. 한겸은 그런 둘의 모습을
보며 피식 웃었다. 어차피 의견을 모아야 했기에 좋은 의견이라
면 누가 내더라도 상관없었다.

*   *   *

개강을 한 동인대 캠퍼스에 학생 네 명이 하릴없이 앉아 있었다.

"아오, 시간표 거지같이 짰잖아! 비는 시간이 4시간이야!"
"뭐 어때, 할 것도 없잖아. 겜방 콜?"
"아, 집에나 갈까?"
"F 받으려고?"

학생들이 시간을 어떻게 보내야 하나 고민할 때, 몸이 엄청
좋아 보이는 세 사람이 다가왔다.

"안녕하세요. 하루 GYM입니다. 이번에 새롭게 오픈했습니다."
"하루 GYM입니다!"
"잘 부탁드립니다!"

전단지를 안 받을 수가 없는 외모였다. 학생들은 전단지를 한
장씩 받아 들었다. 건장한 사람들 중 가장 앞에 있던 사람이 무슨

얘기를 하려 할 때, 갑자기 전화가 왔다. 그는 전화를 받더니 인사를 하고선 가버렸다. 남아 있던 학생들은 곧바로 입을 열었다.

"근육 장난 없네."

"쩐다. 근육 많으면 티셔츠 하나 입어도 안 춥나?"

"그거보다 여기 신기하네. 정액권이 횟수 이용권인데?"

"어? 그러네. 30회에 6만 원? 싼 거냐, 비싼 거냐?"

"비싼 거지. 우리 동네 한 달에 3만 원인데. 거기다가 PT까지 받으면 파산임."

"그런가? 그런데 뭐 동영상 보고 혼자 운동할 수 있다는데? 그런데 이 전단지 이거 뭐임. 하마터면 답장 보낼 뻔했네."

그중 한 명이 긍정적인 반응을 보였다.

"우리 여기 가볼래? 우리 학교 일주일에 세 번 오잖아. 그중에 두 번이 오늘처럼 시간 뜨는데 그 시간에 갑빠 키우면 어때? 그럼 이득 아니냐? 한 세 달 다닐 수 있잖아. 개이득 아니냐?"

"그런가?"

"한번 가볼래? 어떤지 보고 구리면 패스. 콜? 할 것도 없잖아."

학생들은 잠시 고민하더니 이내 고개를 끄덕거렸다.

*   *   *

하루 GYM에 도착한 동인대 학생들은 생각보다 작은 규모에 실망스러운 기색을 보였다. 하지만 전단지를 나눠 주었던 사람 중 한 명에게 붙잡혀 버렸다.

"하하, 일단 음료수 좀 드시면서 잠시만 기다려 주시면 안 될까요? 회원님들을 위한 촬영을 하던 중이라서요."

학생들은 손에 든 음료를 한 번 쳐다본 뒤 촬영하는 쪽으로 고개를 돌렸다. 바로 옆에 있는 사람을 제외하고는 전부 촬영을 하는 것처럼 보였다. 한 명은 운동기구에 앉아 머리 위에 위치한 봉을 잡고 가슴까지 내리고 있었고, 한 명은 옆에서 설명을 하고 있었다. 그리고 그 앞에는 두 사람은 삼각대 위에 카메라를 올려놓고 촬영되는 모습을 지켜보는 중이었다.

"랫 풀 다운은 광배근의 기초를 다지는 운동으로 적합합니다. 그러니까 등 중 하부 근육을 키우는 운동이죠. 광배근이 중요한 이유는 몸의 중심을 잡아주기 때문입니다."

설명이 끝나자 기구를 끌어당겼다. 터질 듯한 근육이다 보니 학생들도 약간 흥미가 생겼다. 그때, 옆에서 촬영 중이던 사람이 조용하게 속삭였다.

"PD님, 삼각대 레그락 고장 났나 본데요?"
"소리 타고 들어가."

"어차피 운동하는 부분은 소리 다 지울 건데요. 정말 이상하네. 왜 이러지? 자꾸 내려가네."

"장비 확인 좀 해라. 관장님 다시 촬영하면 막 팔 떨어."

"하하, 그 영상처럼요?"

"웃지 말고. 어디 고정할 거 없어?"

"무슨 끈이라도 있으면 묶어버리면 될 거 같은데."

잠시 고민하던 PD라는 사람이 옆에 있던 헬스장 직원에게 물었다.

"혹시 끈 같은 거 있어요?"

"끈이요? 그런 건 없고. 혹시 붕대 괜찮으세요?"

"일단 그거라도 좀 주세요."

운동을 하던 사람들은 대화도 들리지 않는지 등 근육을 과시하고 있었다. 그때, 붕대를 가지러갔던 직원이 뒷머리를 긁으며 다가왔다.

"구급함에 근육 테이프밖에 없네요. 그거 말고는 이거……."

"이게 뭐죠?"

카메라를 보던 사람이 고개를 갸웃거리자 PD가 입을 열었다.

"그거 삼각건이잖아. 군대에서 안 배웠어?"

그러자 카메라맨은 약간 큰 소리로 대답했다.

"공익 나왔는데 삼각건이 뭔지 어떻게 알아요."
"야, 좀 조용히 해. 훈련소에서 안 알려줘?"

카메라맨은 자신의 목소리가 약간 높았다는 걸 알아차리고는 입을 다물었다. 그때, 운동하던 사람이 갑자기 기구를 내려놓더니 입을 열었다.

"삼각근에 대해서 궁금하세요? 삼각근으로 넘어갈까요? 안 그래도 우리 헬스장에 삼각근 키우는 기구가 있죠. 케이블 원 암이긴 한데 남자라면 이렇게 해야죠. 하하."

그러자 옆에 있던 직원이 멋쩍은 표정을 한 채 손을 저었다.

"관장님, 그거 아니고 삼각건이요."
"그래, 삼각근."
"그거 아니래도. 여기 이거 붕대요. 아 참."
"아! 하하, 그래?"

관장은 아무렇지도 않은 듯 호쾌하게 웃었다. 오히려 옆에 있는 직원이 민망해하며 말했다.

"근육밖에 몰라서 저래요."

그 말을 들은 PD는 물론이고, 학생들까지 고개를 숙이고 웃었다.

*   *   *

며칠 뒤. 강의실에 있던 C AD 세 사람은 같은 신발을 신고서 나머지 한 명을 기다렸다.

"형, 범찬이 언제 온대요?"
"곧 올 거야. 마무리 작업 한다고 그랬으니까."
"개강인데 수업도 안 오고. 아이디어는 잘 나와서 그런 거예요?"
"음, 범찬이가 말하지 말자고 신신당부해서 말할 순 없어. 오면 직접 들어봐. 참고로 내 의견은 하나도 안 들어갔어."

종훈이 발을 빼는 모습을 보면 안 봐도 훤했다. 한겸은 범찬을 기다리는 동안 하루 GYM에 대한 말을 꺼냈다.

"하루 GYM SNS 보셨어요? 영상 전부 올렸더라고요."
"아까 확인했어. 아직 반응은 없더라고."
"오늘부터 전단지 돌린다고 했으니까 이제 차츰 보일 거예요."
"안 그래도 아까 지하철역 앞에서 관장님이랑 트레이너분들 직접 전단지 돌리고 계시던데. 왜 이렇게 일찍부터 나와 있냐고 그랬더니 이따 오후에 학교 앞에 올 거라서 그런다더라."

이제 하루 GYM의 반응만 지켜보면 될 일이었다. 그때, 동아리실 문이 열리더니 무척이나 기세등등한 표정을 한 범찬이 들어왔다. 범찬은 한겸을 쳐다보더니 종이를 툭 던졌다.

"발가락으로 대충 끄적거려 봤다."
"뭔데?"
"내가 만든 거."

한겸은 생각에서 그치지 않고 작업까지 해 온 범찬의 모습에 기분 좋은 미소를 지었다. 게다가 범찬의 어깨가 한껏 올라간 걸 보니 조금은 기대도 됐다. 한겸은 범찬이 건넨 종이를 펼쳤다.

"음……."
"그거 범찬이 의견이야. 아까 말했지?"

종훈은 아예 고개를 돌리더니 휴대폰을 만지작거렸고, 수정은 종이를 보며 인상을 찡그렸다. 그러고는 범찬을 쳐다보며 말했다.

"이 사람들 얼마나 열심히 일하는데 이렇게 장난치는 건 아니라고 봐."
"장난 아닌데? 나 정말 열심히 만들었는데?"

"이게 장난 아니라고? 그냥 말장난이잖아."

"어허! 말장난이라니! 언어유희! 그래야 눈에 확 들어오잖아."

수정과 범찬이 투덕거리는 사이 한겸은 말없이 종이를 살펴봤다. 온통 빨간색으로 보여 구분하기가 쉽지 않았다. 한참이나 살펴보던 중 범찬의 아이디어가 Far Free에 대한 홍보라는 걸 알아차렸다. 가운데에 마트에서 자주 보던 파프리카를 그려놓았다. 파프리카 전체가 얼굴이었고 머리띠까지 채웠다. 팔과 다리까지 있었고, 발에는 Far free를 신고 있었다. 그 뒤론 각종 채소들이 지쳐 보이는 모습으로 주저앉아 있었다. 그럼에도 파프리카만은 여유 만만한 얼굴이었다. 그런 파프리카 옆에는 이상한 카피가 적혀 있었다.

"안정적인 러닝은 파프리카~ 아?"

"죽이지 않냐?"

"음, 문구라도 '파 프리'만 눈에 띄는 색으로 바꾸지."

"뭔 소리야. 파 프리만 빨간색이고 다른 건 검은색인데. 또 선택적 색맹병 나왔냐? 다른 건 어때? 죽이지?"

"음……."

어떤 평가를 내놓아야 할지 난감했다. 완성도를 보면 열심히 한 게 느껴지는데 결과물은 빨갛게 보였다. 한겸은 어떻게 바꿔야 색이 변할지 생각하며 다시 살폈다. 역시 그림체나 문구들이나 장난스럽고 가벼워 보였다.

하지만 전체적인 아이디어만 놓고 보면 파프리카를 등장시켜 Far free를 쉽게 연상할 수 있었다. 제대로만 만든다면 파프리카만 봐도 Far free가 생각날 수 있는 꽤 괜찮은 인쇄물이라고 생각했다.

여기서 조금만 수정하면 좋은 아이디어가 될 것 같았다. 그렇다면 범찬의 의욕도 지금처럼 이어질 것이다. 한겸이 어떤 부분을 수정할지 살펴볼 때였다. 휴대폰을 보던 종훈이 갑자기 급한 목소리로 한겸을 불렀다.

"한겸아! 이거 봐봐! 이거 뭐야?"

"왜요?"

"금융결제원에서 이번에 나온 캠페인인데, 이거 DH에서 말한 거랑 완전 비슷한데?"

한겸은 들고 있던 종이를 내려놓고 종훈의 옆으로 갔다. 그러자 가장 먼저 노란색의 카피가 보였다.

[쉽고 편리한 지급결제 시스템.
바쁜 일상 중이나 휴가 중에도.]

정중앙에 적힌 카피 밑으로 2명의 모델이 보였다. 한 명은 회색이었고, 한 명은 노란색으로 보였다. 회색으로 보인 모델은 정장을 입을 채 휴대폰을 들고 있는 모습이었고, 노란색으로 보인 모델은 소파에 널브러져 휴대폰을 들고 있었다. 그중 소파에 널

브러져 있는 사람은 한겸이 DH은행에 추천했던 모델 중 한 사람인 이경민이었다.

"DH은행에서 나올 거랑 비슷하지? 모델도 한겸이 네가 추천한 거잖아. 그냥 게으름 대신 휴가로 바꾼 거 같아."
"그런 거 같아요."
"이게 어떻게 된 일이지?"

그때, 예전 김 과장과의 미팅 때 금융결제원에 대한 이야기가 나왔던 것이 떠올랐다.

"음, 아! 저번에 제가 금융결제원 말했을 때 김 과장이 비슷한 거 있다고 했잖아요."
"그러긴 했지. 그런데 이렇게 해도 문제가 없어? 공정거래 위반 막 이런 거 있잖아."
"단지 지급결제 시스템 알리는 거라서 DH가 이득 본다고 보기는 힘들죠."

한겸은 혹시 다른 캠페인이 있나 싶어 금융결제원 사이트에 들어갔다. 그러자 메인 화면에 조금 전에 본 광고가 떡하니 걸려 있었다. 바로 그 옆에 주거래은행 변경에 대한 계좌 이동 제도를 홍보하는 캠페인이 조그맣게 걸려 있었다.

"이거네. 이렇게 하면 직접적으로 홍보하는 게 아니니까 광고가 비슷해도 문제 안 되는구나. 그래도 잠재적으로 비슷하다는 걸 인식하게 된 사람이 주거래은행 변경할 땐 우선적으로 DH은행이 생각날 거고. 완전 똑똑하네."

"대기업이 엄청 얍삽한 거 같다."

"이렇게 연계해서 홍보 효과를 노릴 수도 있구나."

한겸은 자신이 낸 의견과 비슷하면서도 다른 캠페인을 보며 아쉬워했다. 조금 더 조사가 철저했고, 마음이 앞서가지 않았다면 금융결제원의 캠페인도 자신의 아이디어로 제작됐을 것 같았다.

"DH은행 광고는 다음 주에 나온다고 그랬죠?"

"응, 맞아. 그거 나오면 네가 원하던 대로 우리 인지도 조금 올라갈 거 같아. DH 공모전에 참여하는 사람 꽤 많더라고."

"그래요?"

"응, 바이럴 제대로 성공한 거 같아. '청년들의 생각을 담겠습니다' 이건데, 반응 꽤 좋아."

한겸은 참 대단하다고 생각했다. 머리 좋다는 사람들이 모여 있어서인지 자신이 던진 아이디어를 바탕으로 최대한 이득을 보고 있었다. 이런 부분은 배워야 하는 부분이라는 생각을 할 때, 범찬이 퉁명한 목소리로 말했다.

"아니! 내 거 보다 말고 뭐 하는 짓이야. 다 보고 하든가."

"하하, 파프리카 다 봤지."

"그럼 뭐라도 말을 해야 할 거 아니야."

한겸은 피식 웃으며 범찬이 그린 종이를 들어 올리려 했다. 그때, 갑자기 좋은 생각이 머리를 스쳐 지나갔다. 수정은 해야겠지만, 범찬이 그린 그림을 토대로 효과를 볼 수 있을 것 같았다.

그때, 갑자기 하루 GYM 관장으로부터 전화가 왔다. 최소 한 달은 봐야 하는데 조바심 때문인지 수시로 연락을 했다. 일단 달래줘야 했기에 한겸은 전화를 받았다.

─하하, 김 대표! 우리 김 대표!

한겸은 고개를 갸웃거렸다. 관장이 좋아할 일이라면 헬스장에 회원이 늘어나는 것뿐인데 그러기엔 너무 반응이 빨랐다.

─김 대표! 장난 아닙니다! 효과 짱입니다, 짱! 오늘 벌써 13명 등록했어요!

"13명……."

─지금까지 헬스장 차리고서 최고 기록인데. 반응이 너무 좋아요. 이게 다 김 대표 덕분입니다.

"잘되셨다니 다행이네요. 그런데 이렇게 빨리 반응이 왔어요?"

─동인대 학생들이, 잘은 모르겠는데, 무슨 숲 보고 왔다던데. 방 PD님이 만들어준 영상에도 무슨 숲에서 봤다는 게 많더라고요.

"우리 학교 학생들요?"

—네. 뭐 저더러 근바라고 해서 조금 그렇지만 그래도 회원이 느니까 살맛 납니다.

"근바가 뭔데요?"

—근육 바보라네요. 쩝. 아무튼 한번 들러요. 내가 김 대표는 무료로 운동시켜 줄 테니까. 알겠죠?

통화를 마친 한겸은 관장 이미지를 떠올리고선 피식 웃었다. 생각보다 반응이 빨랐다. 한겸을 지켜보던 세 사람도 궁금한지 입을 열었다.

"근육 아저씨가 손님 안 온다고 돈 물어내래?"

"아니. 벌써 사람 많다더라. 숲이면 혹시 대나무 숲 말하는 건가? 거기에 뭐가 올라왔나 본데?"

저마다 휴대폰으로 어떤 내용이 올라왔는지 찾았다. 어렵지 않게 찾을 수 있었다. 인기 게시 글에 떡하니 있었다. 익명으로 작성되었고, 제목은 '우리 동네 근육 바보'였다.

—전단지 보고 속아서 헬스장 찾아감. 전단지만 보면 백이면 백 속을 수밖에 없음.

한겸은 글을 보며 만족스러운 미소를 지었다. 글을 읽어 내려가자 어떤 일이 생겼는지 알 수 있었다. 그리고 글의 마지막에는 사실이라는 걸 증명하는 문구가 있었다.

―100% 레알임. 그때 운동 영상 촬영 중이던 거 Y튜브에 올라왔음. 좌표 찍어줌.

그 밑으로 꽤 많은 댓글들이 달려 있었다.

―ㅋㅋㅋㅋㅋㅋㅋ동영상 보고 옴. 표정 개웃김. 순진하게 삼각근 알려준대.
―ㅋㅋㅋ존나 친근감 쩌네.
―횟수 이용권 꽤 괜찮은 거 아니냐?

밑에 달린 댓글들은 전부 웃기다는 내용이었다. 동영상을 보고 온 사람들도 꽤 많은지 실제로 보면 더 웃긴다는 내용까지 있었다. 헬스장에 대한 정보까지 자연스럽게 노출되었다.

한겸도 동영상을 보고서는 댓글까지 확인했다. 이제 막 시작한 Y튜브의 구독자가 벌써 2,000명이 넘어 있었다. 댓글 대부분은 근바 아저씨라고 달려 있었고, 관장은 그런 댓글에 하루 GYM 채널을 찾아주셔서 감사하다는 답장을 전부 달아놓았다.

*　　　　　*　　　　　*

하루 GYM의 소식을 찾아본 C AD 팀원들은 모두가 무척이나 만족스러운 얼굴이었다. 칭찬하는 댓글들을 얘기해 주며 손뼉도 치며 서로를 축하했다.

"이 정도면 우리 첫 고객 대성공 아니야? 한겸아, 고생했어."

"아니에요. 다 같이 고생했죠. 관장님이 잘하셨네요. 그리고 조금 더 지켜봐야 할 거 같아요."

다들 흥분하고 있었지만, 한겸은 약간 멋쩍었다. 빨갛게 보이는 전단지의 색을 보기 위해 시작한 일이었다. 그런데 사람들의 긍정적인 반응부터 흥분한 관장의 전화까지 받으니, 뿌듯하기도 했지만 마음이 조금 무거워졌다. 아무래도 전처럼 가볍게 생각할 순 없을 것 같은 느낌이었다. 전보다 더 책임감을 느끼며 일을 해야 할 것 같았다.

하루 GYM의 소식 때문에 부담감이 생기긴 했지만, 덕분에 다음 일을 어떤 방향으로 잡아야 하는지도 도움이 됐다.

"전단지 칭찬도 많고, 이용권 반응도 꽤 좋아."

"맞아. 전단지 보고 완전 큰 헬스장인 줄 알았대."

"대박이네. 이게 진짜 바이럴마케팅이지."

한겸도 고개를 끄덕였다. 다른 사람들도 자신과 느끼는 감정이 같아 보였다. 하루 GYM의 소식을 듣기 전에 DH은행이 한 것을 듣고 생각한 것이 있었다. 그저 입소문만이 아닌 고객이 직접 참여하는 공모전. 바로 DH은행이 진행한 콘텐츠였다.

하지만 자금이 문제였기에 진행한다 해도 규모가 작을 수밖에 없었다. 그렇다 보니 확신이 없었는데, 하루 GYM의 소식으

로 확신이 생겼다. 한겸은 하루 GYM 동영상을 보던 세 사람을
불렀다.

"그거 이따 보고, 하던 얘기부터 마저 하자. 내가 생각해 봤는
데 범찬이 아이디어 있잖아. 이걸로 공모전 마케팅 하는 거 어
때? 일종의 프로슈머마케팅이지만, 생산을 제외하고 마케팅에만
참여하는 거지."

"하하하! 역시 겸쓰 넌 보는 눈이 있구나."

"조금 바꾸긴 해야 될 거 같은데. DH은행이 했던 것처럼 소비
자들을 참여시키는 거야."

"어떻게 뭘 참여시켜?"

한겸을 제외한 세 사람은 고개를 갸웃거리며 한겸의 말에 집
중했다. 그러자 한겸이 웃으며 입을 열었다.

"우리가 무슨 민족이지?"

"배달의 민족?"

"아니, 그건 아니고. 뭔 소리를 하는 거야."

"그럼, 뭐! 백의민족? 예의 바른 민족?"

"그거 말고. 인터넷에서 드립의 민족이라고 하잖아. 네가 쓴
카피랑 그림도 드립 아니야?"

"아! 그거. 내 드립이 좀 쩔지?"

대화를 듣던 종훈은 범찬의 말을 무시하고는 말을 꺼냈다.

"어떤 식으로 마케팅을 할 거야?"

"현재 파우스트가 어렵다 보니까 비용이 가장 큰 문제거든요. 그래서 비용이 최대한 적게 들어가는 방향으로 해야 할 거 같아요. 더 조사를 해봐야겠지만, 지금 생각은 이래. 홍보는 여러 커뮤니티에서 하고, 참여는 파우스트 SNS에 한 곳에서만 하는 거예요. 그럼 비용은 적게 들어갈 거 같아요."

"참여를 많이 할까?"

"애초에 드립을 받는다는 걸 내걸고 홍보하는 거예요. 광고라고 해도 하루 GYM 채널에서 보여준 영상처럼 친근하면서 가벼우면 참여할 거 같아요. 누가 먼저 참여하느냐가 문제지 한두 명씩 던지기 시작하면 괜찮을 거 같고요. 게다가 광고라고 홍보하니까 표시광고법을 위반하는 것도 아니고요."

대화를 듣던 수정은 고개를 끄덕거리더니 입을 열었다.

"부담 없이 참여하기는 좋을 거 같아. 그런데 공모전처럼 진행하는 거면, 상금이 있어야 하잖아. 내가 알기로는 파우스트 상금 못 줄 거 같은데."

"안 그래도 그 부분에 대해서 얘기하려고 그랬어. 금융결제원 캠페인 보고서 생각해 둔 게 있거든. 일단은 기본적으로 상금보다는 Far free 신발을 주는 거야. 가볍게 진행할 거니까 크게 무리하지 않아도 돼."

그러자 범찬이 한겸에게 손가락질하며 말했다.

"네가 심사하냐?"

"아니지. 고객들이 심사하는 거야. 좋아요 많이 받은 사람들 중에 한 열 명 정도."

"휴, 다행이네. 심사는 드립을 좀 쳐본 사람이 해야지."

"하하, 나도 생각은 했는데? 아프니까 청춘이다? 파 프리, 아프니 비슷하지 않아?"

한겸의 말에 동아리실에 정적이 흘렀다. 범찬은 고개를 숙이더니 종훈에게 속삭였다.

"쟤는 우리 민족 아니고 외국에서 온 거 같죠?"

"아, 저건 좀."

다른 사람들의 반응에 한겸은 스스로도 멋쩍어 헛기침을 뱉었다. 그러고는 설명을 마저 이어나갔다.

"일단 열 명은 그렇게 뽑고, 열 명 중에서도 더 위에 뽑힌 사람들은 운동화에 관련된 걸 주는 거야. DH은행처럼 연계성을 두고서. 내가 생각한 건 헬스장이거든."

"하루 GYM 말하는 거야?"

"아니, 사는 지역이 다 다를 텐데 그건 힘들고, 각 지역에 있는 헬스장 1년 이용권을 주는 거지. 그 정도도 힘들려나?"

"자세히는 모르겠네."

"그리고 뽑힌 사람들의 아이디어로 광고를 만드는 거지. 아무튼 내 생각은 그 정도야. 다른 의견 있으면 말해봐."

세 사람은 당장 아이디어가 떠오르지 않는지 조용했다. 한겸도 지금 이 자리에서 끝을 볼 생각은 아니었다.

"아이디어 좀 짜 오고. 일단은 이걸 좀 다듬었으면 좋겠는데."

"뭘 다듬어. 원작자한테 허락 맡아야지. 이 외국인아."

"허락 안 할 거야?"

"해야지. 하하, 그럼 합성 같은 거 안 해도 되겠네?"

한겸은 피식 웃고선 고개를 돌려 수정을 봤다.

"수정아, 혹시 프로덕션에서 3D하고 2D 작업 해본 적 있어? 이런 분위기이지만, 입체적으로도 조금 섞어보고 싶거든."

"응. 가능해."

"작업하는 거 보면서 할 수 있지?"

수정이 고개를 끄덕이자 범찬은 수정을 불쌍한 눈으로 봤다. 어떤 일을 겪을지 안 봐도 뻔했다.

*　　　　*　　　　*

며칠 뒤. 수정은 상당히 퀭한 얼굴로 프로덕션에 자리했다. 그런 모습을 보던 방 PD가 고개를 갸웃거리며 물었다.

"뭐 하는데 주말에도 나와서 그렇게 열심히 해? 아빠 일이나 좀 도와주지. 안 그래도 헬스장 일까지 맡아서 바쁜데."

"저도 바빠요."

"그러니까 뭐 하냐니까?"

"아빠한테 면접 보는 거 때문에요."

"나? 아하! 그거 때문에. 그게 뭔데. 파프리카 아니야? 이거 면접 통과 안 되겠는데?"

"저 좀 바쁘니까 나중에 얘기해요."

수정은 기운이 하나도 없는 목소리였다. 그럴 수밖에 없었다. 며칠 동안 한겸이 옆에 붙어서 수시로 지적을 하는데 하마터면 C AD를 나간다고 할 뻔했다.

첫날에는 의욕이 가득했다. 다른 사람들보다 늦게 들어왔는데 중요한 일을 맡았다는 생각에 열심히 할 수밖에 없었다. 게다가 의견을 내면 한겸이 그대로 반영해 보자고 하는 통에 더 의욕이 넘쳤다. 하지만 그 의욕은 잠깐이었다.

한겸의 요구는 끝이 없었다. 계속해서 의견을 내놓으며 변경을 요구했다. 자신이 보기에는 적당해 보이는데도 한겸은 아니었다. 옆에 붙어서 어떤 색인지 수시로 묻는 것만 해도 피곤한데 자막의 위치나 글씨체까지 계속해서 변경 또 변경이었다. 이 일을 맡은 순간 범찬이 왜 커피를 사다 주며 잘해준 건지 알 수 있었다. 게다가 계속 변경을 요구받으니 실력이 부족한 건가 하는 생각도 들었다.

"일단 이것도 저장. 저장! 저장!"

월요일에 한겸을 만나면 또 같은 일을 반복할 게 뻔했다. 똑같은 일을 반복해야 하는 것도 두려워졌지만, 자신의 실력을 확인받고 싶은 마음도 있었다. 그에 수정은 모든 작업물을 저장하고 있었다.

방 PD가 수정의 모습을 지켜보고 있을 때, 프로덕션에 누군가가 들어오는 소리가 들렸다.

"안녕하세요. PD님."
"임 부장님이 어쩐 일로 왔어요?"
"일은 아니고요. 지나가다 인사나 드릴까 하고 왔습니다."
"음, 그냥 인사하러 온 건 아닐 테고. 일단 앉아요."

수정은 자주 있는 일이었기에 관심을 거두고 작업을 시작했다. 하지만 그럴 수 없었다. 프로덕션이 좁아서 대화하는 소리가 들려왔다.

"매장은 좀 늘어났어요?"
"더 줄었죠……."

"이상하네. 그렇게 안 팔려요? 신발은 좋은데."

"다들 브랜드 찾는 게 현실이죠. 사실 PD님께 인사드리러 왔습니다."

"인사요?"

"아마 더 이상 홍보물 제작 안 할 거 같거든요. 아! 물론 PD님께 밀린 대금은 드려야죠."

"그럼 폐업하는 거예요?"

"아마 저희 같은 기업들 모여서 공동마케팅 하는 걸 끝으로 그렇게 되지 않을까 싶네요. 재정 상태가 좀 좋으면 우수 중소기업 박람회라도 들어갈 텐데… 그건 저희가 소기업이라서 무리네요. 후… 다들 비슷한 기업들이 모여서 공동으로 한 것치고 그렇게 효과를 본 적이 없었거든요. 인력부터 대부분이 국산이라 해외 수출을 하더라도 남는 게 없을 겁니다."

그 얘기를 들은 수정은 하던 일을 멈추고 뒤를 돌았다. 지금 하고 있는 일이 아예 물거품이 될 수도 있었기에 대화에 귀를 기울였다. 그 모습을 본 방 PD는 약간 걱정이 됐다. 폐업의 길을 걷고 있는 파우스트였지만, 선뜻 대학생들에게 일을 맡겨보라고 말하기가 어려웠다. 그때, 임 부장이 멋쩍은 표정을 하며 입을 열었다.

"지금으로서는 공동마케팅이 마지막 남은 줄이거든요. 지푸라기라는 걸 알지만 그거라도 잡을 수밖에 없네요. 아! PD님께 인사드리러 온 건데 제가 무슨 이런 얘기를!"

방 PD는 임 부장과 수정을 번갈아 봤다. 한참을 번갈아 본 후에야 생각을 정했는지 한숨을 뱉으며 입을 열었다.

　"휴우, 임 부장님. 혹시나 기분 상해 하지 말고 들어요."
　"네? 제가 기분 상할 일이 뭐가 있겠습니까. 편하게 말씀하세요."
　"제가 이제 막 시작한 아주 작은 광고 회사를 하나 알거든요. 제 딸아이가 일하는 곳이에요."
　"아, 그러세요?"
　"다들 대학생들이고요. 실은 저번에 제가 Far free 정보 달라고 한 거 있잖아요? 그게 그 친구들이 인쇄물을 만들어본다고 해서 물은 거예요."
　"아! 그러셨구나. 방 PD님이 저희를 그렇게 신경 써주셨는데."
　"그래서 일단 한번 만나보기라도 하는 건 어떨까 해서요. 금 동아줄일 수도 있고, 썩은 동아줄일 수도 있는데."

　임 부장은 매우 감격을 받은 듯한 얼굴로 미소를 지었다. 방 PD는 그 모습을 보자 자신이 괜한 말을 한 것 같아 조금은 후회도 되었다. 그때, 임 부장이 고개를 숙이더니 입을 열었다.

　"이제 떨어질 일만 남았는데 썩은 동아줄이면 어떻습니까. 조금이라도 희망이 보이면 그거로 만족하죠. 한번 만나 뵙고 싶네요."
　"휴, 일단 우리 딸이 하는 작업이 그건데."

임 부장이 고개를 돌려 모니터를 보려 하자 수정은 급하게 모니터를 꺼버렸다.

"아직 안 돼요. 아직 내부적으로 검토 중이라서요!"
"아, 네."

수정은 방 PD를 노려봤고, 방 PD는 헛웃음을 지으며 말했다.

"벌써부터 충성을 다하는 거야?"

*　　　*　　　*

한겸 역시 수정 못지않게 주말을 바쁘게 보내는 중이었다. 조금이라도 성공률을 높이기 위해 각종 사례들을 수집했다. 그러던 중 이상한 점을 발견했다.

'이건 뭐야? 완전 빨갛게 보이는데.'

다시 확인해도 성공 사례였다. 그런데 광고들이 빨갛게 보였다. 게다가 특이하게도 정보를 담은 글씨만은 노란색이었다. 한겸은 그런 광고물로 정말 성공한 것이 맞는지 직접 결과까지 검색했고, 상당히 성공적으로 이뤄졌다는 것까지 확인했다.

'빨간색인데도 성공했어?'

분명히 빨간색은 못 만든 광고였는데 이것으로 성공했다는 사실에 혼란스럽기까지 했다. 한겸은 다른 성공 사례들도 찾아보기 시작했다. 하나둘 성공 사례들을 모으다 보니 꽤나 많은 양을 수집할 수 있었다. 그 사례들을 보던 한겸은 눈을 껌뻑거렸다.

'대부분 빨간색인데 도대체 왜.'

한참이나 그 모습을 보던 한겸은 반대로 실패 사례들을 모으기 시작했다. 그런데 신기하게도 실패 사례 중에 노란색으로 보이는 광고들이 몇 있었다. 광고물만 놓고 보면 성공 사례와 실패 사례가 반대인 것처럼 보였다. 한참이나 살펴보던 중 문득 드는 생각이 있었다.

'쉽게 참여할 수 있게 만든 건가? 이게 맞나?'

그때, 거실에서 어머니의 목소리가 들려왔다.

"한겸아, 과일 먹어."

한겸은 잠시 휴식도 취할 겸 거실로 내려왔다. 그러자 소파에 앉아서 야구를 보던 아버지가 힐끗 쳐다보며 말했다.

"먹으려고? 아! 지금은 개강해서 학교 다니지. 먹어, 먹어."

한겸은 아버지의 농담에 피식 웃고선 소파에 앉았다. 그리고 과일을 집으려 할 때, 아버지가 야구를 보며 벌떡 일어났다.

"떴어, 떴어! 잡았어! 어? 에라이! 플라이볼인데 그걸 놓쳐? 내가 해도 쟤보다 잘하겠다! 아오, 열받아! 이건 이름처럼 그냥 화나 이글스야!"

그 말을 들은 한겸은 들고 있던 과일을 다시 내려놓았다.

'그러네. 저런 생각이 들어야지 쉽게 참여할 수 있으니까.'

한겸은 연신 화를 내는 아버지에게 엄지를 내밀고선 다시 방으로 향했다.

*   *   *

동아리실에 모인 C AD 팀원들은 수정외 얘기를 들으며 의견을 내놓았다.

"한겸아, 망하기 전에 해야 하지 않을까? 너무 늦어지면 안 될 거 같은데."
"이거 해도 문제 아니야? 돈도 못 받을 거 같은데!"

다들 헛수고를 한 건 아닐지 걱정을 했다. 그럼에도 한겹은 노트북으로 무언가를 열심히 작성 중이었다.

"겹쓰! 회의 중에 뭐 하는 거야."

"아, 우리가 하려는 공모전과 프로슈머를 섞은 소비자 참여 마케팅 중에 성공 사례랑 실패 사례 보고 있었지."

"시작도 전에 망할 수도 있는 곳인데 뭐 하러 그런 걸 봐!"

"최대한 성공할 수 있는 쪽으로 해야 하니까."

한겹은 노트북을 보여주며 입을 열었다.

"파우스트 자금 사정이 지금 어렵잖아. 그래서 조건부 계약을 하는 거야. 기본으로 우리가 받는 돈은 제로."

다들 흠칫 놀랐지만, 한겹의 말이 끝나지 않았기에 잠자코 있었다.

"소비자들이 참여한 댓글을 우리가 그리기로 했잖아? 그걸로 비용을 받는 거야. 한 건당 200만 원 정도 생각하는데 그중에서 필요 경비도 따로 나가게 될 거야. 일단 좋아요 순으로 3위까지 만들기로 했으니까 기본 600만 원은 받을 수 있고. 그리고 거기에서 더 그릴지 말지는 파우스트가 결정하는 거고."

"그럼 10건 하면 2,000이네! 어? 그런데 돈은 어떻게 받냐. 망하면 끝인데."

"마케팅이 성공해서 판매량이 올라가면 되잖아. 네 덕분에 성공할 수 있을 거 같은데."

한겸은 고개를 갸웃거리면서도 뿌듯해하는 범찬을 보며 씨익 웃었다. 그러고는 모니터를 보여 주며 설명을 이어나갔다.

"일단 범찬이가 가장 좋아하는 비용부터 얘기하자. 우리 비용은 마케팅 시작한 날부터 3개월 뒤로 잡는 게 적당해. 파우스트에서도 회수되는 기간이 필요해서 3개월이 적당하거든."

"그러니까 성공해야지 돈을 받든지 하지."

"네 덕분이라니까. 수정이한테는 조금 미안하지만."

대화를 듣던 수정은 흠칫 몸을 떨었다. 한겸에게 줬던 작업물만 해도 상당했는데 마음에 드는 게 없었던 모양이다. 그때, 한겸이 모니터에 다른 광고들을 보여주며 입을 열었다.

"이것들은 전부 성공 사례야. 다들 한 번씩 봐봐."

세 사람은 한겸이 준비한 자료를 살펴봤다. 하지만 한겸이 말하려는 의도가 쉽게 파악되지 않았다. 그때, 범찬이 콧방귀를 뀌며 입을 열었다.

"뭐가 이렇게 전부 허접해. 이거 성공 사례 맞아?"

"맞아. 하하, 정확하네."

"뭐야, 왜 저렇게 웃어. 어? 이건 배달 앱이잖아. 여기도 돈 많으면서 대충 했네."

한겸은 크게 웃고는 말을 이었다.

"성공 사례들 중에 공통적인 게 그거야. 범찬이 말대로 대부분 허접해."
"그런가?"
"대신 정보는 확실해. 어디에서 참여해야 하는지는 기본이고 가장 드러낸 건 상품에 대한 정보. 상품도 보다시피 크지 않지. 상품권이나 호텔 숙박권이면 우리가 계획한 거하고 별반 다르지 않거든."

한겸의 말을 들은 세 사람은 다시 사례들을 살펴봤다. 다들 한겸의 말이 맞다는 걸 확인하고서야 입을 열었다.

"분명히 같은 수업 받았는데, 한겸이만 다른 수업 받은 거 같다……."
"저도 이번에 알았어요. 그래서 경험이 필요한가 봐요."

한겸은 씨익 웃고는 말을 이었다.

"그래서 수정이한테 미안하다고 한 거야."
"왜……?"

"다른 성공 사례들 보니까 가장 어울리는 건 범찬이가 만든 처음 그대로 같았거든. 거기에다가 확 눈에 띌 수 있게 정보만 집어넣는 거야."

"그럼 수정할 필요 없었던 거네."

"미안해. 아무리 생각해도 범찬이 디자인이 가장 적당할 거 같아."

수정은 서운하기도 했지만, 안도감이 더 컸는지 고개를 돌리고 숨을 뱉었다. 그리고 그 말을 들은 범찬은 칭찬이기도 하면서 아닌 것 같은 상황에 애매한 표정을 지었다. 그러자 한겸이 범찬의 어깨를 두드리며 말했다.

"범찬이한테 다들 고생했다고 해줘요. 범찬이가 디자인 안 내 놨으면 힘들 뻔했어요. 이제 파우스트 쪽 만나서 일정하고 조율된 뒤 정보 입력하면 될 것 같아요."

범찬은 코를 찡긋거리는 것도 잠시, 어깨를 으쓱거렸다. 그러다 종훈이 피식 웃으며 말했다.

"이상한 거 그리느라고 고생했어. 수정이도 고생했고."

"아나! 형! 싸울래요?"

범찬과 종훈이 장난치는 사이 수정은 한겸을 보며 질문을 했다.

"궁금한 게 있는데… 설마 내가 해야 하는 거야……?"

"아! 아니야. 그 부분에 대해서도 말해주려고 그랬어. 우리의 디자인이 이상하다고, 뽑힌 디자인까지 이상하게 만들 필요는 없잖아. 오히려 그건 화려하고 완벽하게 만들었으면 하거든. 그래서 방 PD님께 부탁드릴 생각이야. 아까 말한 경비가 제대로 계산이 안 됐다는 것도 그 부분이고."

"아빠……."

수정은 안도가 되는 한편 왠지 아버지가 불쌍하게 느껴졌다. 그때, 한겸은 아직 끝이 나지 않았다는 듯 입을 열었다.

"일단 기간이나 상품 같은 거 가상으로 정해서 어떤 위치에 넣으면 좋을지 정해보자."

한겸을 제외한 세 사람은 고행길이 시작된다는 걸 느꼈는지 몸을 풀기 시작했다.

*   *   *

동인대를 찾아온 임 부장은 서둘러 약속 장소인 동아리실로 향했다. 방 PD의 소개를 받을 때는 고마운 마음도 있었지만, 막상 회사도 아닌 동아리실까지 오니 기대감이 조금씩 사라졌다. 당연히 회사에서도 판로를 찾는 일에만 신경 쓸 뿐이었기에 큰 기대를 하지 않았다.

「C AD」

임 부장은 철문 앞에 조그맣게 붙은 간판을 쳐다본 뒤 씁쓸한 미소를 지었다. 그러고는 조용히 노크를 했다. 그러자 곧바로 문이 열렸다.

"안녕하세요. 방 PD님 소개받고 왔습니다."
"아! 들어오세요."

책상뿐인 동아리실로 들어오자 이제 아무런 기대도 되지 않았다. 그저 소개해 준 방 PD의 배려에 감사해하며 자리에 앉았다. 그러자 네 명 중 대표로 보이는 사람이 입을 열었다.

"여기까지 와주셔서 감사해요. 저는 김한겸이라고 합니다."
"아닙니다. 저희 파우스트를 응원해 주시고 광고를 제작해 주신다고 하셔서 오히려 감사하죠. 여기 제 명함입니다. 임 부장이라고 부르시면 됩니다. 저는 대표님이라고 부르면 될까요?"

임 부장은 영업을 하며 다진 부드러운 말투로 말을 했다. 그 덕분에 딱딱하던 분위기가 조금 부드러워졌다. 그러자 앞에 있던 학생이 입을 열었다.

"저희가 준비한 내용을 들어보시고 얘기할까요?"

"그러죠."

앞에 있던 학생이 옆에 서 있는 학생들에게 손짓하자 한 명이 재빠르게 불을 끄고선 빔프로젝터를 켰다. 학과에서 빔프로젝터를 빌려왔는지 광고홍보학과가 적힌 스티커가 붙어 있었다. 그리고 대표로 보이던 학생의 설명이 시작됐다.

"파우스트의 인지도 및 재정을 고려해 준비한 마케팅입니다. 현재 파우스트라는 브랜드에 대해서 알고 있는 사람이 극히 적습니다."

한겸의 설명이 계속될수록 임 부장은 조그맣게 한숨을 뱉었다. 파우스트에 대해 조사를 한 내용이 상당히 정확했다. 게다가 그동안 진행했던 마케팅의 실패 이유까지 꼬집는 통에 마음이 쓰렸다. 지적을 끝낸 한겸이 해결책을 얘기하기 시작했다.

"그래서 C AD에서는 파우스트에서 가장 필요한 것은 브랜드 노출이라고 판단했습니다. 파우스트의 재정을 고려해 가장 비용이 적게 들어가면서 최대 효율을 뽑을 수 있는 건 다음과 같습니다."

한겸이 말할수록 임 부장은 감탄했다. 영업을 하면 자신보다 잘할 것처럼 느껴졌다. 어찌나 집중을 되는지 기대감이 없었던 자신도 한겸의 얘기에 빠져들었다. 그때, 화면에 커다란 글씨가 나왔다.

"고객 참여 마케팅?"

"네. 고객 참여 마케팅을 추천합니다. 지금 보시는 내용은 기존 기업들의 성공 사례 및 그로 인한 매출 변동입니다."

임 부장은 자세히 듣기 위해 몸을 앞으로 기울였다. 상당히 흥미로운 내용이면서, 인지도가 거의 없는 파우스트가 가능할지 궁금했다.

"브랜드인지도를 생각해 소비자들에게 무겁게 다가가는 것은 아니라고 판단했습니다. 그래서 저희가 내놓은 방법은 누구나 가벼운 마음으로 참여할 수 있는 드립 콘테스트입니다."

"드립이요?"

"네. 인터넷에서 자주 보이는 언어유희라고 하죠? 파우스트의 신제품인 Far Free로 진행될 예정입니다. 지금 보여 드리는 게 저희가 준비한 드립 콘테스트 디자인입니다. 카피는 '내가 친 드립이 광고가 된다!'"

"파… 프리카네요……? 그리고 카피도 조금 이상한 거 같은데……."

"네. 조금 이상해 보일 수 있는데, 앞에서 보여 드린 것처럼 소비자가 부담 없이 참여하기 위해서 필요한 방법입니다. 그리고 예를 들면 '아프니까 청춘이다!' 이런 게 있죠. 아프니, 파 프리. 비슷하죠?"

"네?"

임 부장은 잠시 생각에 잠겼다. 비록 예시가 무척 부적절하게 느껴졌지만, 재미도 있고 소비자들의 참여로 인해 인지도까지 올릴 수 있을 것 같았다. 자신이 듣기에는 상당히 좋은 마케팅이라고 판단됐다. 그때, 한겸의 말이 이어졌다.

"이벤트에 대한 홍보 및 SNS 관리는 파우스트에서 직접 하셔야 하고요. 물론 저희 SNS에도 이벤트에 대한 내용을 게시할 거고요."

"그렇게만 하면 되나요……?"

"파우스트 사정상 홍보비가 부족할 거라고 생각해요. 그래도 각 커뮤니티에 직접 글을 작성해서 홍보하는 걸 추천해 드려요. 물론 커뮤니티에서 부정적인 반응을 보일 수 있거든요. 그래도 그중에 참여하는 사람이 있다면 분명히 늘어날 겁니다. 대신 마케팅 비용은 무료입니다. 저희는 여기 보이시는 대로 선택된 댓글들에 대한 제작비만 받겠습니다. 댓글 하나당 200만 원이고요. 기본으로 3개는 제작하시게 되겠죠?"

"음……."

"비용은 3개월 뒤에 주시면 되고요."

임 부장은 마치 자신이 영업을 당하고 있는 것 같았다. 내용이나 금액이나 무척이나 끌리는 내용이었다. 아무래도 자신이 판단할 내용은 아니었다.

"일단 회사에 보고하고 연락드려도 되겠습니까?"

"네, 그러세요."

임 부장은 처음과 다르게 고개를 땅에 닿게 숙이고선 동아리실을 나섰다.

*   *   *

임 부장은 돌아간 뒤 얼마 지나지 않아 새로운 사람과 함께 왔다. 고객관리 팀 부장과 대표라는 사람까지 함께였다. 발등에 불이 떨어진 상태였기에 일이 무척이나 빠르게 진행되었다.

한겸은 똑같은 설명을 해야 했고, 설명을 듣던 사람들은 임 부장과 비슷한 반응을 보였다. 모두가 긍정적인 반응을 보였다.

"여기 노란색으로… 아, 죄송합니다. 저희가 임시로 적어놓은 것처럼 진행 기간은 15일에서 20일이 적당합니다. 그보다 오래 진행을 할 경우 식상함을 느끼게 됩니다. 그리고 결과를 빠르게 보여줘야 하거든요. 댓글들로 만들어진 새로운 광고."

"그 정도면 정말 충분하겠습니까? 효과를 볼 수 있을까요?"

"그 기간이 가장 적당해요. 만약 그 기간에 성과가 보이지 않는다면 기간을 늘린다고 해도 실패할 겁니다."

"하……."

대표라는 사람은 고민하는 모습을 보였다. 그런 대표에게 임 부장이 입을 열었다.

"대표님, 한번 해보는 게 어떻겠습니까? 마케팅 비용도 없어서 부담 없습니다."

고객관리팀 부장까지 부추기자 대표는 결정을 했다는 듯 고개를 끄덕거렸다. 그 모습을 본 한겸은 기다렸다는 듯이 계약서를 꺼내 들었다.

"표준계약서에 필요한 사항을 추가했습니다."
"후… 그런데 정말 괜찮겠습니까?"
"네?"
"우리야 정말 고맙게 생각하는데 여러분들이 헛수고를 할 수도 있습니다."
"실패하지 않도록 노력해야죠."

대표는 젊음에서 오는 패기라는 생각에 고개를 끄덕거리며 웃었다. 그러고는 질문을 했다.

"그런데 왜 우리 파우스트 광고 제작을 한 건지 물어도 될까요?"

한겸은 임 부장을 쳐다본 뒤 입을 열었다.

"파우스트 광고 편집하시던 곳하고 저희가 협업을 할 거 같아서 맡게 됐어요."

"음? 그 이유가 다라고요?"

한겸은 고개를 끄덕이고 말을 마치려 할 때, 뒤에 있던 범찬이 씨익 웃으며 발을 내밀었다.

"다른 이유도 있죠. 신발이 워낙 좋아야죠. 이렇게 좋은데 그냥 묻히는 게 아깝잖아요."

"아······."

대표라는 사람은 천천히 고개를 내려 C AD 팀원들을 쳐다봤다. 모두가 자신의 회사에서 나온 Far Free를 신고 있었다. 그 모습을 본 대표는 잠시 동안 침묵을 지키다 겨우 입을 열었다.

"고맙습니다. 진심으로 고맙습니다. 이렇게 알아봐 주시는 것만 해도 큰 힘을 얻었습니다."

대표는 물론이고 함께 온 일행까지 고개를 숙여가며 인사를 했다. 인사를 받은 C AD 팀원들은 머쓱해하며 범찬에게 눈치를 줬다.

잠시 뒤 계약을 끝내고 파우스트에서 나온 사람들이 돌아갔다. C AD 팀원들은 저마다 입을 열기 시작했다.

"우리 한 건 한 거지?"

"네. 그래도 아직 끝은 아니에요. 잘돼야 돈 받으니까."

"그렇지. 휴, 대표라는 분 보니까 좀 짠하더라. 아! 최범찬, 넌 뭐 하러 그런 말 해."

그러자 범찬도 대표가 그런 반응까지 보일지 몰랐는지 민망해하며 말했다.

"뭐… 그래야 망해도 돈을 줄 거 같아서. 그리고 정말 신발도 좋잖아요. 안 그래요?"

"하긴. 편하긴 편하더라. 휴… 어쨌든 잘됐으면 좋겠다."

하루 종일 프레젠테이션을 하느라 피곤해하던 한겸 역시 동의한다는 듯 고개를 끄덕였다.

『눈으로 보는 광고 천재』 2권에 계속…